争胜谋略

——《三国演义》领导智慧

冯立鳌 著

中国书籍出版社

图书在版编目（CIP）数据

争胜谋略：《三国演义》领导智慧/冯立鳌著. --
北京：中国书籍出版社，2023.1
　　ISBN 978-7-5068-9145-5

　　Ⅰ.①争… Ⅱ.①冯… Ⅲ.①《三国演义》研究
Ⅳ.①I207.413

中国版本图书馆 CIP 数据核字（2022）第 153754 号

争胜谋略：《三国演义》领导智慧

冯立鳌　著

责任编辑	牛　超
责任印制	孙马飞　马　芝
封面设计	中联华文
出版发行	中国书籍出版社
地　　址	北京市丰台区三路居路 97 号（邮编：100073）
电　　话	（010）52257143（总编室）　（010）52257140（发行部）
电子邮箱	eo@chinabp.com.cn
经　　销	全国新华书店
印　　刷	三河市华东印刷有限公司
开　　本	710 毫米×1000 毫米　1/16
字　　数	208 千字
印　　张	15.5
版　　次	2023 年 1 月第 1 版
印　　次	2023 年 1 月第 1 次印刷
书　　号	ISBN 978-7-5068-9145-5
定　　价	78.00 元

版权所有　翻印必究

序

　　《三国演义》作为一部历史演义小说，之所以能成为我国文学名著，为广大人民喜闻乐见，经数百年久传不衰，迥非寻常稗官小说可比，盖因它不仅在文学艺术上着实刻画造就了无数栩栩如生、有血有肉的历史人物典型群像，尤具魅力的是，书中通过东汉末年的历史巨变，战乱纷争，群雄蜂起、鼎足三分的故事情节，在叙写各个政治势力军事集团间错综复杂、纵横驰骋的政治、军事较量中，出色地显现出我国古代群雄角逐的逼真情景，六韬三略的生动运用。若能透过小说中的表面热闹景象，捕捉其内在蕴蓄，就能给读者以领略古代指挥天才、领导艺术等诸多战略策略的丰富感受。我国历史上曾有把《三国演义》誉为"兵书"的，在当代，更已为日、美等国一些政治、军事乃至经济界人士所看重，引为谋略运筹、经邦济世之借鉴，这一切诚非偶然。

　　有关对《三国演义》评议的篇章论著已不为少，但从书中发掘内蕴的权谋韬略并加以系统论述的尚为少见。冯立鳌所著《争胜谋略》一书，可谓从较深层次上在这方面所做的一个比较成功的尝试。《三国演义》一书，生动地显现了所谓"运筹帷幄，决胜千里"的丰富内涵。在政治上特别是军事战略战术的较量中，不论是制胜的经验，还是失策的教训，以及人才的选择使用，敌我友关系和他种人际关系的对待处理等等，从借古鉴今的角度看，对于今天都能从中（不论从正面、侧面或反面）感受到某种现实性的启示。此书经过作者的研究探索，从人和事两个方面，作出了比较系统的论列评述，使其中蕴藏的不易为读者凭直观所能触及的大量权术谋略跃然纸上，且在不少地方更是饶有兴味。对于为人们所关心的书中若干重要人物是非功过的纷纭评说，亦多有独到之见。因而这本书已不同于寻常寻求趣味润色生活的漫谈体裁，而已经可以视作一部具有一定学术价值的研究成果。

　　文学艺术界多年来都热衷于"红学"的研究，对《三国演义》虽有所评论，但还远未造成研究"红学"的那种气氛。如果说《红楼梦》具有以文学形式揭示封建社会没落残败的历史意义，那么《三国演义》作为文学巨著，确实具有观察治乱兴衰、用于经邦济世的历史借鉴价值，在一定意义上可谓写活了《三国志》，再现了汉末晋初由天下分裂再到一统的三国时代的历史舞台。从当代国内外视《三国演义》为兵书、为韬略大全的推崇与注目看，若能对其做出更多更深的探讨研究，则无疑是有必要的、有意义的。

　　对于《三国演义》，或为文学，或为历史，皆远在门外，妄谈问津。荷蒙为序，殊觉惶恐，不当之处，盼赐教益。

李宗阳

农历戊辰年十一月于西安

前　言

　　《三国演义》描写了东汉末年各个政治集团间的相互争斗以及魏、蜀、吴三国发展、壮大直到被晋所统一的过程，历史跨度大约一个世纪。由于牵扯面宽广，历史跨度大，而且涉及各个集团的政治、军事、外交、经济等多方面，尤其是大量地触及各集团领导人物在复杂的斗争面前的谋略及内心活动，因此，从领导学的角度看来，书中包含了许多丰富、生动的内容。如果以客观事实的成败作为判断人物的领导行为是否得当的最终标准，那么，书中就有大量值得总结的经验和教训。现代领导学处在初创阶段，然而，现代领导学不必一切都从"零"开始，有必要吸收《三国演义》中体现的古代成功的领导经验。大海不择细流，能以就其深。

　　晋朝史学家陈寿在《三国志》中记载了三国时期的真实历史材料，其后，三国故事在民间以多种文学形式广为流传，元末明初的罗贯中，就是在前代史书、杂记和平话、戏曲的基础上，发挥他的政治、文学和想象的天才，创作了《三国演义》。《三国演义》从问世至今，一直流传很广，近年来，甚至在许多外国企业界出现了"三国热"，可以说，《三国演义》作为一部历史小说，其内容之丰富、情节之生动、流传之恒久、影响之深远，在我国文学史上是很突出的。从《三国演义》的成书及影响上我们可以看到两点：第一，《三国演义》是历史发展长河中民族心理的沉淀物，这不仅从成书过程上看，它是经过上千年民族心理的过滤结晶而成，而且作者罗贯中就是一个极大地受民族心理影响的知识分子，他的创作意向处处渗透着民族的心理意识。第二，《三国演义》问世后，其中所体现出来的政治观、伦理观、是非观和价值观，在整个民族中得到了很高程度的认可和接受，小说的政治意向和心理意向强化了相应的民族心理。由于这两层原因，本书对《三国演义》中有关人物和事件的综合剖析，实际上就超出了小说本身的范围，成了从一定角度上对民族性格的剖析。

要对《三国演义》中的某些领导经验给予深刻总结，就必须剖析相应的民族心理，因为一种民族心理制约着相应的领导活动，它构成人物角色深层的思想方法。总结领导经验和剖析民族心理实际上是一个事情的两个方面，本书从领导观的角度着眼，通过对《三国演义》中领导活动的分析，试图在某些地方把这两个方面统一起来，其目的在于更好地总结古代领导观的经验教训，以作为当今领导活动的借鉴。然而，本书论及范围基本未超出《三国演义》，至于当今领导活动如何以之借鉴的问题，则留给读者自己，本书的直接效果将在于启发读者从领导活动的各个视角上思考问题。各行各业的领导人、从事领导学研究和教学的理论工作者、参与领导监督的同志和领导学的业余爱好者，以及从事管理学、政治学、行为学、心理学的同仁，都可以从本书中获得所要思考的问题。饭后茶余喜谈《三国》的人，亦会从本书中获得不少的乐趣。

本书的着眼点是领导活动，我们从最一般的意义上理解领导的概念，把它看作率领某一集团为实现一定目标而行动的过程，从而，引导这一集团为实现目标而努力的人就被看作领导人。《三国演义》中有不同的集团首领，同一集团又有不同层次、不同年代的领导人，本书在运用领导人的概念时，撇开了他们这些方面的不同，只考察他们作为一定群体领导人的共同方面，在同一层面上分析他们的成功与失败；而在表达形式上也会直接称他们为领导。同时，本书的目的既在于启发读者对民族领导活动的思考，而不是以之建立古代领导学的体系，因而书中的许多概念，如领导能力、领导方法、领导性格、领导权谋、领导心理等都是从最广泛、最一般的意义上去使用，而且书中注重的是领导活动分析的系统性，而不是领导学体系的系统性。

应该加以说明的是，本书分析的对象是《三国演义》，而不是《三国志》，就是说，本书依据的完全是文学作品，而不是历史资料，对历史事实的分析是历史学、考据学的工作，本书既要分析古代的领导活动以及相应的民族心理，就必须在两者中选择《三国演义》，因为，《三国演义》是民族历史发展长河中的沉淀物，它的影响大于《三国志》，它情节详细、故事完整，人物心理得到了细致的刻画。而且，彻底抛开《三国志》，也避免了历史与小说不相一致时分析的无所适从。本书有叙述、有分析，叙述是为了分析，对领导活动得失的评判一般从略。

领导活动既牵扯到人物，又牵扯到事件，本书因而分为"人物篇"与"领导篇"两大部分。"人物篇"注重分析若干领导人物的特性，包括人物的个人特性及领导特色，而以后者为主，人物排列的先后顺序基本上依据《三国演义》中各人以领导人身份的出场先后，亦即依据各人从事领导活动的先后顺序，如关羽出场较早，但其从事领导活动主要是在守荆州时，故排在孔明之后。"领导篇"则打破人物的界限，从领导活动的各个视角上分析有关的事件，注重总结经验教训。其中在一个小篇幅中运用现代西方某一心理学理论，对某些事件中人物的潜意识及《三国演义》中出现的人物之梦进行了分析，以期揭示事件当事人的深层心理。虽然有上述两大部分的划分，然而，人物是事件中的人物，事件是人物活动之事件，要将人物和事件完全区分开来是绝对办不到的，这就出现了上、下两篇中某些情节的重复。本书在处理这个问题时尽量地避免重复，有些无法避免的情节随机处理，但在叙述和分析时有详略轻重之别。另外，有些事件可能从不同的角度被分析，在这种情况下，本书有叙述上的重复而无分析上的重复。

本书所依据的蓝本是人民文学出版社一九八四年版的《三国演义》，所引用的文字和情节均忠实于原文，只是对其中不准确的标点有些改动。考虑到读者手中《三国演义》版本的不同，本书所引原文只注回数，不注页码。作者水平有限，书中某些观点的错误和偏颇之处一定不少，恳请读者批评，以便再行修改。

冯立鳌
农历戊辰年八月初八于西安

目 录
CONTENTS

序 ·· 1
前 言 ·· 1

人 物 篇

一、蜀国政权的杰出领导人刘备 ···································· 2
 （一）永不衰竭的进取心 ·· 3
 （二）以仁治为本的领导观 ·· 5
 （三）征服人心的独到方式 ······································ 10
 （四）含而不露，善于权谋 ······································ 13
 （五）善于识人，知人知己 ······································ 15

二、魏国政权的实际创始人曹操 ·································· 16
 （一）坚持以法治众的领导观 ·································· 18
 （二）不计贵贱，论功行赏的赏罚观 ······················ 20
 （三）唯才是举的用人观 ·· 24
 （四）善搞权谋，惯行诈术 ······································ 27
 （五）机智灵活，应变能力强 ·································· 29
 （六）坚强自信，富有乐观精神 ······························ 30

三、好谋无断的领导人袁绍 ·········· 32
（一）恩将仇报，诈取冀州 ·········· 33
（二）决策上犹豫不定，丧失战机 ·········· 34
（三）用人上外宽内忌，不搞惟才是用 ·········· 35
（四）听信谗言，制造内部矛盾 ·········· 36
（五）从官渡之战看袁绍领导行为的失误 ·········· 37

四、董卓、吕布的拙劣领导方法 ·········· 41
董卓 ·········· 41
（一）专横跋扈，目中无人 ·········· 42
（二）为非作歹，愚鲁残暴 ·········· 43
（三）董卓的爱才之心 ·········· 43
吕布 ·········· 44
（一）见利忘义，反复无常 ·········· 45
（二）恃勇狂傲，喜听谀言 ·········· 48

五、东吴政权的领导人孙权 ·········· 49
（一）战略上目标明确 ·········· 50
（二）用人上举贤任能 ·········· 52
（三）善于自我批评 ·········· 54
（四）个人性格的不足 ·········· 54

六、精明强干的领导人诸葛亮 ·········· 56
（一）战略上目标明确，保持主动 ·········· 57
（二）对军事对手的情况了如指掌 ·········· 59
（三）对部下独特、机智的授命方式 ·········· 60
（四）巧妙地利用季节、气候条件 ·········· 63
（五）对先进装备的配制和对迷信观念的利用 ·········· 67
（六）办事有细致深远的考虑 ·········· 69
（七）严守军事机密，攻其不备 ·········· 71

（八）在人事问题上的诸多失误 …………………………………… 73
　　（九）孔明两次人事安排上的心理分析 ………………………… 76
　　（十）孔明的几次用兵得失 ………………………………………… 80

七、刚而自矜的领导人关羽 ……………………………………………… 90
　　（一）刚而自矜，人际关系紧张 …………………………………… 91
　　（二）在识人、用人上的失误 ……………………………………… 93
　　（三）关羽性格的实例分析 ………………………………………… 94
　　（四）关羽北伐樊城的用兵分析 …………………………………… 96

八、西晋事业的实际开创人司马懿 …………………………………… 98
　　（一）深谋远虑的战略思想 ………………………………………… 99
　　（二）善于识辨人才 ………………………………………………… 100
　　（三）深受道家思想影响的思维方式 …………………………… 102

九、魏延的性格与悲剧 ………………………………………………… 103
　　（一）作战奋不顾身，爱打硬仗 …………………………………… 104
　　（二）善于思考，有战略头脑 ……………………………………… 105
　　（三）直率开朗，敢说敢干 ………………………………………… 107
　　（四）魏延——一个有争议的人物 ……………………………… 108
　　（五）魏延人格的悲剧所在 ………………………………………… 111
　　（六）附：《给魏延的一封劝告信》 ……………………………… 114

领 导 篇

一、合理而恰当的领导方法 …………………………………………… **117**
　　（一）统筹全局，正确决策 ………………………………………… 117
　　（二）明白自己的战略对手，知己知彼 ………………………… 122
　　（三）联合友军，结成同盟 ………………………………………… 124
　　（四）谨慎对敌，保守秘密 ………………………………………… 126
　　（五）不打无信心、无准备之仗 …………………………………… 129

（六）对部下授职授权、大胆使用 131
　　（七）善于妥善处理内部的不协调关系 132
　　（八）科学地利用各种自然条件 137
　　（九）妥善安置有关人员的家属问题 138

二、知人善任的用人观 140
　　（一）区分良莠，识辨人才 140
　　（二）正确看待人的先天条件 143
　　（三）平等亲善的处人态度 145
　　（四）掌握知识分子的心理特征 148
　　（五）恰当地选将用人 153
　　（六）对接班人的选择和安排 156

三、严肃而分明的赏罚观 158
　　（一）按功行赏，多种奖励 158
　　（二）严肃法令，慎重惩罚 161
　　（三）恰当地批评部下，勇于自我批评 163
　　（四）善于对将士战前激励 166

四、搜集和处理信息 170
　　（一）认真搜集信息 170
　　（二）输出虚假信息的诸种手段 172
　　　　（1）假人物 172
　　　　（2）假书信 173
　　　　（3）假病 174
　　　　（4）以输送假信息为目的的其他手段 174
　　（三）假投降 176
　　（四）运用逻辑推理手段辨认虚假信息 178

五、领导权谋 179
　　（一）借刀杀人与反间计 179

（二）对各种矛盾的特殊处理 …………………………… 183
　　（三）对棘手问题的应付与推脱 ……………………… 187
　　　　"演双簧" …………………………………………… 188
　　　　"踢皮球" …………………………………………… 189
　　　　以"缓图"推脱 ……………………………………… 189
　　（四）对特定人物的对付 ……………………………… 190
　　（五）对性别角色和婚姻关系的利用 ………………… 192

六、若干谋略活动评析 ……………………………………… 195
　　（一）何进谋诛宦官的拙劣策划 ……………………… 195
　　（二）王允计杀董卓 …………………………………… 198
　　（三）"二虎竞食计"与"驱虎吞狼计" ……………… 200
　　（四）贾诩决胜濮阳、智料敌情 ……………………… 202
　　（五）孙刘"伐谋"争荆州 …………………………… 205

七、善于搞好人际关系 ……………………………………… 207
　　（一）注重感情投资 …………………………………… 208
　　（二）对各种特殊关系的利用 ………………………… 211
　　（三）善于进行人际交往 ……………………………… 214

八、若干事件中领导人物的深层心理 ……………………… 217
　　（一）人物的潜意识分析 ……………………………… 217
　　（二）对人物之梦的分析 ……………………………… 220

附：文以观史　武以争胜 …………………………………… 226
后　记 ………………………………………………………… **231**

人物篇

诉 衷 情

天生我材铸金瓯,
功业树千秋。
大江清浊东去,
千载恨难休!

济乱世,
显身手,
志未酬。
风尘去矣,
谁能读得,
腹里春秋?

一、蜀国政权的杰出领导人刘备

刘备，涿县（今河北涿县）人，汉朝皇族后裔，出身贫穷，少时以贩履织席为业。黄巾起义时朝廷在各处招兵买马，刘备联络关羽、张飞应征，组成一个稳定的政治集团，企图靠军功升迁。在镇压黄巾起义的过程中，刘备为朝廷立有军功，但因没有人情，因而得不到官职，后经朝廷官员的推荐，屈身做了县尉，赴任未及四月，朝廷降诏减裁官员，刘备有被淘汰的危险，张飞一怒之下，痛打了巡行考察的督邮，弃官匿居。后黄巾残部造反，战事重起，刘备再建军功，因多方推荐，刘备当了平原县令。后来，董卓作乱于朝廷，十八路诸侯讨之，刘备弃官跟随公孙瓒出兵，其间虽因出身贫贱、官职卑微，曾遭人冷眼，但却立下赫赫战功，在诸侯中赢得了声望。讨董卓的十八路诸侯联盟解体后，军阀混战，刘备协助公孙瓒解袁绍之围，被荐为平原相，后受孔融邀请，帮助孔融解黄巾余党管亥之围，随即帮助徐州太守陶谦抵挡曹操的进攻。曹兵退后不久，陶谦去世，临终前将徐州牧之职传予刘备，并遗书申奏朝廷。后徐州被吕布乘虚袭取，刘备驻军于徐州附近的小沛，与吕布集团互相依赖，又常发生摩擦，曾受迫弃城投奔曹操，曹操荐他领豫州牧，使进兵屯小沛。后复为吕布所困，投奔曹操，随曹剿灭吕布后，回朝廷见到当朝皇帝，受"皇叔"之称。刘备在朝廷与董承、王子服等秘密结成反曹联盟，借机走脱，领兵攻取曹兵所占的徐州，公开打起反曹的旗帜，被曹操击败后，先投袁绍，后投刘表，均不得志。

刘备在投刘表驻新野期间，得到当地名士徐庶的帮助，几度击败曹军进攻，尤其是得到南阳名士诸葛亮为军师后，才建立起了结构合理的领导集团，正式开创一生的宏图大业。他在曹兵的大举进攻中，退兵江夏，联络江东孙权，结成孙刘联盟，与曹操展开了赤壁大战，打败了曹操几十万人马的进攻，奠定了三国鼎立的基础。在孙权和曹操军队大战的间隙，刘备乘机夺取了荆州、襄阳、南郡等地，又乘胜攻取桂阳、武陵、长沙等地，刘备至此有了自己的一块地盘。其后，刘备在蜀中名士张松、法正等人的协助下，领兵攻取西蜀，不久又夺取曹操占领的汉中，自称汉中王，军事势力达到鼎盛时期。

刘备集团的迅速发展引起了孙权集团的嫉妒，他们与曹操配合，攻杀关羽，袭取荆州，刘备集团的上升线被打断。曹操的儿子曹丕取代汉朝皇帝，建立了魏国政权后，刘备即建立蜀汉政权与之抗衡，被拥立为皇帝。蜀国叛军杀害张飞，投奔孙吴，刘备急于为关、张报仇，自料胜券在握，遂不听大臣们的劝阻，亲自领几十万大军攻打吴国，一路势如破竹。不料彝陵（又称夷陵，今湖北宜都北）战役中，刘备被吴国大将陆逊打得一败涂地，几乎全军覆没，遂退归白帝城，次年托孤于诸葛亮、李严等人，不久去世，儿子刘禅继承了蜀国皇位。

刘备出身贫贱，起兵时既没有广泛的社会关系，又没有雄厚的军事力量，但却能在诸侯纷争、军阀混战的恶劣环境中生存下来，并发展自己的势力，直至建立以自己为核心的国家政权，这与他良好的政治素质与杰出的领导才能是分不开的。刘备的才能在以下几个方面显得特别突出。

（一）永不衰竭的进取心

刘备少时就"素有大志"，常与乡中小孩戏于家门前树下，说："我为天子，当乘此车盖"。（第一回）以此引起了他叔父的惊异。他二十八岁起兵，至六十三岁谢世，不管在什么样的环境中，都没有放弃自己的进取心。

刘备是一位不善于用言语表达自己理想的领导人，仅在三顾茅庐、请诸葛亮出山相助时才用言语曲折地表达了自己的志向。他初访诸葛亮而未遇，遂向诸葛亮的朋友崔州平表达说："方今天下大乱，四方云扰，欲见孔明，求安邦定国之策耳。"（第三十七回）后在隆中面见诸葛亮，诸葛亮提出"愿闻将军之志"的要求，刘备慨然对答说，"汉室倾颓，奸臣窃命。备不量力，欲伸大义于天下"。（第三十八回）可见，刘备的理想就是要在天下大乱的环境中施展才能，治国安邦。刘备一生从未放弃对理想的追求。

刘备投靠刘表后，刘表待之甚厚，生活安逸，久无战事，一日与刘表共语时起身如厕，见自己因久不骑马奔驰疆场，胯下长了肥肉，即"髀肉复生"，不觉潸然流涕，入席后刘表怪问其故，刘备长叹曰："备往常身不离鞍，髀肉皆散；今久不骑，髀里肉生。日月蹉跎，老将至矣，而功业不建，是以悲耳！"（第三十四回）安逸的生活并不能使他舒心，因为这种生活不是自己的理想目标，反而是对目标追求的延误，不由悲从心来。针对此事，后人曾有诗曰："忽感胯下髀肉肥，落下几滴英雄泪；久违沙场无功业，舞乐声声葬刘备。"对这一点，刘备看得非常清楚：刘备只能靠功业起家；没有功业，就没有刘备！

刘备在夫人死后去东吴招亲，其时孙权集团对刘备占居荆州一直耿耿于怀，想夺之又无计可施，刘备与孙权之妹在东吴成亲后，周瑜、张昭一伙建议孙权说："刘备起身微末，奔走天下，未尝受享富贵。今若以华堂大厦、子女金帛令彼享用，自然疏远孔明、关、张等，使彼各生怨望，然后荆州可图也。"这实际上是要将刘备软困于吴中，以美色享乐为诱饵，使其丧失心志（第五十五回）。但当赵云报称曹操起兵五十万，杀奔荆州，要报赤壁战败之恨，情况甚是危急时，刘备终是说服孙夫人，配合默契，历尽种种险阻回到荆州。如果没有对理想不懈的追求精神，很难设想一个人能放弃这样的享乐生活。

刘备不乏远大的理想和对理想不懈追求的精神，但他却时常把这种理想与精神小心翼翼地隐藏起来，这是因为家庭出身和生活环境决定了其性格的两面性：一方面，他富有安邦定国的宏图大志，另一方面，他出身贫贱，没有上层的社会基础，起兵后又一直势力单薄，生存于军阀混战的夹缝中，时时得依附别人，于是，他在言论上不敢直接表达自己。他曾经和刘表谈得投机时酒后失言曰："备若有基本，天下碌碌之辈，诚不足虑也。"只此一句，事后尚十分后悔（第三十四回）。他将大志埋藏于心，埋之愈深，追求愈强烈。在行动上，他一直不敢公开打起自己的政治旗帜，生怕目标过大，招来祸害。他一直想在群雄纷争之世得到自己的立足之地，但陶谦让徐州时他再三推托；吕布到徐州投奔他时，一见面他就虚意让位；刘表让荆州他不敢接应；出兵攻刘璋时他犹豫不决。这种二重性格的登峰造极的表现是：当他在朝廷依附曹操，暗地里和董承等人结成反曹联盟，伺机发动政变时，他却在后园种菜，亲自浇灌，作韬晦之计；当曹操饮酒间告诉他："今天下英雄，惟使君（刘备之称）与操耳！"他以为韬晦之计已被识破，惊得手中匙箸落之地上，恰逢窗外雷声大作，他从容拾箸掩饰曰："一震之威，乃至于此。"（第二十一回）他胸有大志，但在行动上却尽力表现为胸无大志。当他占领西蜀，夺取汉中后，势力雄厚起来，才稍微改变了这种两重性格，说话办事挺起了腰杆。

（二）以仁治为本的领导观

刘备的思想体系属于儒家，他在领导观上以仁治为本。他在政治、军事、情感、生活等各方面广结仁义，这样的结果，一是使自己的政治集团具有明确的目标定向，二是保证了自己政治集团的稳定性，三是使自己在下层社会赢得了广泛的群众基础。

儒家的仁政思想在我国的传统社会有其存在的合理性，刘备以此作为领导集团军事目标的定向标准，就使自己的军事行动不像吕布、袁术集团那样，以眼前一时的物质利益为转移，而是在更高的层次上取舍，从而保证了自己良好的政治声誉。

同时，刘备在领导观上以仁治为本，这就把集团内部的感情联络摆在了首位，保证了集团内部的思想和谐。刘备和关、张一相识，就结为异姓兄弟，使他们间的关系蒙上了浓厚的伦理色彩，生活上与关、张食则同桌，寝则同床。刘备在某些场合就座时，关、张则终日侍立不倦。与关羽有至厚私交的张辽曾问关羽："兄与玄德交，比弟与兄交如何？"关羽回答说，"我与兄，朋友之交也；我与玄德，是朋友而兄弟、兄弟而主臣者也"。（第二十六回）刘、关、张三人的关系，确是集儒家倡导的朋友间、兄弟间及君臣间的信、悌、忠三层关系于一体的，这种关系的多重性、密切性、无间性及恒久性是不多见的。由于刘、关、张三人是刘备集团的核心人物，因而他们间的密切关系保证了刘备集团的持久稳定性。

　　刘备是三国时期最善于联络感情、善于处理人际关系的领导人，如他和赵云的交往就很典型。赵云是当时武艺超群又办事精细的第一流将才，刘备在起兵不久帮助公孙瓒攻袁绍时初次与赵云相见，就甚相敬爱，有不舍之心，及与赵云分别时，持手垂泪，不忍相离。当赵云表示他已感到自己认公孙瓒为主是一种错误的选择时，刘备感叹说："公且屈身事之，相见有日。"（第七回）洒泪而别。虽然公孙瓒数次推荐刘备，有恩于他，但他让赵云"屈身事之"，显然是同意赵云对公孙瓒的看法，认定瓒将来成不了气候，但又不好挖恩人手下的人才，只好与这位少年将才联络感情，等待"相见有日"。刘备在出兵帮助陶谦抵御曹操前，曾去公孙瓒处借兵，当公孙瓒答应借他马步军二千时，刘备进一步要求："更望借赵子龙一行"。曹操退兵后，赵云辞行，刘备仍是执手挥泪而别。刘备在投曹操期间，听说公孙瓒为袁绍攻破，自缢身亡，他为公孙瓒伤感，同时又惦念着赵云，于是暗自下定了脱身离曹的决心。后来，刘备几经辗转，见到了赵云，赵云见了玄德，滚鞍下马，拜伏道旁。刘备对众人说："吾初见子龙，便有留恋不舍之情，今幸得相遇！"赵云表白心意说："云奔走四方，择主而事，未有如使君者。今得相随，大称平生。虽肝脑涂地，无恨矣。"（第二十八回）后来，赵云成为刘备集团中的骨干，刘备视之为几与关张并列的心腹爱将。刘备临终前，又单独嘱咐赵云说："朕与卿于患难之中相从到今，不想于此地分别。卿可想朕故交，早晚看觑吾子，勿负朕言。"赵云则哭拜于地表示说："臣敢不效犬马之劳！"（第八十五回）刘备在与人交往中的仁者之风，常常能打动对方的心弦，引起对方感情深层的激荡，而这是其他领导人所不可企及的。关羽曾一度投降曹操，曹操虽然对他三日一小宴，五日一大宴；上马一提金，下马一提银，极力拉拢收留，但关羽一知道刘备的下落，终归拜别曹操，回到刘备身边。和刘备邂逅相遇的徐庶，被曹操诱骗离去，临走前竟向刘备表示："纵使曹操相逼，庶亦终身不设一谋。"（第三十六回）后来徐庶也果然兑现了自己的诺言。

刘备以仁为本的领导观，还导致到他能更多地赢得社会各界、尤其是下层群众的广泛同情与支持。他初做冀州中山府安喜县尉时，督邮巡视至县，便有五六十个老人在督邮面前替他求情说话。陶谦让徐州，刘备谦意推辞，徐州百姓，则拥挤府前哭拜说："刘使君若不领此郡，我等皆不能安生矣！"（第十二回）刘备被吕布击败投靠曹操途中，投宿于青年猎户刘安之家，刘安一时寻不到野味，乃杀其妻以献食。刘备在曹操的大举进攻面前，从新野、樊城败退，两县之民一同表示："我等虽死，亦愿随使君！"即日扶老携幼，将男带女，滚滚渡江。因曹操追兵将至，众将劝刘备弃却百姓先行撤退时，他道出了心腑之言："举大事者以人为本。今人归我，奈何弃之？"（第四十一回）刘备就是时时以儒家仁的要求来规范自己，从而树立了自己的政治声望。

儒家的仁治思想虽使刘备在领导工作上受益莫大，但也存在许多明显的局限性。首先，儒家的"仁"是主张爱有差等，这就导致刘备在处理集团内部的关系时，有较明显的亲疏之别。比如刘备在决定自己的王位继承人时，在义子刘封和亲子刘禅之间要选择其一，当他征求军师诸葛亮的意见时，诸葛亮答道："此家事也，问关、张可矣。"（第七十六回）这样的大事，诸葛亮竟然觉得难于参与，只好投了"弃权票"。又如刘备自领益州牧时，同时封关羽荡寇将军、汉寿亭侯；张飞为征虏将军，新亭侯；赵云为镇远将军；黄忠为征西将军；魏延为扬武将军；马超为平西将军。六员虎将均封为将军，但其中唯有关羽、张飞另加侯爵，连赵云这样的心腹爱将亦不能与关张平列，而给官员的赏赐又是按等级差别给予的，（见第六十五回）这就不难见其亲疏之别。这种不能平等对待部下的领导方式很容易带来消极的后果，仅仅由于刘备在人际关系上的倍加殷勤才侥幸补偿了这一局限。其次，仁治思想在领导工作上的另一种消极影响是，当领导集团变得庞大时，主要领导人不可能和每一成员保持"食则同桌，寝则同床"的交往，感情联络稀少，从而，曾经促使集团发展的方式会变成限制集团发展的方式，甚至有些旧部可能会因感情联络变得稀少而产生怨情。比如蜀中豪杰彭羕在刘备攻西蜀途中，进一言救了刘备数万人性命，受到重用，但刘备称帝前，彭竟因刘备待他昔厚今薄而背地辱骂，并企图联络孟达，挑动马超谋反。蜀国政权的上层人物主要由两部分组成，其一是刘备收川前四方征战所跟随的骨干，其二是收川过程中刘璋手下的降将，除此之外的官员极少。儒家的仁治思想，导致庞大集团内部的封闭性，窒息了领导集团的吸收功能，以致西川内外的再生人才无法挤入领导集团，发生"蜀中无大将，廖化作先锋"的可悲情形，这不能不说与刘备贯彻仁治思想有很大关系。最后，仁治观念常常与刘备实现目标的政治手段发生矛盾，使他多次丧失实现目标的机会。他的目标是要占据一方，积蓄力量，伺机统一全国，实现这种目标的政治手段，特别是军事行动是残酷无情的，但仁治观念却要求以仁爱之心待人，尤其是对刘姓同宗更要以礼相待，慈爱加等，这样，目标要求和手段要求常常让刘备陷于两难的境地。为了目标不择手段，就要残酷无情，不仁不义，这是刘备所不愿意做的；而完全选择仁义的手段，又实现不了目标，这也是刘备所不愿意的，每碰到这种情况，他多是采取折中的方式，以迂回的手段实施目标，但这往往使他失去许多直接达到政治目标的机会，使本集团的发展走着一条异常曲折的道路。比如刘表多次提出自己死后让刘备做荆州之主，但刘备却认为："景升待我，恩礼交至，安忍乘其危而夺之？"（第三十九回）曹操大举进攻新野小县，孔明建议夺取荆州安身，以拒曹操，刘备又是不忍图之，并声言："吾宁死，不忍作负义之事。"（第四十回）刘备携民渡江之时，众将一再劝他弃百姓先走，他认为："百姓从新野相随至此，吾安忍弃之？"（第四十一回）结果被曹操追兵打得一败涂地，他的妻小都未能保全。又比如，当刘备攻取西蜀的时机已成熟时，他却一再推托说："刘季玉与吾同宗，若攻之，恐天下人唾骂。"庞统建议他与刘璋会面时，就筵上杀之，一拥入成都，唾手可得西川，他却认为："季玉是吾同宗……若行此事，上天不容，下民亦怨。"并指责庞统："公此谋，虽霸者亦不为也。"（第六十回）他最终虽以军事手段夺取了西蜀，但迁延日月，折兵损将，尤其是副军师庞统阵亡，付出了沉重的代价。刘备夺取汉中后，众将欲推他当皇帝，他认为这太不符合为臣之道，坚持不干，只接受了孔明关于暂时为汉中王的折中方案。及至曹丕篡位，蜀中大小官僚又上表让他即皇帝位，他览表吃惊道："卿等欲陷孤为不忠不义之人耶？"经众官再三劝说，他才表示："吾非推阻，恐天下人议论耳。"（第八十回）从这些情况可以明显看到，仁义观念在许多关键时刻常常成为他实施政治目标的心理障碍。

刘备的仁慈更多的属于一种手段。他曾对庞统说过："今与吾水火相敌者，曹操也。操以急，吾以宽；操以暴，吾以仁；操以谲，吾以忠；每与操相反，事乃可成。"（第六十回）他的仁治最终是服务于其政治目标的，在特别关键的时候，他根本不讲仁慈。关羽被东吴攻杀后，刘备一定要出兵东吴，替兄弟报仇，赵云劝阻说："汉贼之仇，公也；兄弟之仇，私也。愿以天下为重。"刘备答道："朕不为弟报仇，虽有万里江山，何足为贵？"（第八十一回）张飞手下叛将范疆、张达因故刺杀张飞逃入东吴，更坚定了刘备报仇雪恨的决心。进军前期，一路顺利。叛降东吴的糜芳告诉傅士仁说："蜀主宽仁厚德；且今阿斗太子是我外甥，彼但念我国戚之情，必不肯加害。"（第八十三回）商议好后，杀了马忠来投刘备，这时，刘备并没有讲仁慈，他在御营设下关羽灵位，令关兴将糜、傅剥去衣服，跪于灵前，亲自用刀剐之，以祭关公。孙权有心求和，令人绑缚范疆、张达送至刘备，刘备设下张飞灵位，让张苞自仗利刀，将范疆、张达万剐凌迟，祭张飞之灵。可见，在刘备心灵深处，打仗、当皇帝，更多的是从一己之私考虑，在最关键的时候，他并不讲仁慈，甚至会采取异乎寻常的残忍手段，因为仁治并不是他实施政治行为的最终目的。

（三）征服人心的独到方式

作为一名领导者，刘备重仁义、重感情，有征服人心的独到方式。他在关键的时候往往技高一筹，能发掘出人的内在驱动力以掌握之，即使在他不能控制某人的时候仍能掌握其人的内在感情活动。这里应提到的有三件事情。

其一，徐庶作为刘备的军师，几次用计打败曹兵。曹操捉住了徐庶的母亲，以假书信诱骗徐庶离开刘备到自己一方去，刘备一听到徐庶要离开之言，遂即答应，一面安慰徐庶离去后不要挂念自己，一面放声大哭，并请求再聚一宵，来日饯行。饮酒间，刘备对徐庶说："备闻公将去，如失左右手，虽龙肝凤髓，亦不甘味。"二人相对而哭，直到天明。第二天，刘备与徐庶并马出城，送至长亭分别时，刘备举杯对徐庶说："备分浅缘薄，不能与先生相聚。望先生善事新主，以成功名。"刘备在此向徐庶所说的"新主"，正是刘备的主要政治对手曹操。一个人为了成全朋友的孝情，竟心甘情愿让朋友去为自己的敌人服务，这真让徐庶感动万分，那么，作为这个朋友，怎能心安理得地为昔日的敌人服务以伤害成全了自己孝情的朋友呢？徐庶良心触痛，于是当面向刘备哭诉："某才微智浅，深荷使君重用。今不幸半途而别，实为老母故也。纵使曹操相逼，庶亦终身不设一谋。"（第三十六回）徐庶去曹操处果然兑现了自己的诺言，即使在随曹操下江南，预见了火烧赤壁的前景，明知自己会受危险时，也没有说破孔明、周瑜和庞统他们的计谋，只是借口离开作罢。

其二，刘备在徐州被曹操击败后逃走，关羽因不知刘备的下落，暂时投降曹操，后来，刘备在袁绍处知道了关羽的所在，即修书一封："备与足下，自桃园缔盟，誓以同死。今何中道相违，割恩断义？君必欲取功名、图富贵，愿献备首级以成全功。"（第二十六回）关羽看书后，触动旧情，放声大哭，向使者当面表示不背旧盟的决心，并回信表示："羽但怀异心，神人共戮。"果然他挂印封金，辞别曹操，千里走单骑，过关斩将，回到刘备身边。在这里，关羽是否在曹营猎取功名富贵，是刘备所管不了的，何况，关羽取功名，图富贵，并不非要刘备的首级才能成全功，刘备在书信中所以要这样写，就是故意要刺痛关羽的感情，让他在曹营得不到内心的安宁，赶快前来相会。

其三，刘备临终前，在永安宫传旨召诸臣入殿，写了遗诏，托孤于孔明等，孔明等泣拜于地，刘备令内侍扶起孔明，一手掩泪，一手执其手，说死前有心腹之言相告。当孔明问有何圣谕时，刘备泣告说："若嗣子可辅，则辅之；如其不才，君可自为成都之主。"（第八十五回）皇帝生前对自己有知遇之恩，临终又托付军国大事，这已使孔明感激涕零，现在又提出愿将自己一生创得的江山拱手相让，这怎不撼动孔明肝胆。孔明听罢刘备的心腹之言，汗流遍体，手足失措，泣拜于地说："臣安敢不竭股肱之力，尽忠贞之节，继之以死乎？"言罢，叩头流血。事实上，孔明若有二心，在刘备死后取代刘备嗣子刘禅的皇位，是蜀中任何人都毫无办法的，而这正是刘备的担心所在。刘备对孔明的忠心并不怀疑，但他为了更有把握地掌握孔明，临终前有意说出此语，同样是要让孔明良心触痛，保证以后绝不萌生他念。值得注意的两点是。第一，刘备与孔明的对话是当着众人之面，刘备当着众人的面让孔明取代刘禅，实际上是逼孔明当着众人的面表态。此后孔明若果生二心，必然会遭到众将的谴责。第二，刘备临终前还单独嘱咐赵云说："卿可想朕故交，早晚看觑吾子，勿负朕言。"赵云的忠贞是刘备所放心的，同时，赵云的武略蜀国无人匹敌，嘱咐赵云"看觑吾子"而不言"听丞相之言"，实际上是对孔明起一种监督作用。

可以看到，刘备这种征服人心的独到方式有三个步骤，第一，深化感情，造成私人感情的浓烈气氛。第二，若无其事地提议对方去做伤害刘备的事情，这时候，实际上是把对方引入充当不义角色的精神境地，使对方良心触痛，内心不得安宁，形成情感反差。第三，由于对方情感反差的幅度过大，心理无法承受，为了解脱，对方就做出决不伤害刘备的保证。在三个步骤中，刘备只做前两步，重点安排第一步，第二步只轻轻一点，第三步由对方完成。

与这种征服人心的独特方式相类似的，是刘备在失败时善于安抚众将，消除部下的怨情，鼓动部下悲愤之士气。曹操与袁绍官渡、仓亭之战方结束时，刘备领数万人进攻曹操的许都，曹出奇兵击败刘备，刘备领残兵千人狼狈逃至汉江沿岸，聚饮间，刘备感叹说："诸君皆有王佐之才，不幸跟随刘备，备之命窘，累及诸君。今日身无立锥，诚恐有误诸君。君等何不弃备而投明主，以取功名乎？"（第三十一回）诸将掩面而哭。刘备手下有第一流的将才，但却一再地打败仗，无以建功立业，他唯恐大家对他这个领导人产生怨恨情绪，离他而去，于是说了这番话。首先，他充分肯定了部下的才能，其次，他把失败的责任归咎自己，甚至不提及客观原因，指出是他连累了大家，最后他让大家离开他去投"明主"，以达到获取功名的目的。使众将感动的是，领导人在失败后仍未看轻他们的才能，并且把责任全部承担，尤其是，领导人能在失败后的隐痛中仍然考虑众将建功立业之事。而不计较自己的得失，这样的领导人还不是"明主"吗？这样的"明主"哪里去找？于是，众将为能跟随这样的明主而庆幸，为有这样的失败而不平，为自己的领导人受到这样的委曲而悲愤，一种难以言状的感情喷发于心，无法表达，大家掩面而哭，此时可谓众人一心，同仇敌忾。

如果认为刘备把失败的责任归于自己，实在是一种误会，因为刘备仅说到是自己"命窘"的缘故，责任并不在自己本身。实际上，在刘备的话中，众将没有责任，刘备没有责任，——谁也没有责任。既然谁也没有责任，如何能让领导人独自蒙受委曲呢？于是大家哭了一阵后，关羽劝刘备道："兄言差矣……胜负兵家之常，何可自隳其志！"孙乾也上前劝说。至此，情况完全颠倒了过来，打了败仗后不是领导人安慰众将，反倒是众将安慰领导人，这正体现刘备领导方法的高超之处。

（四）含而不露，善于权谋

刘备长于权谋又喜怒不形于色；城府很深，又含而不露，他的计谋常使人既意料不到，又不易识破，因而他被人们称之为"枭雄"。

刘备被曹操荐为豫州牧，屯小沛时，曹操曾兴兵进攻袁术，兵至豫州界上，刘备引兵来迎，二人在军营中相见后，刘备向曹操献上两颗首级，操惊问是何人首级，刘备答："此韩暹、杨奉之首级也"。并告诉曹："吕布令二人权住沂都、琅琊两县，不意二人纵兵掠民，人人嗟怨。因此备……使关张二弟杀之，尽降其众。今特来请罪。"（第十七回）这里有两个问题：第一，刘备杀过许多人，为什么偏偏杀了韩暹、杨奉，却要献首级于曹操，表示请罪？第二，既然杀后请罪，大概总有不当杀之处，杀了不当杀的人，私下了结罢了，为什么一定要让曹操知道？原来这里大有文章。李傕、郭汜在朝廷作乱后，汉献帝一度落入杨奉、韩暹之手，曹操确定了挟天子以令诸侯的方针，保驾来朝，杨、韩与曹有隙而出走，在曹移都许昌的途中，二人攻曹失败而投袁术，又因袁术轻之而投吕布，为虎作伥。这就是说，杨奉、韩暹过去是曹操的仇敌，目下又是吕布的爪牙，刘备杀了杨、韩，是为了剪除吕布的爪牙；献首级于曹操，是为了取媚于曹，并在吕布追究时得到曹的保护。但刘备献首级的真实目的实在不好说出，于是只说他们"纵兵掠民，人人嗟怨"，献首级是来"请罪"，曹操当即表示："君为国除害，正是大功，何言罪也！"并给刘备以厚奖。这样，刘备不多言语，恰到好处地达到了自己的多重目的。

刘备投靠曹操时，操一时兴起，曾邀刘备煮青梅酒以论当世英雄，当操一再请刘备指出当世英雄时，刘备先后指出过袁术、袁绍、刘表、孙策、刘璋、张绣、张鲁、韩遂等人，这里，刘备没有说出三个人，一是马腾，二是刘备，三是曹操。按说，马腾与韩遂曾结为兄弟，当时为西凉太守，兵强马壮，一提到韩遂必然会想到马腾。刘备为什么不提马腾呢？原来刘备当时已和董承、王子服，马腾等人私下结成了反曹联盟，有了患难关系，提出马腾，怕引起曹操注意马腾，挖出马腾，连带出自己。刘备为什么不提自己呢？因为按曹操的观点，凡英雄都是"胸有大志，腹有良谋，有包藏宇宙之机，吞吐天地之志"。（第二十一回）英雄当是不甘屈居人下者，刘备若自称英雄，那就等于表明自己不甘久居曹操之下，这必然引起曹操对他的警惕，那自己非但永无出头之日，还将有性命危险。事实上，刘备当时学圃种菜，作韬晦之计，正是有意向曹操表明自己胸无大志，让其放松对自己的警惕。刘备曾献媚于曹操，为什么此时不指曹操为英雄呢？原来，曹操做了汉丞相后，朝廷大权在握，皇帝徒有虚名，虽则如此，曹却最忌别人议论自己有篡逆之心，刘备若指曹操为英雄，就等于指出曹不甘久居相位，这就会触痛曹操，必遭曹操忌恨，这是刘备决不愿干的。不提曹为英雄，等于向曹表明，刘备眼中的曹操是安守本分、忠于职守的。

曹操打败袁绍后，刘备联络黄巾残部刘辟等从汝南进攻曹操许都，被曹分兵击败，时关羽、张飞、赵云均不在身边，刘备与刘辟引千余人逃跑，不想刘备被曹操大将张郃、高览前后拦截，两头无路。这时，刘备仰天大呼道:"天何使我受此窘极耶!事势至此,不如就死!"(第三十一回)就欲拔剑自刎,刘辟慌了手脚,表示他将死战相救,刘辟前与高览交锋,却被高览砍死,刘备正要自战,亏得赵云冲阵而来,刺死高览,救了刘备。为什么没有刘辟时刘备准备自战,而刘辟在时刘备反要自杀?难道与刘辟合力作战不比自己一人自战更有把握么?原来,刘备要自杀是假,他本想让刘辟出战迎敌,怎奈刘辟不是自己部下,此话不好说出,同时也不知刘辟是否愿意为自己解救危难,于是他佯作自杀之状,请刘辟或逼刘辟出战。刘辟作为一员武将,若让刘备自刎于自己面前,实在太不光彩,于是表示拼死相救。刘备临阵没有让刘辟出战之言,却比任何言语的鼓动作用大得多。

顺便应提到,刘备的思想虽以儒家为主,但在他的性格中也渗透着许多道家的思想。道家主张人应该柔弱处下,认为"上善若水,水善利万物而不争""夫唯不争,故天下莫能与之争"。(见《老子》第八章、第二十二章)刘备在他创江山的过程中,常常显得甘居人下,不与人争,而且动不动就泪如雨下,在和赵云、徐庶、孔明及张松等联络感情的时候流过泪,在鲁肃索要荆州的时候流过泪,甚至去东吴招亲时,在国太面前、在自己的夫人面前都多次流泪,他的眼泪常常十分奏效。他常常柔弱处下,但能以柔克刚。

(五)善于识人,知人知己

刘备识人较准,他既能看清一个人的特性、能力,也能把握一个人与自己的感情深度,这也是他作为一名杰出领导人的高超之处。

刘备曾准确地指出过关、张二人各自的优缺点,他认为,关羽能体贴士卒,但在众将面前傲气太足;张飞能尊敬有才能的将官,但却经常酒后鞭挞士卒,并让这些士卒留在身边,他指出,这将是张飞的取祸之道。(见《三国志·蜀书》)刘备夺取汉中后,众将都估计会让张飞镇守,张飞本人也这样认为，大概正是考虑到张飞的上述弱点，刘备提拔年轻将领魏延为汉中太守，三军皆惊。（同上书）魏延成功地保守了汉中，而张飞果然因刘备所指出的缺点被叛军杀害。

赵云在公孙瓒手下不甚得志，而刘备与之初次见面，就甚相敬爱，有不舍之心，分别时让赵云"屈身事之，相见有日"。这说明他十分看重赵云，而对数次推荐过他的公孙瓒，内心却是瞧不起的。在当阳长坂坡，刘备军队被曹操击溃，赵云单骑往曹兵方向奔去，许多将官都认为是赵云投曹操，图富贵去了，唯有刘备坚信说："子龙从我于患难，心如铁石，非富贵所能动摇也。"（第四十一回）果然是赵云杀透重围，去救刘备儿子阿斗。

刘备临终前曾问孔明以为马谡之才如何，孔明认为马谡乃当世之英才，刘备则告诉他："不然。朕观此人，言过其实，不可大用。丞相宜深察之。"（第八十五回）后来孔明派马谡守街亭重地，马谡果然指挥失误，街亭失守，导致孔明全军溃退，误了出征大事。

刘备不仅有知人之明，而且能较客观地评价自己的能力界限。他虽然认为"今与吾水火相敌者，曹操也"。（第六十回）但当孔明问他"明公自度比曹操若何"时，他答道："不如也。"（第三十九回）他认为自己"虽有匡济之诚，实乏经纶之策"。（第三十七回）正因为他知道自己的能力界限，才礼贤下士，三顾茅庐，聘请大贤辅佐，待之如师。每个领导者都有自己的能力界限，能明白自己的能力界限要比妄自尊大高明得多。

二、魏国政权的实际创始人曹操

曹操，字孟德，沛国谯郡（今安徽亳县）人，曾任洛阳北部尉，后迁为顿丘令，黄巾起义时拜为骑都尉，立有战功。何进执掌朝政时，为典军校尉,董卓乱朝时,以骁骑校尉身份接近董卓,颇得信任,后谋刺董卓未遂,逃回家乡,招兵买马。组织军队后,他联络袁绍等十七路诸侯,发起讨董联盟,在诸侯中崭露头角。讨董联盟解体后,曹乘乱在山东一带扩充势力,曾因父仇攻徐州陶谦未克,回兵救兖州被吕布击败于濮阳,后设计于定陶击败吕布,平定了山东。董卓余党李傕、郭汜在朝廷之乱被平定后,皇帝降诏召曹保驾,曹入朝后,接受董昭建议,移都许都,自封为大将军、武平侯,后迁为丞相,曾先后打败袁术、吕布、袁绍等劲敌,并数次击溃刘备,招降刘琮。在攻取江南的赤壁大战中,被孙权、刘备的联军击败。其后击败马超,并夺取张鲁的汉中,又复失汉中于刘备。曹操一生征战南北,统一北方,军功卓著,被封为魏公,后为魏王。死后王位传于儿子曹丕,曹丕称帝后,谥曹操为太祖武皇帝。

曹操是魏国政权的实际创始人,他一生征战,打败了不少强大军阀,为国家统一做出了贡献,是三国时代杰出的政治家与军事家。

现代西方心理分析学家阿德勒创立了个体心理学,他认为一个人在生命开初的若干年,会在心灵和肉体之间建立起最根本的关系,从而会发展出一套独特而固定的行为模式或生活样式,并产生相对应的情绪和行为习惯,而这样的生活样式及情绪、习惯几乎会贯穿于一生的所有表现中,人一生的行为必定会和他的生活样式协调一致。(见阿德勒著《自卑与超越》第一、二章)按这种观点,以曹操幼时的生活样式分析其一生的思想特点,看来是很适宜的。

"操幼时,好游猎,喜歌舞,有权谋,多机变"。(第一回)有三件事,第一件,操的叔父因操游荡无度,常在操父面前说操的坏话,操忽生一计,见叔父来,假装中风倒于地上,叔父惊告于其父,父急来看视,操却安然无恙,父问道:"叔父说你中风,现已好了吗?"操答道:"我从来没有此病,只是因为叔父不喜欢我,所以被诬枉。"父亲相信了儿子,至此,叔父再说起曹操的坏话,操父并不相信。第二件事:操少年时,得到很多人的高度评价，汝南许劭，因能准确评价人物而知名，操前往见劭，问自己将是怎样的一个人，劭回答："子治世之能臣，乱世之奸雄也。"操听到后很高兴。第三件事：操为洛阳北部尉时，一到任就在县城四门设置五色棒，无论什么人，只要犯禁就打。一次，中常侍蹇硕的叔父犯禁，被操巡夜时捉住，以棒责打，于是没有人再敢犯禁，操威名大震。从这些故事中，可以看出曹操具有以下生活样式：第一，坚持以法治众，不计较出身门弟，按法赏罚；第二，胸有大志，喜欢与名人交往，喜欢自称英雄；第三，善于搞权谋，应变能力强。这些特点确实贯穿于操一生的思想性格及行为习惯中，也构成他领导行为的主要特色。

（一）坚持以法治众的领导观

曹操的治军思想更多地属于法家思想体系，他在作战中常制定军法，监督众将实施，并且自己率先执行。

曹操曾派曹洪与徐晃增援潼关以拒马超，临行盼咐："如十日内失了关隘，皆斩；十日外，不干汝二人之事。"（第五十八回）结果曹洪临阵不听劝阻，第九天失了潼关，几乎被曹操斩首。曹操领大军攻打袁术盘踞的寿春，他传令众将："如三日内不并力破城，皆斩！"（第十七回）两员裨将临阵退却，他亲斩于城下，大振军威，众将终于斩关落锁，夺取寿春。

曹操的儿子曹彰领兵出击乌桓时，临行前曹告诫他："居家为父子，受事为君臣。法不徇情，尔宜深戒。"（第七十二回）能对自己的儿子以"法不徇情"相告诫，的确是难得的。事实上，曹操制定的军法，他自己能够率先执行。曹出兵攻张绣时，逢麦熟季节，沿路百姓见兵而逃，不敢刈麦，操告谕百姓，严申军法："大小将校，凡过麦田，但有践踏者，并皆斩首。"（第十七回）深得百姓欢迎。不想操乘马正行，田野中飞出一鸠，将所骑之马惊入麦田，踏坏了一大片麦子，操即叫来行军主簿，让处分自己的踏麦之罪，主簿问："丞相岂可议罪？"操答道："吾自制法，吾自犯之,何以服众?"于是拔剑就要自刎,众人急救免脱。当时还有人搬出"法不加于尊"的《春秋》古训说服曹操,操考虑良久,终于"割发权代首",并让人以发传示三军,宣称:"丞相践麦,本当斩首号令,今割发以代。"于是全军无不懔遵军令。在这里,操拔剑欲自刎无疑是做样子给众人看的,但他作为示范教育,确是值得称赞的。第一,使全军知道了法纪的严肃性,培养了军队的法纪观念。第二,一反"法不加于尊"的儒家传统观念,表明在军法面前人人平等,不允许有特殊人物。有人认为,"割发代首"是曹操的一种诈术,其实,我们的着眼点应该主要放在这一行为的后果上,曹操作为三军统帅,他依靠法纪来实施自己的领导活动,自己违法而请求处分,这与他以法治众的思想是相一致的,即使不能严厉处分,亦希望有处分的表示,这是一个领导者的高明之处。曹操敢以自己违纪受处分的事例作为全军法纪教育的活教材,单是这一点,也不是所有的领导人都能办到、都愿办到的。

曹操以法治众的领导方法还突出地表现在他的赏罚观和用人观上,这两个方面将在后面专门讨论,这里要提出的是,他的思想有时儒法混杂。比如,操在打败袁绍追剿袁谭时,天气寒冷,河道结冻,粮船无法行动,操令当地百姓破冰拉船,许多百姓闻令逃跑,操准备捕获斩杀,但百姓听得此信后又亲往营中相投,曹对这些百姓讲:"若不杀汝等,则吾号令不行;若杀汝等,吾又不忍:汝等快往山中藏避,休被我军士擒获。"(第三十三回),要按法令办事,就要斩杀这些百姓;要以仁义行事,就要保全这些百姓,法治和仁治发生冲突时,操以妥协的方式解决,让百姓逃往山中躲避。这样,他将百姓有意放于军法不可及的山中,保全了其性命。儒家思想所以能在社会流传深广,原因之一是这种思想富有人情味,易被人们在感情上接受。曹操也是一位富有人情味的人,儒家的某些思想常能引起他的内心激荡。操在击败袁绍、夺取冀州后,曾亲往袁绍墓下设祭,哭得非常悲哀。他向众官回忆描述了昔日与袁绍一同起兵时的情景,说袁绍当初对他的话就像昨天说过的一样，"而今本初已丧，吾不能不为流涕也！"（第三十三回）并赐给袁绍之妻金帛粮米。

曹操的谋士郭嘉曾把曹操和袁绍做了比较，认为曹操在十个方面胜过袁绍，其中有两条是说："桓、灵以来，政失于宽，绍以宽济，公以猛纠，此治胜也""绍是非混淆，公法度严明，此文胜也"。（第十八回）这两条确实表明了曹操以法治众的优越性，而儒家思想的渗入又使他增加了争取人心的思想基础。

（二）不计贵贱，论功行赏的赏罚观

曹操主张论功行赏，不计贵贱，这是他以法治众思想的必然表现，也是他的领导活动卓有成效的重要因素之一。曹操的奖赏观是具有丰富内容的。

首先，曹操坚持有功就赏，有罪就罚；一视同仁，不厚亲薄疏的原则。十八路诸侯伐董卓时，董卓勇将华雄连斩联军几员大将，诸侯中无人可敌，这时，平原县令刘备手下马弓手关羽阶下请战。袁术知是一弓手要去迎敌，竟要让人赶出关羽，还是曹操说了公道话："此人既出大言，必有勇略。试教出马，如其不胜，责之未迟。"关羽片刻间提华雄头进帐，张飞鼓动诸侯乘势杀入关中，活捉董卓，袁术仍怒喝道："量一县令手下小卒，安敢在此耀武扬威！都与赶出帐去！"曹操仗义执言反驳说："得功者赏，何计贵贱乎？"（第五回）袁术以"公等只重一县令，我当告退"相要挟，操暗使人送酒肉抚慰刘关张三人。在这里，关羽等三人因官职卑微，袁术竟然不愿给予立功的机会，立了大功又没有一句好言相慰，而曹操的态度则大相径庭，即使在特殊的情况下仍然以特殊的方法按功行赏。曹操在征张绣时败师于淯水，时操心腹将领夏侯惇所领的青州兵劫掠乡民，操手下将军于禁即带领本部人马沿路剿杀青州兵，安抚乡民。青州兵回奔曹操，言于禁造反。于禁见操后，未先分辩曲直，先立营寨做好抵御张绣追兵的准备，等击败追兵后，于禁才向操汇报剿杀青州兵及立寨前未及时分辩的原因。曹操当面表扬说："将军在匆忙之中，能整兵坚垒，任谤任劳，使反败为胜。虽古之名将，何以加兹！"（第十六回）并奖金器一副，封益寿亭侯，并责夏侯惇治军不严之过。夏侯惇原本是曹操的族弟，在和于禁的军队闹矛盾后，曹操公正地评判了双方的是非曲直，并无任何偏袒之心。淯水一战，曹操折了长子曹昂、侄子曹安民及帐前都尉典韦，战役结束后，曹操亲自哭祭典韦，对诸将说："吾折长子、爱侄，俱无深痛；独号泣典韦也！"（第十六回）事实上，典韦勇力过人、武艺殊绝，是曹操手下的得力干将，是难得的人才。曹操回许都后，又对典韦立祀祭之，殊遇其子。次年曹操再征张绣、至淯水，他触景生悲，忽于马上放声大哭，众将惊问其故，曹操答道："吾思去年于此地折了吾大将典韦，不由不哭耳！"（第十八回）遂下令停军，大设祭筵，吊奠典韦之魂。曹操亲自烧香哭拜，全军为之感动，祭完典韦后，方祭侄儿及儿子。可见，曹操对他手下人的态度如何，取决于部下的功劳，而不是取决于部下与自己的亲疏关系。

曹操有时还奖赏那些能提出和自己不同意见的人，即使这些意见没有被采纳。曹操平定河北后，袁绍的儿子袁熙、袁尚远投沙漠，西奔乌桓而去，曹操准备追击，曹洪等将认为，如果大军虚国远征，后方敌人可能会乘机袭许都，恐怕大军救应不及，建议回师勿追，但曹操坚持西进追击。击败二袁后回到出发地，曹操重赏提不同意见的众将，并对他们说："孤前者乘危远征，侥幸成功。虽得胜，天所佑也，不可以为法。诸君之谏，乃万安之计，是以相赏。"（第三十三回）并让他们且不要因为这次意见没有被采纳，以后提意见感到为难。这里，曹操并没有自我吹嘘，而是充分肯定了相反意见的合理性，给了众人以奖赏，鼓励他们以后再提意见。

曹操的奖励是多种多样的，他能针对不同的人、不同的情况给以不同的奖励。曹操在邺郡庆贺铜雀台建成时进行比武活动，搞了一次人人获胜、人人有份的物质奖励。曹操在移驾许都的途中，李傕领兵阻挡，曹操手下虎将许褚连斩二将，挫敌败兵，曹操抚许褚之背曰："子真吾之樊哙也！"（第十四回）他以历史名将喻许褚，对许褚是一种高度的精神奖励。他曾以这种方式奖励多人。关羽为斩杀袁绍大将颜良，曹操表奏朝廷，封关羽为汉寿亭侯，即刻铸印送关羽，这是以爵位赏有功之人。与这种立刻兑现的形式不同，曹操出兵攻袁术时路过徐州见到吕布，封吕布为左将军，吕布大喜，曹操许诺还都之时换给印绶，但这个印绶，直到吕布被俘殒命，也没有再被提起。

曹操在运用赏罚的手段时，常常是奖赏频繁，赏多于罚。部下一有军功，他就及时给予高度的评价，作为对部下的精神鼓励。除抚背赞许褚外，又如荀彧从袁绍处投奔曹操，曹操见其才能出众，当即称赞说："此吾之子房也！"（第十回）关羽围困曹仁于樊城，徐晃奉命解救曹仁，他孤军深入敌围，大获全胜。曹操见徐晃军队整齐，即称赞说："徐将军真有周亚夫之风矣！"（第七十六回）他常把部下比作历史上有所作为的某一名人，这既是一种奖励，又是一种期望。按照心理学的观点，领导人对部下的这一比拟，会使部下在潜意识中把自己认同于这位名人，从而模仿名人的风格。这种人物比拟式奖励对部下性格影响的内在性和持久性是其他手段所难及的。曹操还常对初见面的人以适度的赞扬作为联络感情的手段，袁谭曾派辛毗出使于曹操。曹操与之言语投机，即当面感叹："恨与辛佐治相见之晚也！"（第三十二回）曹操得了荆州，即抚慰荆州名士蒯越说："吾不喜得荆州，喜得异度也。"（第四十二回）同时封给蒯越官爵。由于对方来自敌人集团，这种适当的赞扬就解除了对方的戒备心，消除了双方的思想隔阂。

曹操频繁使用奖励手段，但对部下的惩罚却十分谨慎。官渡之战曹军打败了袁绍，从绍军逃跑遗下之物中捡到后方人士暗通袁绍的书信一束，曹操身旁的人建议按信件逐一核对，杀掉写信之人，曹操回答说："当绍之强，孤亦不能自保，况他人乎？"（第三十回）让人将书信烧掉，不再追问。可以想象，如果要罚，就会搞得自己内部人心惶惶，不利于以后的建设与恢复，从长远的观点看，不罚比罚要好得多。奖励会使部下增强自信心，惩罚会使部下对领导人产生畏惧心理，惩罚过多，会使领导者与部下的关系紧张，因而应慎用之。

曹操赏罚的独特之处，还在于他把奖罚作为教育部下的一种手段，而不仅仅是作为对实施对象以前行为的评价。通过奖，他启发部下应该怎样做人；通过罚，他警戒部下不应该怎样做人，从而使他为部下设定的理想人格在部下身上逐步内在化。曹操特别敬佩关羽"事主不忘其本"的忠义精神，这不正是他希望自己的部下所具有的精神吗？于是他在关羽归降期间厚加奖赏，超规格地对待。关羽得知刘备下落，即封存曹操平日所赐之物，留书离去，曹操得知此讯后对手下人讲："财贿不以动其心，爵禄不以移其志，此等人吾深敬之。"（第二十七回）关羽不接受曹操的任何礼物，因此，曹操对关羽勉强放行，以此作为关羽可以接受的最后的礼物，并就关羽离去一事教育部下说："不忘故主，来去明白，真丈夫也。汝等皆当效之。"他希望他的部下能对他忠心耿耿，虽百折不易其志。袁绍的谋士沮授被俘获，沮授明确表示不降曹操，曹操留沮授于军中，以礼厚待，沮授却在营中盗马准备回到袁绍一边，曹操怨而杀之，沮授至死神色不变，曹操后悔地说："吾误杀忠义之士也！"（第三十回）令厚礼殡殓，建坟安葬，并在墓上题："忠烈沮君之墓。"袁绍谋士审配被俘获后大骂曹操，曹操对审配讲："卿忠于袁氏，不容不如此。今肯降吾否？"（第三十二回）审配坚决表示不降，请求速斩，临刑前，他面向城北的袁绍之墓而跪，表示对袁绍的忠贞，曹操让将审配葬于城北，以慰其忠义之魂。袁谭被曹操所杀后，曹操将其首级挂于北门外，传令敢有哭者斩之。青州别驾王修曾因谏袁谭被逐，见袁谭死并知曹操之号令，竟前来哭丧，曹操问他是否不怕死，王修回答说："我生受其辟命，亡而不哭，非义也。畏死忘义，何以立于世乎？若得收葬谭尸，受戮无恨。"（第三十三回）曹操遂命令王修收葬袁谭尸首，并授王修以官职。

曹操对袁绍谋士许攸的态度就有所不同。许攸少时曾与曹操为友，后为袁绍谋士，官渡之战中向袁绍献奇计，未被采纳，又受审配迫害，投往曹操，献计让先断袁军乌巢之粮，致使袁绍败绩。许攸在官渡之战中为曹操立下了绝大功劳，后来因为戏谑许褚，被许褚杀掉，曹操知道后狠狠地责备了许褚，厚葬了事。曹操对许攸被杀，并没有过多地追究责任，而且对这样立有大功的人，死后的处理远赶不上沮授，其中重要的原因是许攸背叛故主，无忠义之名，曹操极不愿意在他的军中表彰这样的人物。马腾曾与曹操门下侍郎黄奎勾结伺机刺杀曹操，不想黄奎之妾与黄奎的妻弟苗泽私通，苗泽探得马腾真情，告与曹操，曹操设法捕获了马腾与黄奎全家并斩杀之。苗泽向曹操表示，他不愿加赏，只求得黄奎之妾为妻，曹操笑着答道："你为了一妇人，害了你姐夫一家，留此不义之人何用！"（第五十七回）令将苗泽、黄奎之妾一同斩首。还有一次，操夺取汉中时，急攻张鲁不下，后来打听到张鲁手下谋士杨松贪贿赂，遂暗中使人以金帛送之，结为内应。杨松为曹操夺取汉中起了相当大的作用，曹操平定汉中后，厚待张鲁，却将杨松斩首示众。曹操并不过分注重对各人以前功过的肯定，他是要通过奖罚的手段告谕部下；对主上忠贞不二的人，即使死了，也能得到哀荣的结果；而卖主求荣的人是绝然不会有好下场的。这是对部下无声的、但却十分高超的教育方法。

（三）唯才是举的用人观

和刘备相比较，曹操在用人上少有亲疏之别，他唯才是用，因此他的选才面比刘备要宽，这是他的事业更为兴旺的一个重要原因。

曹操在一生的征战中，时时留心人才，一发现人才，就尽量地收为己用，曹操初遇许褚，见其威风凛凛，心中暗喜，遂安排典韦用计收服之，后许褚成为典韦之后的第一心腹爱将。曹操移驾许都时路遇杨奉、韩暹拦截，看见杨奉手下武将徐晃威风凛凛，暗暗称奇，及见与许褚交锋，武艺超群，更加喜爱，召谋士商议道："徐晃乃真良将也。吾不忍以力并之，当以计召之。"（第十四回）后派人招降徐晃。他平定汉中时，张鲁派西凉勇将庞德迎敌，曹操早知庞德威名，一知庞德来迎战便有心收归之，他先选张郃等四员大将轮战庞德，然后收买张鲁谋士杨松内中作梗，最后设计俘获庞德，使其感恩归降。许褚曾是山寇，庞德曾随马超杀伤过曹操人马，但他们是人才，曹操仍愿收归使用。曹操有时为了眼前的利益，也临时使用那些靠不住的人。如在夺取荆州准备下江南时，需要训练水军，于是封荆州降将蔡瑁、张允为侯并兼水军都督。谋士荀攸提醒操说，二人乃谄佞之徒，不应给予高官显爵。曹操密告荀攸道："吾岂不识人？止因吾所领北地之众不习水战，故且权用此二人；待成事之后，别有理会。"（第四十一回）曹操用人的指导思想在于：只要一个人有所特长，而这种特长又能为自己的目标服务，那么，不管这个人以前怎样，以后会怎样，就目前来讲，都可以任用。

陈琳曾替袁绍起草檄文笔伐曹操，辱及曹操祖先。曹操攻破冀州后俘获陈琳，身边人劝曹操杀之，曹操怜其文才，赦其不死，命为从事。蔡邕之女蔡琰，曾被北方部族于战乱中掳去，在当地作"胡笳十八拍"，流入中原，曹操深爱其才，使人持千金去北方，从左贤王处赎回，使其与董祀结婚。曹操初遇刘备，就结为知己；招降关羽，厚礼待之；一知徐庶，就设计诱之；与董昭相见一席话，就拉着他的手说："凡操有所图，惟公教之。"（第十四回）夺取冀州，就让人遍访当地贤士，等等。总之，曹操爱才，礼贤下士，是他领导观的一大特色。他曾作诗抒发自己的胸怀："山不厌高，海不厌深；周公吐哺，天下归心。"（第四十八回）他用高山的气魄和大海的容量来勉励自己，表达了求贤若渴的急迫心情。曹操曾带兵与孙权军队对阵，见对方排列整齐，军容雄壮，感叹道："生子当如孙仲谋"，由衷爱才又希望占为己有的心情溢于言表。

　　曹操过分爱才，也因此而使自己蒙受过损失，如刘备投靠自己时他否定了程昱的建议，未斩杀或扣留刘备，致使刘备成为与自己争夺天下的劲敌。当阳长坂坡赵云冲入军中单骑救阿斗，他在山上望见赵云十分勇猛，心中喜爱，传令各处务要活捉赵云，不许放箭伤害，因此被赵云斩杀军中名将五十余员而走脱。尽管如此，曹操人才观对其事业的积极作用还是很大的，他的事业的每一步进展，都依赖于人才。没有曹操那样的爱才之心，就不会有曹操一生的事业，也就没有曹操。

　　曹操还善于团结人才，争取那些与自己有思想隔阂的人归顺自己。关羽降后，身在曹营心在汉，但曹操待之为上宾，处处关怀备至，结恩于关羽，虽然关羽最终离去，但他为曹操解白马之围，后来又义释华容道，毕竟还是报答了曹操。官渡之战时，袁绍大将张郃、高览被逼投降了曹操，当时有人提出二人投降，未知真假，曹操回答说："吾以恩遇之，虽有异心，亦可变矣。"（第三十回）他一见二将就赞扬说："若使袁绍肯从二将军之言，不至有败。今二将军肯来相投，如微子去殷，韩信归汉也。"并封二人为偏将军及侯爵。后高览早死，张郃成为曹操集团的骨干，在防御孔明兵出祁山的过程中屡建大功。曹操尊重人的感情，他并不要求人才一开始就对自己忠心耿耿，允许与自己保持一定距离，正是对这样的人，他反倒倍加关怀，他认为这样的人才有思想、有性格，争取过来必有大用。

　　在曹操身边，有一大群谋士，包括荀彧、荀攸、程昱、郭嘉、贾诩、刘晔、满宠、司马懿等组成曹操的"智囊团"。每当需要决定大计方针时，他总是先让谋士们充分地发表意见，或者主动征求谋士们的意见，然后选择正确的意见或吸收某些意见中的合理成分，自己做出决断。曹操是比较能正确处理集权与分权关系的领导人，一方面，他让大家参与决策，发挥众人的聪明才智，不像诸葛亮那样遇事不与人商量，自己一人做主；另一方面，他又不像袁绍那样遇事没有主张，一任谋士们争论，无所决断。

曹操是比较成功地解决了接班问题的当权者，他对这一问题的考虑是较早的。在打败袁绍、西击乌桓之后，因郭嘉病逝，他哭得非常伤心，并对众官说："诸君年齿，皆孤等辈，惟奉孝最少，吾欲托以后事；不期中年夭折，使吾心肠崩裂矣！"（第三十三回）他对部下，是很注意年龄层次的，尤其对年轻人寄予厚望，因为年轻的一代是自己事业长盛不衰的保证。在选定接班人时，他对自己的四个儿子进行了全面考察，告诉身边的人："孤平生所爱第三子植，为人虚华少诚实，嗜酒放纵，因此不立。次子曹彰，勇而无谋。四子曹熊，多病难保。惟长子曹丕，笃厚恭谨，可继我业。"（第七十八回）这里他用三项指标去衡量：德、才、体。曹植有才无德，曹彰无才，曹熊多病，只有曹丕符合标准，可以接班。在这一问题上，他能排除个人感情因素，按必要的标准去衡量选择。

有人认为曹操杀掉杨修，是其忌才的表现。其实，只能说曹操忌恨杨修，却不能说曹操忌恨人才。当然，杨修也是人才，而且天赋很高，但杨修不是把他的才能运用于军国大事上，而是投注于无聊的嬉戏上，他和曹植结成小集团，甚至卷入曹操的家庭纠纷之中，他揭破曹操的隐私，最后发展到揣测军情、惑乱军心的地步。在与刘备的汉中之战中，曹操发口令为"鸡肋"，杨修认为这是退兵的先兆，于是让部下收拾行装，准备退兵。这种对指挥员潜意识的揣测是有道理的，但在曹操正式发出退兵令之前，任何人都不应该擅自行动，更不应该将这种揣测到处宣扬，这点常识是军法所要求的。假使这样大胆违犯军纪的不是杨修而是别人，也一定会被曹操杀掉，又假使杨修是在孔明的军队中这样大胆妄为，那也一定会被孔明杀掉的。曹操在后来退兵前想起了杨修的话，还将其尸体收回厚葬，表明他后来产生了一点惜才的悔意。

曹操的人才观极富内容，构成他领导工作的突出方面。

（四）善搞权谋，惯行诈术

在三国时期的重要人物中，曹操最善于运用权谋，他少时就对叔父以中风状相诈。在领兵攻打袁术时，军粮接济不上，曹操亲自布置，让管仓库的王垕以小斛发粮，后来军士嗟怨，皆言曹操欺众，曹操即召来王垕，说要借头示众，以压众心。不等王垕分辩早斩王垕之首，并给加上了盗窃官粮之罪，这样以王垕为牺牲品，解除了军士的怨情。曹操一度害怕自己睡觉时被人谋刺，就对身边人说："吾梦中好杀人；凡吾睡着，汝等且勿近前。"（第七十二回）一个白天，他睡着后被子掉于地上，一个侍卫慌忙前去为他盖被，被曹操拔剑一跃斩之，并继续上床睡觉，睡醒后佯装惊问是谁杀了侍卫，众人以实情相告，曹操则痛哭不止，命厚葬之。曹操的权谋常具有残忍性，为了实现自己的目标，他不惜牺牲别人的性命，正是由于这些短处，他赶不上刘备交人之深。

曹操的权谋与他的军事斗争直接结合时，常常非常成功。他在濮阳与吕布大战时中了陈宫之计，险些丧命，于是他诈言身死，令军士挂孝发丧，吕布被骗劫营，结果中计，曹操则反败为胜。在攻夺张鲁守地汉中时，操贿赂张鲁手下谋士杨松，使其内中作梗，迫害阵前勇将庞德，他用计招降庞德后，亲扶庞德上马，与其并马而行，共回营寨，却故意让张鲁的守城将士看见，使张鲁更加相信杨松的挑拨之言，便于杨松继续为他充当内奸。曹操军事权谋运用得最成功的一次要数他对马超、韩遂的离间。马超、韩遂联兵替马腾报仇，兵犯潼关，曹操不能取胜，于是决定离间二人，他的权谋包括三个步骤：第一，针对马、韩轮流值班守阵的情况，他在韩守阵时，与其单骑会语，只谈往日旧事，不提军情。韩向马如实告知会语内容，马超不甚相信，已起疑心。第二，曹操接受贾诩建议，给韩亲笔写一密信，要害处故意涂抹改动，封送韩遂，并有意让马超知道有密信送韩。马超向韩遂要信相看，见重要字句已被改抹，以为是韩遂为应付自己而改动，对韩遂疑心加重。第三，韩遂为表明自己心意，与马超商定.下次他与曹操单骑对话时让马超冲阵刺杀曹操。等到韩遂在阵前喊曹操对话，曹操却让曹洪出马告诉韩遂："夜来丞相拜意将军之言，切莫有误。"

(第五十九回)言罢而回。曹洪说给韩遂的话，实际上是让阵后马超听的，等于对马超讲：送给韩的密信包含重要隐情。马超果然上当，催马出阵，怒刺韩遂。和这一系列反间诈术相配合，曹操已暗中结交韩遂部下诸将，等马、韩的矛盾一公开化，二人的关系就不可收拾，于是二人互相拼杀，曹操则坐收渔利。

"兵者，诡道也。"（见《孙子兵法》）曹操的军事权谋是他军事才能的表现，反映了他作为领导者的丰富智慧。

（五）机智灵活，应变能力强

善于应变是一个领导者应该具有的能力素质，它要求领导人对骤然变化了的或意料之外的情况做出迅速准确的反应而不露破绽。曹操就是这样一位应变能力强、机智灵活的领导人。

例如，董卓在朝廷横行霸道，千夫所指，于是曹操在司徒王允处借得宝刀一口，前去谋刺董卓，董卓面向床内而卧，曹操抽宝刀出鞘，正待要刺，不想董卓从夜镜中照见操拔刀动作，急回身相问，而董卓的义子吕布也马上就要进屋，情况万分危急。曹操刺杀不了董卓，自己马上要被当作刺客抓获。这时，他灵机一动，持刀跪于董卓之前说道："操有宝刀一口，献上恩相。"（第四回）。董卓接过刀，见其七宝嵌饰，锋利无比，交吕布收了，暂未怀疑，曹操乘机逃走。这里，谋刺变成了献刀，因为献刀的动作与谋刺的准备动作相同，所以曹操信口一变，即使董卓看清了曹操的动作，也未当即怀疑。

曹操在处死吕布后，吕布手下大将张辽辱骂曹操，曹操怒不可遏，拔剑亲自要杀张辽，张辽面不改色。这时刘备作为曹操的座上客替张辽求情，关羽也愿对张辽以性命相保，曹操于是掷剑在地，笑着说道："吾亦知文远忠义，故戏之耳。"（第二十回）并亲释其缚，以礼待之，张辽被感动，投降了曹操，后在抵御孙权的战斗中立下赫赫战功。曹操明是因怒要杀掉张辽，但见其忠烈之性，便想收归已有，正好有人求情，有了台阶，曹操乘势便下，但自己先前感情冲动，曾要杀掉别人，现又要使感恩，这个弯子实在转不过来，于是宣称前面举刀要杀不过是开个玩笑，不是动真，这样，紧张的气氛立刻缓解，他的施恩行为显得顺理成章。

曹操与袁绍官渡相持时，军粮告竭，发往后方的催粮书信被袁绍谋士许攸截获，后许攸因故投奔曹操，二人相见，有这样一段情节：

攸曰："公今军粮尚有几何？"操曰："可支一年。"攸笑曰："恐未必。"操曰："有半年耳。"攸拂袖而起，趋步出帐曰："吾以诚相投，而公见欺如是，岂吾所望哉！"操挽留曰："子远勿嗔，尚容实诉：军中粮实可支三月耳。"攸笑曰："世人皆言孟德奸雄，今果然也。"操亦笑曰："岂不闻'兵不厌诈'！"遂附耳低言曰："军中止有此月之粮。"攸大声曰："休瞒我！粮已尽矣！"操愕然曰："何以知之？"……攸以获使之事相告。操执其手曰："子远既念旧交而来，即愿有以教我。"（引自第三十回）

一开始，曹操显得坦然自若，好像把军粮问题根本不当一回事，及至许攸一再追问，他总是答应以"实"相告，又是附耳低言，一副神秘的样子，似乎在向许攸泄漏军中至密。——但总是不认账。当许攸说破实情时，他反问如何得知，既是在追问消息的来源，了解其知情的真实性，又是一种否认的口气。而当许攸告知消息的来源时，他知道再也无法隐瞒了，于是态度又变得非常诚挚，和许攸拉开了故旧关系，请求帮助。在不长的时间内，曹操的态度几经变化：坦然——神秘——惊愕——诚挚，充分体现了他的权变能力。

（六）坚强自信，富有乐观精神

曹操乐于接受"奸雄"的称号，一生以"治世之能臣"自居，他相信自己的能力，无论任何时候，都对自己的前途充满信心，具有乐观主义精神。

曹操在一生征战的前期，军暇之际，请刘备喝酒，席间他借飞龙而论英雄，抒发了自己积存心底的胸怀和抱负。他说："龙能大能小，能升能隐；大则兴云吐雾，小则隐芥藏形；升则飞腾于宇宙之间，隐则潜伏于波涛之内。方今春深，龙乘时变化，犹人得志而纵横四海。龙之为物，可比世之英雄。"（第二十一回）他进一步告诉刘备："夫英雄者，胸怀大志，腹有良谋，有包藏宇宙之机，吞吐天地之志。"他认为这样的英雄，非刘备与他莫属。这既是抒发自己的抱负，又是对自己一生事业的宣言，我们由此看到的，是一位胸怀远大理想，充满坚定信心的人物形象。

　　曹操由于相信自己的能力和前途，因而在众人悲观沮丧的困难时刻，他总是表现得异常乐观。他在为朝廷典军校尉时，大将军何进与司隶校尉袁绍等谋诛宦官，商议不定，曹操在一旁鼓掌大笑，向何进提出了自己的谋略，可惜未被采纳。董卓乱朝时，王允等班阁旧臣有心图之，因无计可施，众人聚于席间压声而哭，坐中一人抚掌大笑说："满朝公卿，夜哭到明，明哭到夜，还能哭死董卓否？"这人正是曹操，他当即提出了谋刺董卓的建议，后来因为意外的情况而未能成功。青年曹操不像其他官员那样在困难面前一筹莫展，而是以乐观、坚定和自信的态度迎接面临的困难。

　　在战场上，碰到军事失利的情况，曹操并无悲观情绪，如在濮阳被吕布打败后，他伤势很重，众将拜伏问候，曹操仰面大笑说："误中匹夫之计，我必当报之！"（第十二回）当即想出妙计，打败了吕布。曹操与马超作战时，听说有羌兵两万前来帮助马超，他一反众人惊恐之状，闻报大喜，原来他是想到，边远地区的敌人若汇聚一起，便于他一举歼灭，他相信马超再强大，也终会为自己所败。赤壁之战是曹操最大的一次败仗，他损失惨重，仓皇逃跑，数次路过险峻之处，却在马上扬鞭大笑，对军士讲，他若是周瑜、诸葛亮，在此处埋伏一路军马，如此如此。曹操在战败之际的乐观态度，是对自己军队士气的鼓舞，是对慌恐情绪的镇定，是在长自己的志气！

曹操这种乐观自信的精神直到晚年未尝稍变，他曾总结了自己一生的战绩，向身边的大臣说过："如国家无孤一人，正不知几人称帝，几人称王。"（第五十六回）的确，他一生讨董卓、伐袁术、破吕布、降张绣、除袁绍、灭刘表、平张鲁，战功卓著，威震天下，他对当时国家的统一事业做出了杰出的贡献，是三国时代卓越的军事家和优秀的领导人。他晚年作诗云："老骥伏枥，志在千里，烈士暮年，壮心不已。"表达了永不衰竭的进取精神。至此，我们看到了一位生机勃勃的古代领导人的丰满形象。

三、好谋无断的领导人袁绍

袁绍，字本初，汝南汝阳（今河南上蔡一带）人，四代中有三人为朝廷高官。父袁逢为司徒，叔袁隗为太傅，弟袁术亦曾在朝为官。袁绍曾为司隶校尉，协助大将军何进扶立少帝，谋诛宦官，并提出过召外兵入京诛杀宦官的建议。何进被宦官谋杀后董卓入京，欲废少帝，扶立献帝，袁绍挺身反对，与卓矛盾激化，于是悬节城门，弃官而去。董卓为防袁绍生变，封袁绍为渤海太守，袁绍在渤海暗中联络司徒王允，后兴兵与曹操联结，发起十八路诸侯联盟讨伐董卓，被推为盟主，因领导不力，联盟解体。袁绍屯兵河内，暗中策动公孙瓒攻打冀州牧韩馥，馥邀绍同掌州事，袁绍乘机夺取韩馥之地，占有冀州，又打败公孙瓒，收降其众。刘备公开反曹后，托袁绍世交郑玄写信请求其出兵攻曹，袁绍让陈琳起草檄文数曹操之罪，发兵三十万进攻曹操，因谋士不和，心怀疑惑，半路停兵，又因小儿生病，迁延日月。后来白马之战，他折兵损将；官渡之战，被曹操设奇计烧毁乌巢粮草。几十万大军几乎全部被歼。袁绍复聚二三十万军队，于仓亭与曹操相拒，被曹操设"十面埋伏"计打败，退守冀州，未及复仇而病死。袁绍死后，其夫人与谋士审配、逢纪废长立幼，拥立三子袁尚为冀州之主，导致袁绍子辈兄弟不和，祸起萧墙，曹操乘机图之，消灭了袁绍的残余力量。

袁绍是三国前期群雄割据中军事势力最大、声望最显赫的人物，他所以被势力较小的曹操打败，与他领导水平的低下有直接的关系。郭嘉曾经向曹操从十个方面比较了曹操与袁绍的优缺点，其中有三条是从"谋""度""明"的角度提出的，他们分别是："绍多谋少决，公得策辄行""绍外宽内忌，所任多亲戚，公外简内明，用人惟才""绍听谗惑乱，公浸润不行"。前一条说的是决策方面，后两条说的是用人方面。事实上，决策上的好谋无断与用人上的外宽内忌、听信谗言是袁绍领导行为上的致命缺陷。

（一）恩将仇报，诈取冀州

袁绍以盟主身份率十八路诸侯讨伐董卓，事败后投关东，屯兵河内（今河南省黄河南北西岸之地），他粮草缺乏，冀州牧韩馥派人送粮以资军用。袁绍谋士逢纪劝谏说："大丈夫纵横天下，何待人送粮为食！冀州乃钱粮广盛之地，将军何不取之？"袁绍听此建议，有所心动。逢纪进一步为袁绍策划了智取冀州的方案："可暗使人驰书公孙瓒，令进兵取冀州，约以夹攻，瓒必兴兵。韩馥无谋之辈，必请将军领州事。就中取事，唾手可得。"（第七回）袁绍闻计大喜，即暗约公孙瓒共攻冀州，相许平分其地，公孙瓒即刻兴兵，自北直攻冀州。袁绍却使人向韩馥密报公孙瓒进攻冀州之事，韩馥慌忙聚士商议，荀谌提议请袁绍同治州事，共保冀州。长史耿武劝谏说："袁绍孤客穷军，仰我鼻息，譬如婴儿在股掌之上，绝其乳哺，立可饿事；奈何欲以州事委之？此引虎入羊群也。"韩馥坚持说："吾乃袁氏之故吏，才能又不如本初。古者择贤而让之，诸君何嫉妒耶？"坚持迎袁绍入冀州。袁绍到冀州后，在一次冲突中斩杀了与自己作对的耿武等人，任自己部属田丰、沮授等人分掌州事，尽夺韩馥之权。韩馥被逼出逃，袁绍终占冀州。

袁绍本想占取冀州，大概是患于兵马粮草之乏，难于强攻，转而采纳了智取的方式。针对当时诸侯割据、混战不休的局势和韩馥懦弱无谋的特点，他一方面策动公孙瓒同攻冀州，另一方面向韩馥密告"公孙之谋"，玩弄这两手，他挑起了韩馥与公孙瓒的矛盾，自己又在韩馥处佯作好人，骗取韩馥的信任，诱使其做出"引虎入羊群"的蠢事。袁绍未动刀枪，即占有了富饶的冀州之地。

上述策划使袁绍以极小的代价实现了极大的利益，但也产生了两种消极后果：一是公孙瓒求分冀州不得，产生了一种上当受骗、被人愚弄的感觉，他率军与袁绍战于磐河之上，兵连不解，虽然最终被朝廷说和，但也使袁绍付出了较大的代价。二是袁绍见利忘义，对韩馥恩将仇报，较大地损伤了自己的政治信誉。曹操煮酒论英雄时，评说袁绍是"见小利而忘命"（第二十一回），信有其据。然而，在军阀混战、恃武逞强的东汉末年，袁绍智赚冀州的不义之举当为常见之事，其政治策划中的利益所得足以抵偿其所失。

（二）决策上犹豫不定，丧失战机

袁绍为十八路诸侯盟主时，是他领导才能的大亮相，但袁绍在做、盟主时并无多大作为，当鲍信与孙坚被董卓手下华雄战败时，袁绍便向诸侯问计，自己没有了主意。他的弟弟袁术对先锋孙坚不发粮草，坑害孙坚，他听而不闻。董卓劫持皇帝，从洛阳迁都长安，曹操建议乘势追袭，绍却担心"诸兵疲困，进恐无益"。后操追袭董卓而回，当面责备绍说："今迟疑不进，大失天下之望。操窃耻之！"（第六回）讨伐董卓没取得任何结果，他就与孙坚为争夺传国玉玺而闹起了矛盾，带头搞内部纷争，致使讨卓联盟解体。

曹操曾和刘备议论天下人物，刘备佯称袁绍为英雄，指出了他的突出优势:"袁绍四世三公,门多故吏;今虎踞冀州之地,部下能事者极多,可为英雄。"曹操尖锐地指出:"袁绍色厉胆薄,好谋无断;干大事而惜身,见小利而忘命:非英雄也。"(第二十一回)其实,刘备和曹操分别指出的是袁绍的不同方面,曹操坚持从个人品格上考察人物,他对袁绍的评价是中肯的。袁绍出身高贵,社会交往极广,占据的地理位置优越,手下人才济济,这都是事实,但袁绍表面厉害实则没有胆略,多于筹谋却无所决断,而且,他不能吸引自己的部下为实现远大的目标而努力,却喜欢为区区小事斤斤计较,外在的优势与内在的劣势相比较,后者终归是长久起作用的决定性因素,这决定了袁绍集团必然是没有前途的。

袁绍开始进攻曹操时,声势浩大,但兵至黎阳,就驻扎不前,正如曹操所料:"陈琳文事虽佳,其如袁绍武略之不足何!"(第二十二回)曹操见袁绍不图进取,于是挥师进攻刘备,刘备求救于袁绍,让其夹攻曹操,谋士田丰也建议乘曹操东征刘备,许昌空虚之机,直捣曹操老巢,这确是千载难逢的战机,但袁绍却因幼子患疥疮的原因,决意不肯发兵。儿子生病能成为放弃战机的原因么?如果有人以"色厉胆薄"来解释这次不肯发兵的真正原因,认为袁绍内心深处畏惧曹操,不愿决战,而以儿子生病作为推托的理由,这种解释恐怕也是很有道理的。

(三)用人上外宽内忌,不搞惟才是用

袁绍在做诸侯盟主时,向大家宣告纪律说要:"有功必赏,有罪必罚,国有常刑,军有纪律,各宜遵守,勿得违犯。"(第五回)他一开始就让弟弟袁术总督粮草,这大概是有点"内举不避亲"的精神吧!但袁术出于私心,在军粮上坑害孙坚,二人闹了矛盾,这时袁绍却没有站出来说话,"有罪必罚"成了一句空话。当时袁绍初见刘备,听公孙瓒介绍了刘备的功劳与出身,即命刘备就座,对刘备说:"吾非敬汝名爵,吾敬汝是帝室之胄耳。"(第五回)华雄搦战,无人可敌,关羽阶下请战,他一开口就问

关羽身居何职，知道关羽是县令手下的马弓手，他却在考虑"使一弓手出战，必被华雄所笑"；及等关羽温酒斩华雄后，他的弟弟袁术反要将关羽、张飞这些"县令手下小卒"赶出帐去，他一言不发，还是曹操暗中使人抚慰，而"有功必赏"的宣告被袁绍本人忘得一干二净。看来，袁绍因为自己出身高贵、官爵显赫，因此他对人所看重的方面，也是其出身和官职，人的功过在他眼中是不足道的。

谋士田丰曾评价袁绍说："袁将军外宽而内忌，不念忠诚。"（第三十一回）袁绍确是这样一位不念忠诚的领导人。刘辟一度归顺他，合力攻曹操，但当刘备提议要去说服刘表联合时，他竟当众表态："若得刘表，胜刘辟多矣"。（第二十八回）关羽曾为曹操斩杀袁绍大将颜良、文丑，颜、文二人跟随袁绍多年，屡建战功，是他身边的心腹爱将，二人阵亡，未见他有任何悲痛的表示，而当刘备提出为他招降关羽时，他竟高兴地表示："吾得云长，胜颜良、文丑十倍也。"（第二十六回）至此，人们不禁要为这样的领导人而伤心：作为领导人，如此地鄙视部下，鄙薄阵亡将士，难道忠诚的人在自己的心中没有一点地位？难道活着的部下会不因此而寒心？袁绍不念忠诚，不念功劳，公开鄙薄阵亡将士，与曹操对典韦的一再祭奠形成鲜明对照，这是造成他部下离心离德的一个重要原因。还在官渡出兵前，沮授就把自己全宗族的人召集在一起，告诉他们："吾随军而去，胜则威无不加，败则一身不保矣！"（第二十五回）因之尽散家财，与家人诀别。在袁绍手下干事的人没有起码的安全感，他们多被袁绍所忌，落得个可悲的下场。这样的领导人指挥军队，不打败仗才是天大的怪事。

（四）听信谗言，制造内部矛盾

袁绍缺乏远大的理想和抱负，他未能树立明确的奋斗目标用以将部下的思想统一起来，又不注意与部下的感情联络，致使本集团缺少以领导人为中心的向心力，而绍本人对人有内忌之心，且是非不明，故而使部下的相互陷害与袁绍的轻信谗言互相加深，结果本集团内讧不止，为敌所乘。

袁绍曾派颜良为先锋进攻白马，沮授向袁绍指出颜良的性格缺点，认为颜良不能独当一面，袁绍却回答："吾之上将，非汝等可料。"（第二十五回）这似乎是用人不疑，实际却是不知人而用之，尤其是，他听到建议后不是去对颜良勉励告诫，而是责备沮授，似乎是沮授低估了颜良，这等于挑起颜良对沮授的不满。颜良出兵被关羽斩杀，时刘备为袁绍的座上客，袁绍听沮授之言，欲杀掉刘备，刘备以"天下同貌者不少"为理由，认为杀颜良者未必是关羽，袁绍闻言即指责沮授说："误听汝言，险杀好人。"（第二十六回）文丑被关羽斩杀后，袁绍听郭图、审配之言，又要杀掉刘备，刘备向绍指出了曹操的借刀杀人计，袁绍又指责郭、审二人说："汝等几使我受害贤之名。"袁绍在对待刘备的态度上摇摆不定，这尚可以勉强谅解，但他在刘备面前指责谋士，实际上挑起了刘备对部下的不满，制造了内部矛盾，可以想象，袁绍这种做法是导致他的部下互不团结的重要原因之一。

官渡之战前，袁绍集团的内部关系已相当复杂："将士各相妒忌。田丰尚囚狱中；沮授黜退不用；审配、郭图各自争权；袁绍多疑，主持不定。"（第二十七回）连袁绍待为上客、许为报仇的刘备也谋求脱身之计，这样的战争还怎么个打法？后来，许攸、张郃、高览先后降曹，均是集团内部互相陷害、领导人又轻信谗言的结果。而袁绍身后子辈兄弟互相攻打，正是袁绍生前集团内部矛盾的进一步发展。

（五）从官渡之战看袁绍领导行为的失误

官渡之战是袁绍领导能力的总表演，他的领导行为的诸种缺陷得到了集中体现。

第一，关于出兵时机。曹操东击刘备时许昌空虚，袁绍以幼儿之病相推托不肯出兵。曹操一举击败刘备，回师京都，刘备投奔袁绍，这时，袁绍对刘备讲："吾欲进兵赴许都久矣。方今春暖，正好兴兵。"（第二十五回）出兵进攻敌人，所要选择的是战机，哪能舍掉战机单纯考虑季节冷暖？袁绍的决定受到田丰的反对，田丰主张等待战机再次出兵，袁绍答应考虑田丰的意见，又去询问刘备，刘备回答说："曹操欺君之贼，明公若不讨之，恐失大义于天下。"（第二十五回）袁绍表示赞同，遂进军白马以攻曹军。事实上，刘备对他所讲的只是出兵的理由问题，袁绍却用出兵理由代替出兵时机，且以"春暖"为出兵借口而不择战机，这就潜伏下了失败的祸根。

白马战役失利后，他退兵武阳，按兵不动，等听到曹操封孙权为将军，曹吴关系密切时，凭感情冲动就起兵七十万攻曹，发起官渡战役。官渡之战溃败后，他急于复仇，聚得二三十万人马，仓皇迎战，复有仓亭之败。实际上，曹操封孙权为大将军，用心是要拉拢孙权，壮大自己的力量，以对抗袁绍。袁绍在敌方力量未壮大之前按兵不动，敌方力量一壮大，反倒出兵攻击，高明的领导人是绝不会干这种蠢事的。仓亭之役，兵势衰弱，士气不高，又准备不足，出兵时已包含了失败的全部因素。郭嘉评价袁绍，说他："好为虚势，不知兵要"，看来其评价是正确的。

第二，关于战役中的用人。袁绍手下的谋士武将很多，连荀彧都能说出各人的特点，他曾对曹操说，"田丰刚而犯上，许攸贪而不智，审配专而无谋，逢纪果而无用……颜良、文丑匹夫之勇"。（第二十二回）但袁绍本人根本没有想到对属下的人物做一基本的估计，以避其所短，用其所长。白马之役分别派颜良、文丑单独领兵敌操，结果兵败身亡。在官渡之役的决战前夕，田丰被囚于狱中，许攸被逼投操，沮授被锁禁军中，等等。

曹操在战前曾派兵劫袁军粮草，这已引起了袁绍对屯粮重地乌巢的注意，他派大将淳于琼等领兵驻守乌巢。淳于琼性刚好酒，到了乌巢，整天与诸将聚饮，曹兵攻陷乌巢时，他正醉卧帐中，不及御敌，结果粮草被曹军尽行烧绝。看来，袁绍对自己部将的性格是不了解的，他不知道避人之短是调兵遣将时应特别加以注意的。

第三，军事上消极防御，受敌调遣。在战役的关键时刻，许攸捕获了曹操的催粮信使，知其粮草已尽，建议袁绍分兵袭击许昌，乘曹操回兵救应时两路首尾相攻，击溃操军，这真是主动出击、出奇制胜的妙计，但袁绍却认为书信所言是曹操的诱敌之计，拒绝主动出击，这样，袁绍把自己的军队放在了消极被动的地位。

乌巢粮草被烧时，袁绍召集文武各官商议救援，张郃主张立即援救乌巢，郭图主张乘虚劫曹操军营，这时，袁绍派张郃领兵五千劫营，派蒋奇领兵一万往救乌巢，他这一军事步骤不能出奇制胜，又有诸多失误：其一是两个拳头打人，不能集中使用兵力；其二是两路军马甚少，无异以卵击石；其三是力主援救乌巢的张郃却被派往劫营，这样，劫营主将的信心必然不足。结果，袁绍两路军马失利，军心动摇，加之乌巢粮草被烧，败局已几乎不可挽回。

曹军得胜后，故意扬言要分兵两路攻邺城、黎阳，切断袁兵归路，袁绍急忙各派兵五万救应两地，曹操乘袁绍兵动时分大军八路齐出，袁军四散奔走，不可收拾，彻底溃败。这里，袁绍判断失误，被敌人所调遣，失败之局已在所难免。

第四，是非不分，逼反部将。上下一心，同仇敌忾是军事战役取得胜利的基本保证，但袁绍却在两军决战的关键时刻轻信挑拨，猜忌部下，把自己的部下逼到了敌人一边去，削弱了自己，壮大了敌人。许攸向袁绍献计未被采纳，这时去后方催粮的审配来信反映许攸过去在冀州的"经济问题"，并汇报许攸的子侄已被收监。袁绍见信后大骂许攸："滥行匹夫！尚有面目于吾前献计耶！汝与曹操有旧，想今亦受他财贿，为他作奸细，啜赚吾军耳！本当斩首，今权且寄头在项！可速退出，今后不许相见！"（第三十回）许攸觉得自己子侄被害、无颜复回冀州，准备拔剑自杀，被身边人劝住，投奔了曹操，向曹操献了乌巢断粮之计，后又献了决漳河灌冀州邺城之计，均获成功。张郃、高览二将曾被袁绍派去劫曹军营寨，因为对方早有准备而失败。出兵前与张郃有意见分歧的郭图怕张郃回军后追究是非，就在袁绍面前诬陷说：张郃、高览见主公兵败，心中必喜。原因是"二人素有降曹之意，今遣击寨，故意不肯用力，以致损折士卒。"（第三十回）袁绍即派人召二人回来问罪，而郭图却先让人告知二将说，回来将被袁绍杀头，二人只好去投曹操。袁绍兵败回冀州途中，对他出兵时未听田丰之谏表示后悔，而前来接应袁绍的谋士逢纪却诬陷说："丰在狱中闻主公兵败，抚掌大笑曰：'果不出吾之料！'"（第三十一回）袁绍竟信以为真，派人持剑先往冀州狱中杀掉田丰。

　　袁绍作为最高领导人，他在这些事情上的直接失误，一是没有调查研究，听信一面之词，甚至不给被诬陷者以申辩的机会；二是对部下追究责任不选择适当的时机，因为即使是许攸果有经济问题，张郃卖阵为真，也应在战役结束后再做处理，绝不该在战役的关键时刻、尤其是在自己不能控制张郃的时候就要给予处理。袁绍对这些事件的间接责任，一是他平时不能用明确的奋斗目标统一部下人员的思想，致使他们各怀私心，互相拆台和诬陷，二是他对部下没有基本的信任。

　　官渡之战集中暴露了袁绍低劣的领导水平，然而，袁绍一生的重大失误并非到此为止。他败退冀州后，准备选定接班人，由于集团内部的派系斗争错综复杂，几个谋士各为其主，因而他对此事一直踌躇不决，下不了决心。他既不愿按照传统的接班方法立长子袁谭为接班人，又不能在对三子袁尚有所心许的情况下逐步收缴袁谭的兵权，保证袁尚地位的稳固性，结果在他死后，两个儿子鏖兵相争，先前的派系斗争表面化，袁谭甚至勾结曹操为外援。这种内部纷争被曹操所利用，导致袁绍集团彻底覆灭。

　　袁绍性格的一个最大弱点是对什么事情都优柔寡断，下不了决心。有时候似乎是下了决心，但行动起来又摇摆不定，这实际上还是信心不足，决心不大。但值得注意的是，袁绍当年在朝廷为司隶校尉，在何进手下干事时，却是表现得非常果断的。灵帝死后，宦官准备作乱，他挺身而出，点御林兵五千斩关入宫，引大臣入内，扶立少帝。他曾向何进建议对宦官斩草除根，一再劝告何进乘军权在手时下手，认为"此天赞之时，不可失也。"（第二回）他为诛宦官也曾提出过召外兵入京的错误建议，但并未显出动摇不定的性格。当谋杀宦官的事情败露后，他劝何进不要冒险入宫，何进不听劝阻，决意入宫，他与曹操带剑护送。何进被杀后，他即时诛杀宦官，平定叛乱。董卓谋废少帝，大臣无人敢于反对，唯袁绍挺身抗争，拔剑相对。此时的袁绍英勇果断、敢作敢为，也许是当时"初生牛犊不怕虎"，他尚具有青年人的勃勃朝气，但人们年龄导致的性格变化不至于如此天壤差别。也许是有些人一当上主要领导、负起全面责任就顾虑重重，动摇不定，而袁绍就属于这类人物。

袁绍曾经组织和领导了当时最大的军事集团，但在袁绍手下，谋士间勾心斗角；文官对武将相陷害；上下级之间互相猜忌；身后妻妾间相互残杀；子辈兄弟间相攻伐。这个集团存在的时间不长，但却引发和包含了多种矛盾。这是一个病态的政治集团，它越是膨胀，越是虚弱，探讨它的致病之因一定不无意义。

四、董卓、吕布的拙劣领导方法

董卓

董卓，字仲颖，临洮（今甘肃岷县）人，曾为河东太守。镇压黄巾起义时屡吃败仗，朝廷欲追究其罪，他贿赂宦官得免，后在朝贵中拉拢关系，任鳌乡侯、西凉刺史，拥兵二十万。何进欲诛灭朝廷宦官，发诏召外兵入京，董卓遂带李傕、郭汜、张济、樊稠等，公开打起诛灭宦官的旗号，进军洛阳。朝中宦官叛乱，何进被杀，董卓以保驾为名驻军洛阳城外，并招诱何进手下之兵。不久，他违背群臣意愿，废掉少帝刘辩，立陈留王刘协为献帝，自封相国。他的行为曾遭到大臣的一致反对，丁原、袁绍等公开抗争，无济于事，曹操谋刺未遂。十八路诸侯讨伐时，他接连受挫，出军不利，于是焚烧洛阳宫阙，迁都于长安。在长安他专横跋扈，枉杀无辜，司徒王允施连环计，暗中联络董卓心腹大将吕布刺杀了董卓。

董卓作为一名领导人，不乏爱才之心，但他办事专横、愚鲁残暴，甘与天下为敌，最后自取灭亡。

（一）专横跋扈，目中无人

董卓进京不久，就两次召群臣商议废立之事，第一次，他大摆宴席，带剑而入，勒令停酒止乐，提出自己的废立主张。遭到荆州刺史丁原的反对后，他大喝道："顺我者生，逆我者死！"（第三回）就要拔剑斩掉丁原，因丁原有吕布的保护而作罢。董卓招降吕布后二次设宴会集公卿，他让吕布带千余侍卫，又提出废立之事，并宣称："有不从者斩！"对大臣公然以武力相威胁。袁绍挺身反对，董卓怒喝道："天下事在我！我今为之，谁敢不从！汝视我之剑不利否？"（第三回）二人在酒席上拔剑相对，被劝免。袁绍弃官外出后，董卓对众人讲："敢有阻大议者，以军法从事！"（第四回）在大臣的一片惶恐中，他实现了自己的废立主张。

董卓决定迁都长安时，许多高级官员，如司徒杨彪、太尉黄琬均曾劝谏，司徒荀爽提出："丞相若欲迁都，百姓骚动不宁矣。"董卓闻言大怒，说："吾为天下计，岂惜小民哉！"（第六回）当即罢免三人官职，下令迁都，限第二天起行。对于迁都大事，高级官员尚没有提意见的权力，而且，事前不做任何有效的宣传动员，决定做出后几乎没有准备的时间，完全按自己一个人的主观意图办事。

先前，董卓在与黄巾起义军作战时，兵败身危，刘备带兵救了他的性命，当他知道刘备尚无官职时，就对其傲慢无礼。可见他心中没有别人，甚至连救命恩人也不放在眼里。

（二）为非作歹，愚鲁残暴

董卓废掉少帝后，闻说少帝写的一首诗中有"何人仗忠义，泄我心中怨"之句，遂派手下李儒鸩杀之。在城外某处迎神赛会上，他引兵围住村民，抢杀烧淫。到长安后，他为自己在郿坞大兴土木，对自家宗族之人封官封侯。一次，他对北方几百降兵有的砍断手足、有的凿其眼睛、有的以大锅煮之，哀号震天，百官战栗，而他却谈笑自若。总之，他残暴成性，无恶不作。

袁绍领盟军讨伐董卓，董卓将以前保用袁绍的部下斩首，又将袁绍在京城为太傅的叔叔袁隗之家派兵包围，不分老幼，尽行诛戮。

总之，董卓自入京都后，坏事作绝，天下共愤。董卓不灭，天理不容！

董卓的爱妾貂蝉进相府前被王允有意介绍于吕布，进相府后吕布又多次追求，李儒一再建议董卓将貂蝉赐与吕布，以买其心。董卓后来变脸反问李儒："汝之妻肯与吕布否？"（第九回）这种愚蠢的态度和拙劣的表达恐怕只董卓才有。

（三）董卓的爱才之心

董卓是三国前期最拙劣的领导人，但不能否认他所具有的爱才之心。少帝一行被宦官劫持城外，被众官相救后，董卓带兵前往，少帝吓得战栗无言，而陈留王在弄清董卓是为保驾而来后以言抚慰，不曾失语，董卓暗暗称奇，于是产生废立的想法。他在大臣面前提出废立主张，就是以"今上懦弱，不若陈留王聪明好学，可承大位"为理由的。（见第三回）如果真有这方面的原因，那就不能认为他的废立是全无道理的。

董卓为废立之事与丁原闹翻后，丁原出城带兵向董卓挑战，丁原手下猛将吕布打败董卓军队。董卓退兵后聚众商议说："吾观吕布非常人也。吾若得此人，何虑天下哉！"（第三回）后派中郎将李肃送金银珠宝并赤兔马收买了吕布，吕布遂归顺董卓。董卓一见吕布英才，就有相爱之心，后以厚礼相聘，也是难得的行为。

董卓完成废立之事，自任相国后，接受李儒的建议，擢用名流。侍中蔡邕被人推荐，董卓即下令相召，蔡邕拒不接受相令，董卓让人给蔡邕传话说："如不来，当灭汝族。"（第四回）蔡邕只好应命而至，董卓见到蔡邕后非常高兴，一月内三升其官，相待甚厚，这还是因为他看中了蔡邕的旷世逸才。

曹操在朝廷为校尉时，曾是很有才华的青年将官，当时董卓对曹操非常器重，把他几乎与吕布同样看待，其在相府出入不禁。曹操刺杀董卓未遂而逃至中牟县，县令陈宫对曹操说："我闻丞相待汝不薄"（第四回），可见，董卓对曹操的亲善关系已是人所共知。董卓器重曹操，除曹操的才略过人外，再没有其他的原因。

然而，董卓的爱才之心无法补偿他领导作风上专横、残暴的重大缺陷。根据"方今天下，非但君择臣，臣亦择君"的双向选择原则，有政治远见的人才是绝不肯为他所用的，曹操就是一个典型的例子。董卓那种"吾为天下计，岂惜小民哉"的思想作风，决定了他根本不可能产生任何良好的领导方式，他身为丞相，乃是一时的偶然，而他身败名裂，乃是一种必然。

吕布

吕布，字奉先，三国前期第一猛将，先父早亡，曾拜荆州刺史丁原为义父。董卓为相国时，以厚礼收买，遂杀掉丁原归顺董卓，并拜董卓为义父,被封为骑都尉、中郎将、都亭侯,为董卓屡建战功,深得信任。后来,吕布贪恋董卓爱妾貂蝉之色,多次与之密会,被董卓发觉,掷戟相刺,遂对其心生怨恨,经司徒王允用计挑拨,吕布刺杀董卓,率兵抄斩董卓全家。董卓余党李傕、郭汜兵犯长安,吕布出战不利,长安落陷,他弃却家小,奔投袁术,袁术嫌其反复不定,拒不接纳,又投袁绍,立下战功后傲慢袁绍手下将士,袁绍欲杀之,吕布又投靠上党太守张杨。此时匿藏于长安中的妻小被庞舒送还,李傕、郭汜遂斩庞舒,并联络张杨诛杀吕布,吕布又奔投陈留太守张邈。在陈宫的说服下,张邈令吕布攻取曹操的兖州、濮阳等地,曹操从徐州回师相救,吕布大败曹军。曹操等到战机后,用计一举攻破兖州、濮阳等地,吕布兵败欲复投袁绍,知袁绍已出兵助曹操,乃与陈宫引兵至徐州投刘备,刘备让屯兵小沛。在此期间,吕布常与刘备集团的人发生摩擦。刘备奉诏外出截击袁术时,吕布与徐州城中曹豹勾结,偷袭了徐州,并受袁术利诱,夹攻刘备。后来吕布与袁术发生分歧,又邀刘备驻军小沛,遂与袁术、刘备保持等距离关系。袁术曾约结亲,吕布犹豫不定,反复多次,后来,他因曹操的联络,击败过袁术,又因利益纠纷,攻败过刘备。曹操在消灭了袁术主力后,乘袁绍北征公孙瓒之机,联合刘备等,集中兵力围歼吕布,徐州名士陈登设计向曹操献了徐州。吕布坐守下邳,曹操决水灌城,因吕布不听部下良言,又滥施淫威,城中发生兵变,吕布最终被部将缚获献给曹操,曹操将其缢死。

吕布先曾追随别人,后独立地组织了一支强悍的军事集团。这个集团存在时间不长即被联合剿灭,其迅速覆灭的最重要的原因在于吕布性格上的重大缺陷。

(一) 见利忘义,反复无常

吕布是一个毫无理想与抱负的战将,他在追随别人期间,抱着有奶便是娘的处世方式,使他在诸侯中的政治声誉低劣。吕布先为丁原的义子,在丁原与董卓军队对阵时，董卓以珠宝和赤兔马收买他，他竟杀掉丁原，将其首级献于董卓，复拜董卓为义父。后来，他为了得到董卓的爱妾貂蝉，又受王允挑拨杀掉董卓。吕布爱财贪色，杀掉自己两个义父，这使他本人信誉扫地。诚然，刺杀董卓在当时是顺应人心的行为，但吕布做此事的直接动因却是为了满足自己的色欲，且娶董卓之妾为妻，又有社会伦理观念所不允许的一面。正因为这些原因，他先后投奔袁术、袁绍、张杨等，均不能得到信任，诸侯中无人敢与他深交。

吕布独立领导军队后仍然没有明确的战略目标，他见利就图，军事目标反复多变。他被曹操从兖州等地赶出后无处容身，刘备收留了他，他乘刘备领兵外出，即偷袭了徐州。袁术以粮马金银等物相引诱，他即迎合袁术夹攻刘备，而当袁术未兑现诺言时，他又请刘备屯兵小沛。当然军事斗争中的利益原则是不能被否定的，但吕布一味考虑眼前的利益得失，表现得鼠目寸光，目标多变。他打败过许多敌人，但没有最终消灭过一个敌人。

应该提到，吕布辕门射戟是他一生处事较高的一着。袁术想进攻屯兵小沛的刘备，怕吕布出兵相助，于是向吕布兑现了以前许诺的金帛粮马，以求吕布在战争中保持中立。袁术派大将纪灵领兵攻刘备，刘备向吕布求救，吕布不愿意看到袁术在身边强大起来，怕形成对自己的威胁，于是想出兵援助刘备，但又拿了袁术的东西，不好出面，于是他请纪灵、刘备前来饮宴，提出为两家和解，而且是"从天所决"，他令人在辕门外一百五十步远远插定画戟，对二人说："吾若射一箭中戟小枝，你两家罢兵；如射不中，你各自回营，安排厮杀。有不从吾言者，并力拒之。"（第十六回）结果一箭射中，纪灵只好罢兵。从长远的角度考虑，吕布不能和刘备联合起来，向强大的袁术集团积极进攻，以扩张势力，而是对袁术采取妥协态度，这是缺乏战略目标的失误之处，但从满足眼前利益的角度考虑，吕布的辕门射戟抑制了袁术集团的扩张，而在表面上又没有得罪袁术，这确是高明的手段。之所以称之高明，因为人们无法对吕布提出更高的要求。

吕布在与袁术结亲一事上充分暴露了他在政治上的幼稚。袁术欲图刘备，采用"疏不间亲"计，托媒欲娶吕布之女为儿媳，时袁术得到传国玉玺，称帝呼声很高，吕布与妻女商议，答应婚事，又怕诸侯知之嫉妒，决定连夜派人送女前往。陈珪替刘备着想，告诉吕布说，送女至袁术处后，袁术将进攻刘备的小沛，如不救刘备，小沛失则徐州危；如救刘备则有女在袁术处为质。同时袁术称帝造反，与之结亲者将为反贼亲属，天下共愤之。吕布闻言大惊，急令将女追回，并将媒人监禁。曹操攻张绣时，怕吕布在后方作乱，遂封吕布为平东将军，吕布高兴之下，将袁术派来的媒人送至曹操处谢恩，被曹操处斩。袁术气恨不过，派二十万大军分七路进攻徐州，吕布又准备将建议他拒婚的陈珪、陈登斩首，献与袁术谢罪。当他知陈登有计可退袁术时，遂赦免其罪，用其计打败了袁术。后来，曹操在下邳城聚兵围歼吕布，吕布又派人前去与袁术联姻，企图让袁术出兵解围，袁术提出先送女，后出兵的要求，吕布将女以甲包裹，负于背上，准备亲自突围送出，结果未能走出，袁术也终未发兵。吕布从军事联盟的角度着眼考虑儿女亲事，这未尝不可，问题在于他没有长远的政治目标，考虑问题常着眼于眼前的利害，由于眼前现实情况的复杂多变性，不同的人都可以从自己的利害出发，"设身处地"地为吕布既能找到结亲的理由，又能找到拒亲的理由。吕布的鼠目看不透眼前利害的帷幕，于是他一会儿要结亲，一会儿要拒亲，反复不定。而当他背上女儿突围送人时，已是赤裸裸地将自己的独生女作为交易的手段，已使女儿身价大跌。

一个人没有远大的政治抱负而身居领导岗位，在群雄纷争的环境中必然不会有明确的战略目标，必然会鼠目寸光，见利忘义。吕布的反复多变充分表演了这种领导人的可怜相。

(二) 恃勇狂傲，喜听谀言

吕布是三国前期最勇猛的战将，时有"人中吕布，马中赤兔"之谓，这是他作为军事领导人的极其有利的条件，但他错误地相信单凭勇力就可以征服天下，因而恃勇狂傲，轻视诸侯。曹操曾挥师濮阳，与他大战，他拒不接受陈宫半路伏击的计策，又否定了关于乘曹兵远来疲乏，迅速决战的建议，对众人说："吾匹马纵横天下，何愁曹操！"（第十一回）在与曹军决战时，陈宫建议待众将聚会后再迎战，吕布对他说："吾怕谁来？"（第十二回）不听陈宫之言，最后中了曹兵埋伏，只好败投刘备。后来吕布在下邳被曹操围困，他坐守孤城，仍然对家人表示："吾有画戟、赤兔马，谁敢近我！"曹操决水灌下邳，吕布危在旦夕，他对众将讲："吾有赤兔马，渡水如平地，又何惧哉！"（第十九回）仍与妻妾整日饮酒，不思解围之策，最后终被缚获。吕布被俘后，大概仍不相信自己会有灭亡的时候，他对曹操说："明公所患，不过于布；布今已服矣。公为大将，布副之，天下不难定也。"（第十九回）他毫无自知之明，提议要为曹操当副手，幻想着征服天下，但他在诸侯中威信扫地，声誉低劣，无人替他说话。当曹操就此事征求刘备的意见时，刘备回答说："公不见丁建阳、董卓之事乎？"曹操想到身边养虎的危险性，遂下令处死。

吕布勇猛，他恃勇狂傲，因而也喜听别人对他的谄谀之言。李肃在为董卓招降吕布时曾对布说："贤弟有擎天驾海之才，四海孰不钦敬？"（第三回）李肃是吕布的同乡，他知道吕布的秉性，显然是在投其所好。司徒王允欲诛董卓，设计联络吕布，初次接触，王允在家中向吕布劝酒说："方今天下别无英雄，惟有将军耳，允非敬将军之职，敬将军之才也。"（第八回）王允与吕布的交往就是这样从对吕布的恭维吹捧开始。后来，吕布决意要杀董卓，王允又对布讲："以将军之才，诚非董太师所可限制。"（第九回）吕布在徐州时，陈珪父子每在宾客宴会之际，必面谀吕布，取得了吕布的信任。后来，陈珪父子骗出吕布，向操献了徐州。总之，谁吹捧吕布，谁就可以买定吕布。吕布抱着"匹马纵横天下"的思想傲视天下，在潜意识中，他唯恐这点得不到别人的承认，因而，当别人对此当面给予肯定时，他就特别喜欢。对自己能力估计上的错觉，使他无法辨清别人恭维之词的真伪，而当别人出于不可名状的目的谄谀他时，他自然会将其视为知己而被牵着鼻子奔走。

吕布武艺绝伦，头脑简单，他的超群之勇无法弥补领导行为的重大缺陷。他曾集结了一旅虎狼之师，见肉就吞，到处伤人，结果人人怨恨。他既不可为人所养，又必为人之大害，欲平治天下的英雄们自然要将其围而歼之。

五、东吴政权的领导人孙权

孙权，字仲谋，吴郡富春（今浙江富阳）人，孙武子之后裔。父亲孙坚曾为朝廷镇压过黄巾起义，被提升为乌程侯长沙太守，十八路诸侯讨董卓时任联军先锋，联军解体后在荆襄一带与刘表、黄祖作战时阵亡，长子孙策继其基业，率众夺取江东，中箭夭亡，临终前将印绶传于弟弟孙权。

孙权继位后，在江东广纳贤才，率众攻杀黄祖，报父之仇。曹操率军下江南时，他经过犹豫和徘徊，终于接受了青年将领周瑜、孔明等人的意见，下决心与刘备结盟，抗拒曹操，促成了赤壁大战的胜利。赤壁之战后，三足鼎立的局面形成，孙权主要在两条战线上作战，一方面，他亲自领兵在合淝、濡须一带向曹操军队发动进攻，但在这条战线上屡不得手；另一方面，他与盟军刘备集团为荆州明争暗斗。荆州守将关羽未能重视双方关系的维护，孙权于是联络曹操，乘关羽北伐之机，派大将吕蒙偷袭荆州，并擒斩关羽。刘备兴兵为关羽报仇，吴兵节节败退，孙权于危急中力排众议，提拔年轻将领陆逊为大都督，促成了彝陵之战的胜利。刘备死后，孙权接受了诸葛亮关于复修两国盟友关系的主张，建立了与蜀汉牢固的联盟关系，至死未渝。其间他为配合诸葛亮收复中原的作战计划，数次派兵攻曹，均无效果，七十一岁时病死，儿子孙亮继位。孙权生得方颐大口，碧眼紫髯，他兄弟五人，早年汉使刘琬来江东，见到他们兄弟几人，对人讲："吾遍观孙氏兄弟，虽各才气秀达，然皆禄祚不终。惟仲谋形貌奇伟，骨骼非常，乃大贵之表，又享高寿，众皆不及也。"（第二十九回）孙策临死前给孙权交印绶时对他讲："若举江东之众，决机于两阵之间，与天下争衡，卿不如我；举贤任能，使各尽力以保江东，我不如卿。"（第二十九回）刘琬的观察，尤其是孙策的评价是极有见地的，从孙权一生的行为看，他战略上目标明确，用人上举贤任能，又善于进行自我批评，个人性格上虽有许多弱点，但从总体上看，他不失为东吴基业成功的保守人，不失为一名优秀的领导者。

（一）战略上目标明确

孙权继父兄基业，坐领江东后，为了独占长江沿岸的地理优势，遂率兵至江夏攻伐黄祖，部将凌操被黄祖手下的甘宁射死，第一次伐黄不果而还。后来，孙权听说甘宁因与黄祖发生矛盾，欲投江东，又恐江东记旧日之恨，正犹豫不决，孙权即让吕蒙引甘宁入见，当面对他说："兴霸来此，大获我心，岂有记恨之理？请无怀疑，愿教我以破黄祖之策。"（第三十八回）孙权为了自己政治和军事上的战略目标，能完全放弃个人的宿怨，不记旧恨。

甘宁为破黄祖立了大功，得到孙权的赏识。凌操的儿子凌统常想向甘宁报杀父之仇，在一次宴会上，他拔剑直砍甘宁，二人刀枪相对，孙权急忙劝住，并耐心地对凌统讲："今既为一家人，岂可复理旧仇？万事皆看吾面。"（第三十九回）最后又做了两项人事调整。一是安排甘宁领兵去夏口镇守,以避凌统;二是加封凌统为都尉,以慰其心。后来,在孙权要合兵围攻曹操的皖城时,甘宁与凌统又在阵前发生冲突,孙权闻讯,急忙骑马前去劝解。凌统一次出战,因马伤趴落地下,在曹将赶来相刺的关键时刻,吴军阵中发出一箭射伤曹将,救了凌统性命。凌统回阵拜谢孙权,孙权告诉他:"放箭救你者,甘宁也。"(第六十八回)凌统闻知此讯,遂与甘宁结为生死之交。孙权为了自己的事业,不仅自己放弃宿怨,而且善于用这种思想影响和教育自己的部下,他并不注重部下对自己怀有一己私情,更多的是希望他们能相互团结,共同为本集团的事业而奋斗。

在处理与曹操、刘备的三角关系上,孙权在总体上能把握大局,他的行为具有明确的战略意图。当时曹操集团的势力最大,因而吞吴的可能和野心也最大,孙权只有和刘备联合抗曹,才能保证吴国的存在和发展,这是事情的主要方面,另一方面,孙、刘集团也存在许多潜在的矛盾,争夺荆州的问题把这种矛盾表面化、公开化,但这是事情的次要方面。孙权在大局上能认清趋势,较恰当地处理这两对矛盾,这表现在以下两个方面:第一,抗拒曹操,他是先兵后礼;争夺荆州,他常常是先礼后兵。赤壁之战后,他在濡须抗曹得胜,在曹操退兵犹豫之际,他致书曹操,斥责其"妄动干戈,残虐生灵",书中威胁说:"即日春水方生,公当速去。如其不然,复有赤壁之祸矣。"书后又批道:"足下不死,孤不得安。"(第六十一回)曹操看完书信大笑说:"孙仲谋不欺我也。"遂重赏来使,下令班师。曹操约会孙权夹攻关羽以夺荆州,孙权采纳了诸葛瑾的建议,派人去荆州说媒,欲聘关羽的女儿为儿媳,他的考虑是:"若云长肯许,即与云长计议共破曹操;若云长不肯,然后助曹取荆州。"(第七十三回)只是后来关羽侮辱吴使,谩骂孙权,才激化了荆州方面与东吴的矛盾,促使孙权下定了夺取荆州的决心。从孙权方面看,他对待魏、蜀的态度是大不一样的,这种不同态度的选择完全服从于自己的战略目标。第二,孙权对待曹操,多是采取的硬政策;而争夺荆州,多是采取的软政策。赤壁之战后孙权与曹军复有合淝之战、濡须之战、皖城之战、逍遥津之战，大小战役几十次，对曹操方面的防御和进攻主要采取军事斗争的手段来解决；而为了促使刘备交出荆州，他曾数次派鲁肃前去索取，又准备以"美人计"扣留刘备以换取，还试图扣留关羽以逼取，甚至假意监禁诸葛瑾全家老小，让诸葛瑾通过弟弟诸葛亮的私人关系以索取。对于荆州，他一直想采取和平的外交手段去解决。在刘备发动的吴蜀大战结束后，他积极配合诸葛亮复修两国关系，其后多次在军事上配合诸葛亮伐魏。诸葛亮死，后主刘禅闻知孙权增兵吴蜀边境，急派使者去见孙权，以打探其用意，孙权对蜀使者讲："朕闻诸葛丞相归天，每日流涕，令官僚尽皆挂孝。朕恐魏人乘丧取蜀，故增巴丘守兵万人，以为救援，别无他意也。"（第一百五回）并折箭发誓说："朕若负前盟，子孙绝灭！"

从孙权处理本集团内部和外部各种矛盾的行为看，他确是一名胸怀大局、目标明确、富有远见的人物。

（二）用人上举贤任能

孙权在用人上能广纳贤才，举贤任能，最突出的表现在四个方面。

其一，尊重和爱戴人才，广泛听取众人的意见。孙权一掌江东之事，就向周瑜询问说："今承父兄之业，将何策以守之？"周瑜向他讲了一番"得人者昌，失人者亡"的道理，并着重向他推荐了鲁肃。孙权见到鲁肃后，有一次同榻而卧，夜半，他就东吴的发展战略向鲁肃请教，鲁肃回答说，"肃窃料汉室不可复兴，曹操不可卒除。为将军计，惟有鼎足江东以观天下之衅。今乘北方多务，剿除黄祖，进伐刘表，竟长江所极而据守之；然后建号帝王，以图天下"。（第二十九回）后来东吴的发展，基本上是按鲁肃的这一战略意图进行的。曹操挥师南下之时，孙权在战与和之间犹豫不决，他在与刘备派来的客人孔明谈话时被其激怒，不禁勃然变色，拂衣退堂，但后来一听说孔明有破曹良策，遂作喜说道："原来孔明有良谋，故以言词激我，我一时浅见，几误大事。"并复请孔明叙话，向孔明当面表示说："适来冒渎威严，幸勿见罪。"（第四十三回）孙权在许多问题上都善于听取众人的意见，包括外集团有识之士的意见。

其二，任人不疑。吴蜀关系一度破裂，刘备一意孤行，定要率兵灭吴，孙权同意让诸葛瑾前去成都见刘备，以求和解。张昭对孙权讲："诸葛子瑜知蜀兵势大，故假以请和为辞，欲背吴入蜀，此去必不回矣。"孙权向张昭讲了一段往事，表达了他对诸葛瑾的无限信任，他说："孤与子瑜，有生死不易之盟；孤不负子瑜，子瑜亦不负孤。昔子瑜在柴桑时，孔明来吴，孤欲使子瑜留之。子瑜曰：'弟已事玄德，义无二心；弟之不留，犹瑾之不往。'其言足贯神明，今日岂肯降蜀乎？孤与子瑜可谓神交，非外言所得间也。"（第八十二回）正言间，人报诸葛瑾回。孙权在人事问题上用人不疑，这是他成功的用人方法的重要方面。

其三，对部下授职授权。孙权下定与曹操大战的决心后，即封周瑜为大都督，并将自己的佩剑赐予周瑜，嘱咐他说："如文武官员有不听号令者，即以此剑诛之。"（第四十四回）在刘备大举进攻江南，东吴危在旦夕的关键时刻，孙权接受阚泽的建议，准备起用陆逊。陆逊担心说："江东文武，皆大王故旧之臣；臣年幼无才，安能制之？"孙权即取所佩之剑给他，说："如有不听号令者，先斩后奏。"孙权还命人连夜筑拜将坛，第二天请陆逊登坛拜将，并当着文武百官的面嘱陆逊说："阃以内，孤主之；阃以外，将军制之。"（第八十三回）周瑜、陆逊受职时都是年青将领，资历浅薄，孙权对他们授职授权，给予大力支持，保证了赤壁之战和彝陵之战的胜利。

其四，给部下以愿望满足。甘宁在破黄祖之战中为孙权立有大功，被加封为都尉。黄祖的都督苏飞在这次战斗中被俘，孙权准备将苏飞枭首，但苏飞曾是甘宁的恩人，甘宁入见孙权哭告说："今飞罪当诛，某念其昔日之恩情，愿纳还官爵，以赎飞罪。"（第三十九回）孙权当即表示说：

"彼既有恩于君,吾为君赦之。"最后免去苏飞死罪。满足部下的合理要求,体现了对部下感情和人格的尊重。孙权在合淝与曹兵交战,难决胜负,他调来援兵,并亲自出营迎接,听说鲁肃先到,他立即下马等待,众将见孙权如此礼待鲁肃,非常惊异。孙权请鲁肃上马,并辔而行,私下问道:"孤下马相迎,足显公否?"鲁肃摇头否定。孙权又问道:"然则何如而后为显耶?"鲁肃回答说:"愿明公威德加于四海,总括九州,克成帝业,使肃名书竹帛,始为显矣。"(第五十三回)孙权抚掌大笑,表示接受。部下各有自己的愿望和要求,孙权在不损害大目标,乃至有益于大目标的前提下给部下以不同程度的愿望满足,极大地加强了相互间的感情深度。

(三)善于自我批评

与同时代其他多数领导者不同,孙权的基业不是自创的,而是父兄传给的,这样,他与故旧文武官员的关系就成了难处的问题,弄不好,就会发生控制不了和不愿受控的问题。孙权领导方式上的两大特色保证了这一问题的顺利解决,一是他遇事善于征求各种人的意见;二是他能放下架子,善于进行自我批评。

孙权的自我批评常常是很诚恳的、很彻底的。合淝之战时,孙权来了援兵,但他却故意不用,结果战斗失利,大将宋谦阵亡。事后,长史张纮当面对孙权讲:"主公恃盛壮之气,轻视大敌,三军之众,莫不寒心。……今日宋谦死于锋镝之下,皆主公轻敌之故。"(第五十三回)孙权当即表示说:"是孤之过也。从今当改之。"孙权公开的自我批评,表现出了一位高层领导人少有的勇气。

(四)个人性格的不足

作为一名高层领导人,孙权个人性格中也有若干不足之处,这些不足对本集团事业的发展产生了一定的影响。

其一，遇事犹豫。曹操攻破袁绍后，遣使往江东，命孙权遣子入朝随驾，实是要扣留人质以牵制孙权。孙权犹豫不决，他召周瑜、张昭商议，张昭主张送人，周瑜坚持不送。因为他的母亲吴太夫人赞同周瑜的意见，孙权才做出了不遣子的决定。伐黄祖前，他召文武商议，张昭说："居丧未及期年，不可动兵。"周瑜说："报仇雪恨，何待期年？"（第三十八回）孙权又是犹豫不决，后来甘宁从黄祖方面来降，孙权才下定了攻伐黄祖的决心。赤壁大战前，孙权在与曹操是战是和的问题上还是犹豫不定，亏得当时周瑜、孔明、鲁肃等一批青年精英再三劝说和启发，加之许多武将抗敌勇气的感染，才使他下定了迎战的决心。孙权遇事犹豫是其性格的弱点，但从另一方面看来，他的犹豫给部下提供了遇事充分发表意见的机会，增大了集团内部的民主因素，使他有可能选择较好的决策方案。而且，孙权遇事经过一段时间犹豫后，一般能下定最后的决心而不动摇，比如他在决意抗曹后，即拔剑砍掉奏案一角，对众文武说："诸官将有再言降操者，与此案同！"（第四十四回）孙权犹豫之后有决断，决断会弥补犹豫之不足。

其二，懦弱怯敌。孙权的犹豫有时是由怯敌引起的，比如他下不了抗曹的决心，实际上是畏惧曹操的军事力量而不敢挺直腰杆；他怕把刘备逼向曹操一方而不敢公开争夺荆州；他夺取荆州后生怕刘备复仇，遂将关羽首级移交曹操以转移矛盾；刘备伐吴前，他料知蜀兵势大，遂上表向魏帝曹丕称臣，并接受其吴王之封，实质是想求得魏国的庇护或增援。孙权的懦弱怯敌同样是其性格的不足之处，但从另一角度看来，这一性格因素促使吴国在保护自身方面更具有敏感性，对敌策略更具灵活性。

其三，残留的儿童稚气。孙权在处理有些事情时偶尔显露出儿童稚气，例如为了向刘备索要荆州，他竟不顾妹妹孙仁的名声，以招亲为名将刘备赚至东吴，欲拘囚刘备，因受到母亲吴国太等人的坚决反对，结果

"赔了夫人又折兵"。还是为收回荆州，他竟儿戏般地监禁了心腹忠臣诸葛瑾全家老小，逼诸葛瑾通过与孔明的私人关系向刘备索要荆州，他把无情的政治斗争看得过于单纯，自然是空费心神。他在东吴的国筵上，看见诸葛瑾面长，就令牵来一头驴，用笔在驴面上写上"诸葛子瑜"四字，只图一时哗众取宠，却不考虑为臣者的人格尊严。孙权的这类处事稚气是他儿童时代的幼稚之心在成年心理上的残留，这类现象也许人人都有，但在孙权身上表现得较显著和充分。

六、精明强干的领导人诸葛亮

诸葛亮，字孔明，琅琊阳都（今山东东部）人，汉司隶校尉（纠察京师百官及所辖附近各郡，相当于州刺史）诸葛丰之后。其父诸葛珪，曾为泰山郡丞，早丧，诸葛亮为叔父诸葛玄所养。诸葛玄因与刘表有旧交，遂往依靠，住于襄阳。诸葛玄死后，诸葛亮与弟弟诸葛均在南阳种田为生，自号"卧龙先生"。他与博陵崔州平、颖川石广元、汝南孟公威及徐庶等人为密友，尝好为《梁父吟》，且以春秋战国时的杰出人物管仲、乐毅自比，极富才学。刘备投靠刘表，驻军新野时，当地名士司马徽及徐庶极力向刘备推荐诸葛亮，刘备乃戒斋薰沐，三次亲往其家拜谒，诸葛亮感其知遇之恩，遂出山辅佐刘备，被拜为军师。

诸葛亮在新野，曾为刘备设计数次打败曹操军队的进攻，曹操夺得刘表的荆州后，大举进攻新野。刘备撤退至江夏，诸葛亮随鲁肃入东吴，他舌战群儒，智激周瑜，说服孙权，积极促成孙权与刘备两大军事集团的联盟。曹操率兵南下时，他协助孙权手下大都督周瑜领兵抵御，在赤壁大败曹军，后协助刘备夺取荆襄之地。刘备率兵收川时，他与关羽等驻守荆州，及刘备收川受挫，庞统阵亡后，他奉命入川，协助刘备战败刘璋，夺取西川，不久又从曹操手中夺取汉中。曹丕称帝，他与众官拥立刘备为皇帝，建立蜀汉政权以与之抗争，任丞相。关羽在荆州败亡，刘备兴大军进攻东吴报仇，诸葛亮在成都辅助太子主持国事。刘备在白帝城病逝前托孤于他，并令儿子以父事之，从此，他对国事更加勤勤恳恳，夙夜用心。他制定了联吴抗魏的方针，为了稳定南方，他亲自率兵深入不毛之地，对当地部落首领孟获七擒七纵，使其感恩心服，表示永不反叛。回兵后他即上表后主，出兵伐魏，曾六出祁山，屡获战功，最后鞠躬尽瘁，病逝于军中。

诸葛亮在未出茅庐之前，曾向刘备分析天下形势，提出了占有荆州，夺取西川，与曹操、孙权鼎足而立的战略思想，后为实现这一战略目标不懈努力。作为一个身居辅助地位的领导人，他忠心耿耿，一心为国；忘我工作，任劳任怨；严于法纪，赏罚分明等等，这些方面已得到人们的高度评价。然而，诸葛亮作为一名优秀的领导人，他的精明强干之处不只这些，我们要探讨的是他领导方法其他方面的优点及不足。

（一）战略上目标明确，保持主动

诸葛亮对整个战乱形势有很强的洞察力，他未出茅庐，三分天下，及三足鼎立形成后，他向刘备提出了联吴抗魏的战略方针。联吴实际是搞统一战线，巩固后方，集中力量对付主要敌人。孔明把曹魏政权作为蜀国最主要的抗争对手，一是由于曹魏军事集团对蜀国构成最严重的威胁，它在三国中势力最大，富有扩张野心；二是由于曹魏政权是直接取代东汉政权而产生，违反传统政治秩序。当然，前一条理由是抗魏的根本原因，后一条是次一级的原因，却是实行抗魏的最有利的借口。

明确的战略目标是制定外交、军事决策，实行各项政治行动的基本依据。因为要北抗曹魏，所以对南方边远部落的叛乱只能实行和解安抚、攻心为上的方针，从而对叛乱首领只能是捉而不伤，并且要擒拿一次，纵放一次，直到心服归顺为止。因为要以曹魏为主要军事对手，所以对孙吴集团只能实行全力联合、求同存异的方针，从而舌战群儒以说服之；设计结亲以联络之；夺其城池、矛盾激化，权托"借用"以缓和之；干戈动后，关系僵化，复以玉帛复修之。战略目标决定国家的军事、外交方针，这些方针又决定具体的军事与外交活动。诸葛亮对军国大事的安排就是这样以战略目标为中心，层层衔接、环环紧扣的。

当战略目标受挫时，诸葛亮仍能认真地分析形势，努力挽救恢复而不放弃。在吴蜀为争夺荆州而导致关系破裂后，魏国乘机联络吴国出兵五路伐蜀，为了稳定局势，诸葛亮尽力修复吴蜀关系。为此，他先后采取了三个重要步骤。第一，稳定其他四路攻蜀之兵。第二，精心选派能不辱使命的外交使臣出使吴国。他选派的户部尚书邓芝具备两个条件，一是有舌辩才能；二是理解联吴的战略意义。邓芝是他当面考察后委派的。第三，当孙吴派张温入川答礼时，安排了秦宓难张温的场面。张温在孔明设宴相待时，酒席间谈笑自若颇有傲慢之意。第二天，在后主为张温设宴相送时，孔明殷勤劝酒，忽然一人乘醉入席，孔明向温介绍说，这是益州学士秦宓，宓向温夸口，说他："上至天文，下至地理，三教九流，诸子百家，无所不通；古今兴废，圣贤经传，无所不览。"（第八十六回）温以天是否有头、有耳、有足、有姓等天文怪题相难，而宓答问如流，满座皆惊。之后，秦宓以地理上的怪题反问张温，温无言可对，避席相谢。这时，孔明站出来替张温说话："席间问难，皆戏谈耳。足下深知安邦定国之道，何在唇齿之戏哉！"在安排这个场面上，孔明的高明之处，一是换个角度给张温以难堪，避免正面指责；二是让手下人出面，回旋余地大；三是他见好收场，亲自给张温以台阶。由此我们看到，孔明不仅理解外交的意义，并且精于外交，他善于将外交手段极妙地服务于自己的政治目标。

为了更好地实现目标，孔明一贯主张保持战略上的主动性。未出茅庐时，他就向刘备提出，当跨有荆、益后，等待时机，"命一上将将荆州之兵以向宛、洛，将军身率益州之众以出秦川"。（第三十八回）当刘备攻取汉中，而曹操连结东吴，欲取荆州时，孔明向刘备建议："可差使命就送官诰与云长，令先起兵取樊城，使敌军胆寒，自然瓦解矣。"（第七十三回）这是一种积极的和争取主动的战略方针。孔明在《后出师表》中提出"王业不可偏安于蜀都"，"惟坐而待亡，孰与伐之？"（第九十七回）这也反映了他战略上争取主动的思想。事实上，弱小的蜀国只有掌握战略上的主动权，才是对自己有效的防御，而一旦在战略上处于被动，战争在自己国土上进行，情况就立刻变得不可收拾，而后来的情况正是这样。

诸葛亮关于在战略上保持主动的思想是合理正确的，但他过分地强调这一点，连续出击，忽视了以下几个情况：第一，彝陵之战失败后国家元气大伤，需要有一个恢复国力的时间；第二，兵出祁山，路途艰险，后勤供应困难；第三，连年起兵，国人有厌战情绪，后几次出兵，朝廷有些高级官员已表示不赞成。不能认为诸葛亮完全没有考虑到这些情况，他只是过分夸大了争取战略主动这一点，并急于攻取中原，没有给自己军队提供养精蓄锐、等待战机的机会，他常在回兵之隙操练人马，但却没有选拔出超群的武将。

（二）对军事对手的情况了如指掌

在对敌作战中，孔明对敌对一方的人事情况非常了解。赤壁之战后，他在派关羽攻长沙时叮嘱说："今长沙太守韩玄，固不足道。只是他有一员大将，乃南阳人，姓黄，名忠，字汉升，是刘表帐下中郎将，与刘表之侄刘磐共守长沙，后事韩玄。虽今年近六旬，却有万夫不当之勇，不可轻敌。"（第五十三回）他对长沙领导班子的组成、主要人物的年龄、能力及历史十分清楚。孔明在舌战群儒时，陆绩曾提出了富有挑战性的问题，孔明开口一句就问："公非袁术座间怀桔之陆郎乎？"（第四十三回）以陆绩的历史调侃揶揄他。魏国司徒王郎自负才学，想在两军阵前说服孔明投降,孔明反在阵前骂王郎,其中说道:"吾素知汝所行:世居东海之滨,初举孝廉入仕……"(第九十三回)孔明在初出祁山时,料到魏国只有司马懿才是自己真正的对手。看来,孔明对于自己一方所要接触的各种人物都是非常了解的,这使他在与对方的军事斗争和谈判斗争中非常受益。

孔明对敌人一方的情况也有了解不够的时候,他一出祁山时,司马懿受离间被解除兵权,孔明自忖中原已无对手,遂放心用计进兵,不料天水冀人姜维却识破其计,大破蜀兵,孔明在败给姜维一阵后,认真对待,了解到姜维事母至孝、母住冀县等情况,以此作为突破口,收服了姜维。孔明不是神人,在他对敌方的人事情况了解不清时也会发生失误,但他在失败后,能及时弄清敌方情况,亡羊补牢,从而继续较量,转败为胜。

兵法云:"知己知彼,百战不殆。"了解对方的人事情况不是"知彼"的全部,但却是"知彼"最重要的内容。孔明了解到对方主要人员的能力、性格、个人历史及家庭情况,其一是便于选择适当的对付手段,其二是便于自己调兵遣将,三是使自己在谈判中掌握更多的材料,保持主动地位。

(三) 对部下独特、机智的授命方式

孔明了解自己部将的特性,他依据场合和对象,对部将有许多不同的授命方式。其中有两种方式值得注意。

第一,征求意见的方式。孔明南征孟获时,兵至沪水,两军相持,时马岱从后方送解暑药物并军粮至军中,孔明想借马岱的三千生力军破敌,遂对马岱说:"吾军累战疲困,欲用汝军,未知肯向前否?"马岱回答:"皆是朝廷军马,何分彼我?丞相要用,虽死不辞。"(第八十八回)孔明遂分配了他偷渡沪水的艰险任务。孔明六出祁山时,急攻魏兵不下,他欲联络吴国出兵伐魏,以分散魏国兵力,恰好费祎自成都来军中,孔明对祎说:"吾有一书,正欲烦公去东吴投递,不知肯去否?"祎回答说;"丞相

之命，岂敢推辞？"（第一百零二回）孔明遂写信让费祎去送。马岱、费祎均是蜀国的忠臣，与孔明又无私人隔阂，孔明若以丞相身份授命，他们绝不会推辞，但孔明在这里却以征求意见的方式授命。

以征求意见的方式授命，给接受命令的部下以平等感、信任感，使其在完成艰巨任务的过程中不生怨言，积极主动。同时，孔明对二人分别以这种方式授命，还因为他们非本战役的随军将官，属朝廷派至军中，本人对接受任务无思想准备，以征求意见的方式授命，能避免他们心理上的抵触情绪。另外，孔明大概担心朝廷给两人另有任务，不给他们直接下令，留有回旋余地，就完全避免了对他们的多头领导，不至于在他们另有朝廷使命在身时无法接受丞相之令，造成双方的难堪。有这三条理由，所以孔明谨慎地选择了征求意见的方式下令。

以征求意见的方式授命，其对象是忠诚的人，而且是主观能动性强、能独立完成任务的人，领导人只简捷地告诉其任务，注意留给部下发挥能动性的余地。

第二，激将的授命方式。孔明特别喜欢对他的部将采用激将的授命方式，有如下多例：例一，他决定让关羽战黄忠以攻取长沙，临行前对关羽介绍了黄忠的厉害，并说："子龙取桂阳，翼德取武陵，都是三千军去……云长去，必须多带军马。"关羽觉得军师的话，把自己放在了赵云、张飞之下，于是慨然表示："关某不须用三千军，只消本部下五百名校刀手，决定斩黄忠、韩玄之首，来献麾下。"（第五十三回）于是不顾众人劝阻，执意领五百军马前往长沙。例二，刘备在攻取益州的关键时刻，张鲁派马超兵犯葭萌关，进攻刘备，张飞欲战马超，前来请战。孔明假装未听到张飞之言，对刘备说："今马超侵犯关隘，无人可敌；除非往荆州取关云长来，方可与敌。"张飞一听，大声喊道："军师何故小觑吾？吾曾独拒曹操百万之兵，岂愁马超一匹夫乎！""我只今便去；如胜不得马超，甘当军令！"（第六十五回）遂后率兵赴关，大战马超。例三，刘备争夺汉中时，曹操大将张郃来攻葭萌关，孔明聚众将于堂上，说道："张郃乃魏之名将，非等闲可及。除非翼德，无人可当。"老将黄忠厉声喊道："军师何轻视众人耶！吾虽不才，愿斩张郃首级，献于麾下。"孔明对黄忠劝阻说："汉升虽勇，怎奈年老，恐非张郃对手。"黄忠听罢，白发倒竖，下堂拿起大刀，舞动如飞，对孔明说："但有疏虞，先纳下这白头。"黄忠遂与严颜率兵离去。孔明对众人说："吾料汉中必于此二人手内可得。"（第七十回）后来黄忠用骄兵之计大胜曹兵。例四，刘备夺定军山时，孔明又对黄忠讲："今将军虽胜张郃，未卜能胜夏侯渊，吾欲酌量着一人去荆州，替回关将军来，方可敌之。"忠奋然答道："军师言吾老，吾今并不用副将，只将本部兵三千人去，立斩夏侯渊首级，纳于麾下。"（第七十回）黄忠在法正的协助下，设计斩杀夏侯渊，夺取了定军山。例五，孔明南征孟获时，欲派将深入重地破敌，遂唤赵云、魏延近前，却都不吩咐，又唤王平、马忠至前，对他们讲："今蛮兵三路而来，吾欲令子龙、文长去；此二人不识地理，未敢用之，你俩可如此如此。"二人领命去后，又唤张嶷、张翼吩咐说："你二人可如此如此。——吾欲令子龙、文长去取，奈二人不识地理，故未敢用之。"（第八十七回）二人亦领命而去。赵云、魏延见孔明不用自己，各有不平之色，孔明对他们讲："吾非不用汝二人，但恐以中年涉险，为蛮人所算，失其锐气耳。"二人怏怏而退，私下作了商议，生擒了几个敌兵，让其带路，深入敌军重地，立了大功。

看来，孔明是善于对部将使用激将法的，激将法的适用对象一般是有傲气、好胜心强的忠诚将士，因为忠诚，所以部将不会因为领导人对自己的贬损而产生怨情；因为好胜，因而能使部将发挥出他的最大能量。由于运用激将法时，领导人事先可以直接指出部将的弱点，这就提醒或逼使部将用心仔细，提防自己的弱点，避免疏忽大意。

激将法的使用场合一般是在至关重要的战场上，在遇到劲敌的时候。这种方法对部将的心理刺激大，领导人应掌握"适度"的原则。

（四）巧妙地利用季节、气候条件

孔明是三国时期善于把战争与季节、气候条件联系起来的领导人。因此，他指挥的军队常常能以逸待劳，战绩卓著。

孔明定计让刘备去东吴招亲，娶孙权妹妹为夫人，这是他实现联吴方针的重要步骤，但孙权、周瑜的用心是要扣留刘备以换取荆州，孔明临行前交付给随刘备去东吴的赵云三条锦囊妙计，让在年终打开一个。到时，赵云打开看后依计而行，他向刘备报称曹操杀奔荆州，情况十分危急。刘备遂与夫人商议回荆州，但又怕孙权不会放行，于是夫妻二人正月元旦以在江边祭祖为名逃走。众官员得知后去报孙权，而孙权这天却饮得大醉未醒，权醒过来后派兵去追，二人已走得很远。刘备历尽险阻，终是逃回荆州，在这里孔明选定的正月元旦是一个关键的日子：第一，刘备在这天外出有名，既可以祭祖为借口，亦可以游玩为借口；第二，正月元旦，大家欢聚过节，孙权必然放松警惕，节日的欢乐必然冲淡人们的军事警戒心理；第三，元旦这天有一个不成文且不甚严格的民族习俗，即当天不动干戈，至少是不能轻易动武，这就保证了即使追兵赶来，和解的可能也很大。总之，诸葛亮安排赵云年终打开锦囊妙计，完全是要利用正月元旦这一季节性节日。

对于持久性的大雨天气，孔明也是能凭经验测定并在战争中加以利用的。有一次司马懿奏知魏主，引四十万大军，诈称八十万杀奔汉中而来，声势甚大。孔明得知这个消息后，遂派张嶷、王平引一千兵去陈仓道防御魏兵，二人面面相觑，哀告说："丞相欲杀某二人，就此请杀，只不敢去。"孔明对二人解释说："吾昨夜仰观天文，见毕星躔于太阴之分，此月内必有大雨淋漓；魏兵虽有四十万，安敢深入山险之地？……"（第九十九回）二人听罢，才高高兴兴地领兵而去。孔明又让他的十万后应部队准备防雨之物，等待出征。后来，大雨连下一月，山水不绝。魏兵马无粮草,军器尽湿,兵士连睡觉的地方也没有,怨气很大,遂班师回国。这里,孔明利用了大雨天气,以较少的兵力对付敌人几十万军马,使自己的大军未受损失,又赢得了休整的时间。

孔明一出祁山后收降姜维,一路顺利,魏将曹真派人去西羌求救,西羌国王遂派十五万"铁车兵"夹攻蜀兵,蜀兵交战失利,来告孔明。时当十二月冬,孔明得知了羌兵的情况后对众将说:"今彤云密布,朔风紧急,天将降雪,吾计可施矣。"(第九十四回)遂挖下坑堑,表面覆盖,任雪埋之,然后引诱羌兵追赶,结果铁车多滑入坑中,自相践踏,幸存者又被孔明伏兵冲杀,羌兵大败。这里下雪天气给蜀兵造成了用计的有利条件,一是大雪覆盖了坑堑表面,不露痕迹;二是铁车在雪地中紧溜急行,收刹不住,前面的车掉入坑中,后面的车即使看见,也无法收止;三是雪地中便于蜀兵四周埋伏。

孔明伐中原,路途艰险,交通困难,时常是粮草不继。有一次,他选定陇西麦熟的季节出兵,在军中乏粮时他派人去陇上割麦就食,他利用季节上麦子将收未收的时机,就地取食,将敌方的物资资源化归己有。

赤壁大战时,孙刘联军指挥部决定对曹操实行火攻,但隆冬季节只有西北风,曹兵隔江在西北方,联军在东南方,曹兵在上风头的位置,联军若放火去烧,只会伤了自家战船,当时真是"万事俱备,只欠东风"。这时,孔明愿为联军凭天借到三日三夜东南大风,以应战争急需,并约定十一月二十日甲子之日。周瑜为之拨兵筑坛,等候动静,在约定日子的当夜三更时分,果然东南风大起,联军乘风出击,火烧赤壁,大败曹兵。还在孔明随周瑜刚出兵时,他就告诉刘备说:"但看东南风起,亮必还矣。"(第四十五回)吩咐刘备于十一月二十甲子日派赵云驾船在约定的地点等候他。

十一月二十日是什么日子呢?原来那天是冬至之日。地球在围绕太阳公转的轨道上有得到日光照最多和得到日光照最少的两个日子,这会引起地球表面各种气候的变化，古人虽不了解这样深层的道理，但却发现了这两个转折性日子的存在，分别命之为"夏至"和"冬至"，并用"夏至一阴生""冬至一阳生"来概括这两个日子后的气候变化规律。按照这个规律，冬至之前，如果阴气旺盛，在长江沿岸表现为西北风，那么冬至之后，阳气生长，风向则要发生变化，表现为东南风。诸葛亮正是在随季节而生的气候变化规律上大作文章，贪天之功，神乎其神，迷惑了周瑜。其实，诸葛亮即使在起风的当天，对是否有风尚无绝对的把握，他对身边的鲁肃说："子敬自往军中相助公瑾调兵。倘亮所祈无应，不可有怪。"（第四十九回）有人认为，诸葛亮能知道起东南风的日子，是他事先在江岸渔民中了解当地气候变化的特点而知道的。当然不能排除这一可能，孔明若能这样做就更好。然而，孔明若是知道了"冬至一阳生"的气候变化规律，就可以准确地把握起东风的时间了。赤壁东南风大起时，程昱提醒曹操加以提防，操笑着回答："冬至一阳生，来复之时，安得无东南风？何足为怪！"（第四十九回）既然曹操也知道这种气候变化的规律，那孔明当然就更可能掌握和运用这一规律了。

时逢冬至，自有东南风起于江岸，孔明所以向周瑜诈称自己借风，一是要故弄玄虚，贪天之功为己有，在破曹战役中争得一份大"功劳"，作为日后占有荆州的重要借口。例如一次鲁肃来索要荆州，他就提出："若非我借东南风，周郎安能展半筹之功？"（第五十四回）诈称借风的第二个原因是他要摆脱周瑜，迅速回到自己军中，调兵遣将，与周瑜争夺曹操失地。事实上，孔明为他离开周瑜营寨，事先做了许多准备工作：第一，吩咐刘备在甲子日东南风起时派赵云在指定地点接应；第二，以祭坛借风为名离开周瑜营寨，既摆脱了周瑜的直接监视，又造成对他的麻痹；第三，起风的当天寻找借口打发走了身边的鲁肃；第四，起风前对周瑜派来的守坛将士下令："不许擅离方位。不许交头接耳。不许失口乱言。不许失惊打怪。如违令者斩！"（第四十九回）他利用兵士对祭坛借风的神秘感剥夺了他们的一切自由，直到周瑜派兵来捉他时，守坛将士仍在执定旗子，当风而立，这为他的行动自由创造了极大的便利条件。

这里出现了两个问题：第一，既然"冬至一阳生"的谚语揭示了气候变化的规律，那么周瑜等将领为什么要为无东南风而苦苦犯愁呢？其实，许多将领在战争中往往忽视气候因素的作用，尤其会忽视气候随季节的转折性变化，他们没有养成在战争中对未来各种因素通盘考虑的思维模式，而诸葛亮善于做这样的考虑，这正是他作为军事领导人的异常高明之处，正是我们这里所要指出并想给予充分肯定的一点。第二，既然曹操也知道"冬至一阳生，来复之时，安得无东南风"的道理，那么为什么他在接受庞统的建议，用铁环连锁船只时，还给众人解除疑虑说："凡用火攻，必藉风力。方今隆冬之际，但有西风北风，安有东风南风耶？"（第四十八回）我们认为，曹操这里出现了一个思维漏洞，"隆冬之际，但有西风北风"，是对一个时间期间内气候情况的判断；"冬至一阳生"是指气候在一个时间点上的转折，而冬至这一点是包含在隆冬这一时间期间内的，它们之间的关系如图所示。

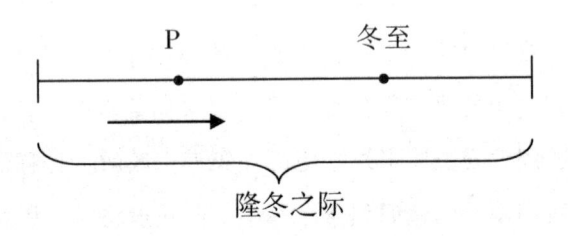

曹操在做"但有西风北风"的判断时，是处在 P 点上，其判断在当时是正确的，但由于 P 点处于隆冬之际，他就做出了"隆冬之际，但有西风北风"的结论，这就出了问题。事实上，他只能说，隆冬之际的前段时间只有西风北风，他的结论是把特称判断换成了全称判断，思维上出现这个漏洞，使他不恰当地延长了判断的时间期限，忽视了冬至这一点上的气候变化。冬至之时，风向转折，当第一场东南风骤起时，曹操还没来得及对他关于"隆冬之际,但有西风北风"的错误判断反应过来、纠正过来,就被大火烧败。曹操考虑的是一个时间期间,忽视了其中的一个特殊点;诸葛亮则抓住这个特殊点大做文章,不给曹操以纠正的机会。孔明利用大雾天气"草船借箭",是与"借风"事件相类似的。总之,诸葛亮善于在作战中利用季节条件、气候条件,善于利用随季节而发生的气候变化规律;他能想别人所未想,知天之情,巧夺天工,故能得"天"之助。

(五)对先进装备的配制和对迷信观念的利用

为了战争的需要,孔明曾为自己的军队配制过许多先进的武器装备,主要有以下几种:第一,喷火假兽。孔明南征孟获时,八纳洞主木鹿大王来为孟获助战,两军相对,他一声号令,虎豹豺狼、毒蛇猛兽就冲将过来,蜀军抵挡不住。这时,孔明让人从十多个柜中取出早已预备好的百余木刻彩画巨兽,外套服饰,有钢铁爪牙,一兽可坐十人,给兽口中装上烟火之物,等木鹿大王再次呼出猛兽后,蜀阵中冲出假兽,口吐火焰,鼻喷黑烟,身摇铜铃,对真兽张牙舞爪,真兽被吓得退奔本阵,将自家人马冲倒,蜀军乘势掩杀,大获全胜。第二,火药、地雷。孔明在南方对付藤甲兵和在葫芦峪火烧司马懿父子时使用过,他曾向众将解释过这种武器及使用方法:"火炮,名曰'地雷',一炮中藏九炮,三十步埋之,中用竹竿通节,以引药线,才一发动,山损石裂。"(第九十回)第三,"冲车"。孔明在陈仓口为对付郝昭的"火箭"而创制,可惜当时未能奏效。第四,木牛流马。孔明北伐中原时,交通不便,后勤供应困难,于是他设计了"木牛"与"流马",让人依法制造,牛马既不吃草,又不喝水,昼夜运转不停,就像真的一样灵活。这种设备极大地缓解了后勤供应上的困难。由于能成功解决山路运输问题,在当时具有极先进的意义。第五,创造了"连弩"之法。"其法矢长八寸,一弩可发十矢"(第一百零四回)。孔明生前没使用它,传给姜维,后姜维伐中原时几次在关键时刻派上了用场。看来，孔明重视谋略，同样重视武器装备的作用，先进装备的作用是谋略所不能代替的。孔明所使用的先进装备有些是事先预备，有些是临时创制，但威力较大，效用较高的一般是前者。

孔明为了战胜敌人，也常常利用当时一般人所具有的迷信观念以迷惑对方，造成对自己有利的形势。他在祭坛借风时，曾按七星、八位、二十八宿、六十四卦的要求筑坛插旗，自己又身披道衣、跣足散发，焚香于炉，仰天暗祝，煞是神秘，守坛将士被这种场面唬住后不敢行动，他乘机脱身离开。兵出祁山时，为保证自己兵士陇上割麦的顺利，他装神弄鬼，以四组"神兵"围定四个"诸葛亮"，从四面迷惑魏兵，弄得司马懿也心中疑惑道："此必神兵也！"（第一百零一回）因而军心大乱，不敢交战，保证了蜀兵顺利割麦。为抢夺魏兵仿制的木牛流马，他安排五百兵士在山旁扮作六丁六甲神兵，以配合截击部队。孔明假扮神兵，一般是在自己兵力不足时借此以弥补，这种"神兵"极大地迷惑了敌人，动摇了对方的军心，这是一种积极防御的方法。使用这种方法的必要条件是：第一，对方要有迷信观念，否则就不会被迷惑；第二，自己首先不迷信，因而能随心所欲地安排；第三，达到迷惑对方的程度即止，不能让"神兵"动真格，主动出击，否则就会因为没有"神兵天将"的威力而被识破。

先进的武器装备是一种技术手段，它与迷信观念正相对立，似乎水火不容，但孔明为了军事斗争的需要，对两者同时加以利用。因为在他看来，目的是第一位的，手段要服务于目的，为了达到战争的目的，手段可以多种多样。事实上，对先进技术的利用和对迷信观念的利用还是有所不同的，先进技术被用来保持于自己一方，装备自己；迷信观念则本来存在于敌人一方，利用它以愚弄敌人。我们也可以从中看到，只要能和目的相联系，它就是合理的、必要的，迷信的手段在和目的的联系中可以改变自身的性质。

（六）办事有细致深远的考虑

孔明是一位处事精细、虑事长远的领导人，由于他对许多问题考虑深远，准备较早，所以临事不慌，应付自如。彝陵战役后，吴国大将陆逊欲乘胜进攻蜀国，却在夔关不远处误入石头阵，石头阵是孔明入川时所布，他自己说可顶十万兵，陆逊陷入阵中后被其迷惑，几乎走不出去。我们无法知道这一事实的真相，若真有其事，那可以说孔明对防止吴兵入川的准备工作做得很早了。孔明南征，在对付木鹿大王的虎豹时，从随军柜车中搬出了喷火假兽，对众人说："吾未出茅庐之时，先知南蛮有驱虎豹之法，吾在蜀中已办下破此阵之物也。"（第九十回）而火烧藤甲兵的"火炮""地雷"，也是在蜀中早先准备的。孔明在一出祁山，招降了姜维后，即拉着姜维的手说："吾自出茅庐以来，遍求贤者，欲传授平生之学，恨未得其人。今遇伯约，吾愿足矣。"（第九十三回）他临终时，又单独对姜维叮咛了许多事情，可见，他对自己的事业继承人的问题考虑较早，这使他有机会能在长期的征战中考察选拔，并加以培养。在孔明临终前，后主派尚书李福急往军营看望，征询他对身后相位继承人的考虑意见，他提出了蒋琬，又提出了蒋琬之后费祎可以继承。我们不认为在人事问题上这样细致而长远的安排十分恰当，但孔明作出这样的提议，说明他对这一问题早有久远的考虑，作为一位实际主持全盘工作的领导人，这样的深谋远虑却是必需的。

孔明在安排刘备去东吴招亲时，事先准备了三条锦囊妙计，这些计策均显示了孔明对各种事情细致而长远的考虑。孙权、周瑜让刘备来招亲，本不是实心，是想以此诱骗刘备至东吴，加以扣留，孔明交给随刘备前去的赵云三个锦囊，让他一到南徐打开第一个；年终打开第二个；临到危急无路时，打开第三个。刘备到了南徐，赵云依第一计而行，让刘备去牵羊担酒，前去拜见极有声望的国戚乔国老，说知此事，又让随行五百兵士披红挂彩，到处买办物品，宣传此事，在城中大造舆论。孙权之母吴国太从乔国老那里闻知此事，急招孙权相问，当知道这是孙权拘囚刘备的计策时，她担心女儿的名声，坚持不答应，大骂孙权与周瑜。但因此事已闹得满城风雨，人人皆知，已经欲止不能，因而在吴国太见面看中了刘备后，就一口答应了亲事，弄假成真。孔明这一计策是利用了舆论的压力，它得以成功的条件，一是吴国太爱护珍惜女儿的名声；二是孙权对母亲孝敬，不违拗母亲；三是刘备仪表非凡，能被吴国太看中。刘备结亲后，孙权为刘备安排声色玩好，欲丧其心志，将其软困于吴，一晃到了年终，赵云打开第二个锦囊，于是对刘备报称荆州战事危急，刘备私下与夫人商量后，于正月元旦借口走脱。孔明的第二个计策是用了刘备的功名心理，它得以成功的条件，一是刘备有以柔克刚、在感情上战胜夫人、引其出走的独特才能；二是利用了正月元旦这一有利的节日条件；三是赵云办事精细。刘备与夫人离去已远，孙权酒醒过来，当得知此事后，急派人去追赶捉拿，而周瑜也派人在前面拦截，赵云在危急无路时打开了第三个锦囊，看后交给了刘备，于是刘备向夫人诉说了招亲一事的真实原委及眼前处境的危难，请夫人出面解救，并表示："如夫人不允，备请死于车前，以报夫人之德。"（第五十五回）夫人听说后，命人推车直出，卷起车帘，骂退了领兵之将又骂派兵的周瑜，使刘备走脱。二次追兵来后，夫人让刘备先走，自己与赵云在后，追兵受到喝骂，又见赵云怒目相待，准备厮杀，而军中又不见刘备，因此退兵，结果使刘备远走，被孔明接应而回。孔明的第三个计策是利用了当时家族统治的领导体制，它得以成功的配合因素，一是孙夫人严毅刚正，诸将畏惧；二是赵云武艺高强，追军不敢放肆。

总观孔明的招亲三计，其对事件的预料和对问题的处理是非常周密细致的，三条计策依次而行，是因为三个问题的出现有前有后，前后相接。入吴后首先要成亲，这是实现联吴战略方针的手段，是刘备此去的目的，也是后面一切问题的解决前提，但孙权并非真心招亲，于是有第一个计策对付；招亲目的达到后不能久住于东吴，刘备要回荆州主持军事，要待机入川，实现鼎立之势，但料到孙权不会轻易放走刘备，刘备对安逸生活也难免会有留恋之心，于是有第二个计策解决；刘备偕夫人出走会在路上遇到难以预料的拦截，但困难毕竟发生于孙夫人家族的辖地，于是有第三个计策应付。三条计策互相衔接，排列有序，它们对预料之中的事与预料之外的事全能解决，保证计划万无一失。那么，由谁来执行这些计策呢？孔明在刘备临行时对他说："吾已定下三条计策，非子龙不可行也。"赵云在诸将中的优势在于勇猛与精细集于一身。完成这些计策，单精细不行，单勇猛亦不行，唯有精细兼勇猛的赵云才行。还有，三条计策之后事情如何呢？进了荆州地盘，出了孙氏家族的辖地，再有追兵相至，刘备奈何？对这最后的一环，孔明没有疏忽，他亲自去水路接应，陆上追兵有关羽伏兵以待。这样精细的头脑，这样周密的考虑，这样细致的安排，还有什么诈计不能对付！还有什么事情不能完成！难怪孔明在接刘备回荆州的路上，让兵士对率追兵败退而回的周瑜讽刺高喊："周郎妙计安天下，赔了夫人又折兵！"

（七）严守军事机密，攻其不备

孔明在作战前给部将分配任务，多是附耳低言或交给锦囊妙计，这是最常见的保密方式，除此之外，他还根据不同的情况，对严守军事机密采取过许多有效措施。

孔明六擒孟获时，兵至三江城，城由朵思大王把守，蜀兵到时城上弓弩齐发，一弩十矢，箭头上有毒，蜀兵不能取胜。孔明令军退后，五天未发号令。黄昏时，孔明传令："每军要衣襟一幅，限一更时分应点，无者立斩。"诸将不知其意，依令而行。初更时分，又传下第二道命令："每人用衣襟包土一包，无者立斩。"众军仍不知其意，依令预备。接着孔明又传下第三道命令："诸军包土，俱在三江城下交割，先到者有赏。"众军皆包土飞奔城下，孔明遂即传令，让军士积土包为上城的台阶蹬道，先上城者为头功。于是蜀兵十余万及降兵万余将土包弃于城下，霎时积土成山，接连城上，蜀兵争先上城，守兵欲放弓弩时，已被蜀兵登城捉拿，朵思大王亦被斩杀，蜀兵夺了三江城。这里，孔明连下四道命令：准备衣襟——包土——城下交割——登城，他采取把一道命令分解下达的方式，由于在实施军事行动的前期，没有人知道军事计划的全部内容，因而当兵士们在备衣包土和准备交割的时候，尚不知道他们正在实施一项军事行动，这就绝对地保守了军事秘密，当最后一道命令发出时，军士争先上城，敌人已来不及应付。采取将一道命令分解下达的方式，保守了军事秘密，同时，它使指挥员的每一道命令简单、简捷，兵士容易执行，行动容易统一。而且，它的前几道命令由于军士不理解，又似乎与军事行动无关，这就能刺激军士的好奇心，他们急于想知道自己行动的目的，执行起来会干脆利落。这种下命令的方式一般适应于急需保密，但因人员杂多又不易保密的场合，也适应于准备工作复杂的保密行动。试设想，孔明如果一开始就将四道命令全部下达，非但不能保证对敌保密，军队的行动也必定杂乱不一，达不到理想的效果。

孔明二出祁山，陈仓口有魏将郝昭把守，蜀兵使用云梯、冲车等武器，均攻陈仓不下，后绕道打了几个胜仗，退回汉中等待战机。后来探子回报说陈仓城中郝昭病重，孔明遂唤魏延、姜维让两人带五千兵奔陈仓攻城，并吩咐三日内都要完备，不须辞告，即便起行。另又对关兴、张苞附耳低言，四将分别受令而去。魏延、姜维领兵至陈仓城下，正要攻城，只听一声炮响，见孔明已坐于城上，二人入城后，孔明告诉他们："吾打听得郝昭病重，吾令汝三日内领兵取城，此乃稳定人之心也。吾却令关兴、张苞，只推点军，暗出汉中，吾即藏于军中，星夜倍道径到城下，使彼不能调兵。"（第九十八回）孔明为偷袭陈仓，采取了许多出奇制胜的保密措施：第一，让关兴、张苞以点军为名，暗出汉中；第二，不张声势，将军队主帅藏于军中，以免引起怀疑；第三，公开派魏延、姜维二人攻陈仓，吸引敌人的注意力。孔明在派兵时，采取明的一手与暗的一手，明的一手吸引了敌人，加强了暗的一手的保密性，又由于暗在明先，因此打了敌人个措手不及。孔明还采取托病不出、对任何人都避而不见的方式加强保密，暗中调兵遣将，平定了曹魏发起的五路伐蜀兵马。

（八）在人事问题上的诸多失误

孔明在用人问题上有许多成功的经验，人们对此探讨得较多，这里是要指出他作为领导人，在人事问题上出现的失误。

孔明一出祁山后，战果辉煌，为保证大军的安全，他选派深得信任的马谡守咽喉重地街亭。马谡自幼熟读兵法，南征时曾向孔明提出过"攻心为上"的方针，被任命为参军；伐魏前提议对司马懿使用反间计，遂使魏主曹睿罢免了司马懿的兵权，之后常在孔明帐前，深得信任。但马谡受命至街亭后，违反作战要领，结果失了街亭，使孔明全线被动，只好全军撤退。先前，刘备刚得荆襄，伊籍向刘备孔明推荐当地的马良、马谡等兄弟五人，同时介绍了一首乡谚："马氏五常，白眉最良。"（第五十二回）这个眉间有白毛的人就是马良，当地人将马良看成兄弟中最贤能的人，并没有认为他的弟弟马谡最贤。刘备临终前。孔明与马谡一同在旁，刘备令马谡暂退回避，单独对孔明说，马谡"言过其实，不可大用"，鉴于孔明将马谡看作"当世之英才"，刘备提出让他再做深切考察。孔明对马谡的看法与刘备的看法不同，也与马谡本乡人的看法不同，而最后的事实说明他的看法是错误的、片面的。那么，我们可以推定，孔明在对人的观察上，一定有某种错误的思想方法，由于这种思想方法的作祟，使他对一个在身边工作多年的人不免有一种歪曲的看法。

孔明在人事问题上最大的失误是对魏延的处理。魏延曾慕刘备之名，在长沙杀了他的上司韩玄，救了黄忠来投刘备。孔明一见面就要杀掉，理由是"食其禄而杀其主，是不忠也；居其土而献其地，是不义也。吾观魏延脑后有反骨，久后必反。"（第五十三回）所谓"反骨"当然是荒唐的，孔明关于骨相的说法仅是一种托辞，真正的理由乃是魏延的所谓"不忠""不义"，当时由于刘备的保护，孔明未杀魏延，但却一直对他抱有成见，另眼相看。平时有什么硬仗、险仗和诱敌诈败、记不了功劳的仗多派魏延去打，而对魏延多次提出的军事建议却不屑一顾。孔明对魏延一贯不满，魏延不会没有觉察，但他始终听从孔明的指挥。平西川、争汉中、擒孟获，魏延屡建战功，伐中原时魏延是帐下第一员大将，曾斩王双、战张郃、诱司马，功绩无人可比，但孔明全不念其功劳。尤其错误的是，他死前在没有根据的情况下，就断定身后魏延必反，暗中安排马岱斩杀魏延，一手制造了蜀国最大的冤案。

　　孔明死后，魏延确实与接替孔明领兵的杨仪争夺过兵权，但这种矛盾的产生并不是孔明预料之正确，而是他在身后人事安排上的过错所造成的。当时魏延为前将军、征西大将军、南郑侯，在军中不仅官职最高，且能力、威望属上乘，而杨仪仅是一长史，大约相当于秘书长的官职，又看不出有什么超人的能力和威望。魏、杨二人平时关系不睦，孔明安排杨仪接掌兵权，让魏延断后，魏延自然不服。魏延那样性格的人绝不会对一个功小位卑的人俯首谦让，他公开对抗孔明的人事安排，反倒是合乎逻辑的。因而可以说，魏延的兵变，在某种意义上是孔明逼出来的。魏延负气争权，确是姿态不高，那么，被孔明越级提拔、一度统领全军的杨仪是否姿态很高呢？其实不然。孔明死后，蒋琬受命为丞相，杨仪被加封为中军师，但他以为自己资历高于蒋琬而位在琬下，又自恃功高，口出怨言，对别人讲："昔日丞相初亡，吾若将全师投魏，宁当寂寞如此耶！"（第一百零五回）杨仪的功劳、职位和人才远不及魏延，思想姿态亦不比魏延高，孔明死前将兵权避开魏延，交付杨仪，看来完全是不正常的，是出于对魏延的成见。如果说孔明初见魏延的过激言行尚且可以理解，那么，在以后的长期实践中孔明一贯凭成见看待魏延，就是极其错误的。曹操在官渡之战时收纳了袁绍降将张郃，当曹操听到有人对张郃的投降表示怀疑时曾说："吾以恩遇之，虽有异心，亦可变矣。"曹操愿意对怀有异心的将军结恩感化，而孔明却缺乏曹操具有的那么一种胸怀，那么一种气度，显得心眼太小。

　　孔明斩杀魏延看来也不是出于个人的私怨，这源于他思想方法上的不足。魏延是一个开拓型的人才，孔明的思想则倾向于保守型。当然，并非思想保守型的人和开拓型的人必不能共事相处，问题在于孔明坚持用他的思维模式去衡量别人，而不转换角度，就必然对不同性格的人产生误解。例如，校尉廖立非常自负，自认为他的才能只逊于孔明，感怀才不遇而口出怨言，孔明闻其怨谤之言，并不去考察其人的长处和短处，不去考虑其人是否可用，而是立即将其撤职，废为庶人（见第一百四回）。如果孔明就是用这样的思维模式去看待魏延，那他自然处处看到魏延的"毛病"，魏延因为自己的作战方案不被采纳而发出的某些怨言和牢骚，就会被看作其心不正、身后必反的征兆，一想到魏延若反，无人可制的身后情况，谨慎了一生的孔明于是定计斩杀了魏延。魏延被斩，是继诸葛亮死后，蜀国无法弥补的一个损失。

　　派定关羽镇守荆州，也可以说是孔明在用人上的又一次失误。蜀国以联吴抗魏为长久的战略方针，荆州地处魏、吴之间，要牢固地保住此地，更需要切实地贯彻这一方针。当刘备收川受挫后，派关平持信赴荆州请孔明入川相助，并让孔明量才委用守荆州之人。关平是关羽的义子，孔明揣测说：主公"教关平赍书前来，其意欲云长公当此重任。"（第五十三回）于是派定关羽镇守荆州，自己与张飞、赵云等领兵入川。关羽为人傲气十足，藐视东吴诸将，对联吴方针一开始就不太理解，孔明临走时也已发现了这点，但最终还是将荆州印绶交给了关羽。后来，关羽联吴不力，在他北攻曹操时导致东吴与曹操相联络，偷袭荆州，关羽战败被杀，蜀国丢失了荆襄一带战略要地。

荆州失守，关羽负有直接责任，客观地讲，孔明负有如下的领导责任：第一，关羽一是不懂联吴方针，二是傲气太盛，让他在当时单独驻守荆州有明显的不当之处。从当时的情况看，赵云守荆州是最合适的人选，但孔明却揣测上级领导人的意图加以迎合，做了错误的选派。刘备派关平送信，也许有让关平辅助关羽守荆州的意思，但他信中明言让孔明量才委派，毕竟给了他很大的选择权，最后的决定权在他手中。第二，关羽被杀后孔明曾安慰刘备说："关公平日刚而自矜，故今日有此祸。"（第七十八回）可见，他对关羽的缺点及失败的可能性是有所觉察的。他离开荆州时，虽曾告诫关羽守荆州的大计是"北拒曹操，东和孙权"，但离开荆州后，在明知关羽缺点的情况下，既不对荆州换防，另派适当人选，又不对关羽的防守派人监督协助，似乎以为靠八字留言就万事大吉了。第三，孔明入川时带走了荆州的许多精兵强将，使荆州防守单薄，夺取两川后，闻说曹兵攻取荆州，他让关羽主动出击，这时，他既不为之增兵添将，又不从汉中方面出兵配合，致使关羽独力难支，兵败身亡。可见，荆州失守，孔明是负有领导责任的。

孔明不是全智全能的神人，自然不必忌讳他在人事等问题上的一些失误，然而，上述失误绝不抵消他作为一名领导人的精明强干，即使在人事问题上，他的安排也有许多成功之处，下面拟举两例分析。

（九）孔明两次人事安排上的心理分析

第一次人事安排：让刘琦驻守江夏，是实现自己战略思想的一个组成部分。孔明初出茅庐时，刘备投靠刘表，屯兵新野小县，当时刘表不久人世，手下两个派别互相倾轧，一派是长子刘琦，琦为刘表前妻所生，为人懦弱，为刘表后妻蔡夫人及蔡氏家族所忌；另一派以蔡夫人及其弟弟蔡瑁等为首，他们欲拥立刘表次子刘琮继位，掌握兵权，势力强大，处处陷害刘琦。刘备作为外来势力，亦为蔡瑁等忌恨，几次受到陷害。刘备集团欲夺荆州，一是兵力不济，二怕舆论压力，三恐内部纷争，为曹兵所乘，只好寄人篱下，忍气吞声，他们在感情上与刘琦接近。有一次，刘琦来见刘备，哭着说道："继母不能相容，性命只在旦夕，望叔父怜而救之。"（第三十九回）刘备对蔡氏集团不敢稍有得罪，只好推托说："此贤侄家事，奈何问我？"这时孔明在一旁微笑，刘备看到孔明这样，就求计于他，孔明回答说："此家事，亮不敢与闻。"于是刘备送刘琦出走时为他安排了向孔明求救之计。第二天，刘备推说腹痛，让孔明代往回拜刘琦，刘琦邀孔明于后堂，几次问计求救，孔明再三推托，并说："亮客寄于此，岂敢与人骨肉之事？——倘有泄漏，为害不浅。"孔明告别时，刘琦说家藏一本古书，领孔明登小楼观看。二人一上楼，楼梯即被仆人搬走，刘琦又向孔明求计，并以自刎相威胁，孔明脱身不得，加之刘琦再三做出了绝不泄密的保证，他才以春秋时晋国"申生在内而亡，重耳在外而安"的历史为依据，劝刘琦向父亲乞兵屯守江夏。后来，刘备说服刘表，让他答应了儿子的请求。

　　帮助刘备占有荆襄，是孔明三足鼎立战略思想的重要内容，刘备若伺机夺取刘表的荆州，刘琦是否会倾向刘备，这是很难断定的。即使他想帮助刘备，但手中没有一兵一卒，也无补于事。但若让刘琦镇守江夏，就使他掌握了一部分军队，这时候，如果刘备能粉碎蔡氏集团，夺取荆州，那刘琦在江夏也可以互相呼应，形成掎角之势；如果荆州日后被蔡氏集团占有或被曹操夺走，刘备集团无法在新野容身，那也有江夏一条退路，这就是孔明安排刘琦守江夏所做的考虑。然而，孔明要把他的安排告知刘琦，却有许多难处，他既不能让任何一个第三者知道刘琦守江夏是他的主意，以免引起怀疑或被蔡氏集团看穿阻止，同时又要把这种安排告知刘琦以实现自己的战略计划，还要避免因痛快淋漓的说出而使刘琦本人对他产生疑心，因此，他既不痛快淋漓，又不一口回绝，而是几次故意欲言又止，吞吞吐吐，既吸引刘琦，又婉辞刘琦，逼他做出保密保证，并提供谈话的最佳机会。当刘琦向刘备求救时，不干他事，他在一旁微笑，这是一种有计而不言的表示，实是吸引刘琦问计于他；当刘琦在自己公馆向他问计时，他推说不敢参与别人骨肉之事，恐怕泄漏出去，引起麻烦，这实际上是暗示自己怀有良策，逼刘琦再三相问，好使他做出不泄密的保证；当二人上楼后刘琦采取保密措施，做出保密保证，并以自刎相要挟而问计时，孔明以历史为根据向他说出了自己的安排，这样，既做到了保密，又不引起刘琦的怀疑。后来，曹操进攻荆州，蔡氏集团降曹，刘备率兵败退，多亏刘琦引江夏之兵接应，使刘备在江夏暂得容身。

另一次人事安排：让关羽伏兵华容道释放曹操，是为了平衡两个关系。赤壁大战，曹操被孙刘联军打败，孔明料定曹操必然率残兵从华容小道逃走，就安排关羽率兵去那里埋伏。关羽曾经归降过曹操，曹操待之甚厚，有恩于关羽，孔明对关羽分派任务时表示，他担心关羽会记昔日之恩，放走曹操，关羽立下了军令状，才领命而去。刘备亦担心说："吾弟义气深重，若曹操果然投华容道去时，只恐端的放了。"大概是想让孔明另考虑人选，孔明回答说："亮夜观乾象，操贼未合身亡。留这人情教云长做了，亦是美事。"（第四十九回）后来曹操果然率百余残兵败将投华容小道，在人困马乏时被关羽拦截，曹兵惶惶垂泪，操又提起昔日之情，牵动关羽恩义之心，最后关羽放走了曹操一行。关羽交令时孔明要按军法处斩，后刘备出面说情，并提出对关羽记下过失，"容将功赎罪"，孔明方才作罢。那么，孔明为什么要派关羽伏兵华容道呢？如果为了活捉曹操，为何不派另外的将领？如果真是要让关羽做人情，为何放了曹操，却要按军法斩杀关羽？其实，孔明所说的"夜观乾象"之类话，纯是一种托辞，他是有意安排，让关羽放走曹操，为的是平衡两个关系。

赤壁大战前，刘备集团几无容身之处，他们曾一度想夺取荆州，但荆州被曹操夺取，后来与孙权集团结成联盟对付曹操，而其间矛盾很大，只是由于曹操大兵压境，这一矛盾才降到了次要地位，未能公开化。刘备集团联络孙权集团对付曹操，但若没有曹操集团的存在，孙权集团马上会吃掉他们，而他们在当时尚无还手之力，这就决定了刘备集团只能在孙权与曹操矛盾斗争的夹缝中生存，他们必须在军事和外交等方面谋求这两大军事集团的平衡，以求得自身的发展。因此，他们既要抑制曹操集团的强大，又不能没有曹操集团对孙吴的牵制。曹操赤壁兵败，这是曹魏势力退缩和孙吴势力发展的转折点，二者的平衡已经基本形成，如果这时再要斩杀曹操，就必然造成曹操集团的崩溃，孙权集团就会迅速膨胀，并吞刘备集团，这是孔明所不愿见到的情况。因此即使曹操已成瓮中之鳖，可以手到擒拿，但仍不如将其放掉。事实上，当刘备后来初得荆州时，孙权、周瑜即想起兵夺之，只是怕曹操乘虚来攻，才未动干戈。如在华容道上杀了曹操，恐怕刘备亦难占有荆襄，更不易占领西川了。

孔明要放掉曹操，可以不在华容道设兵，让曹操自己走掉行了，为什么要派关羽去，任其放掉？原来，刘备集团内部有一个小宗派，它以关羽为代表，自恃才高功大，目中无人，有时甚至敢与军师孔明相顶撞。例如孔明初次用兵，关羽与张飞说了许多怪话，不听调遣，当时多亏有刘备交给的剑印在手。孔明几次用兵如神，张飞已被折服，但关羽的自矜之气仍未彻底改变。例如，当孔明提出对他捉操有所担心，怕他放走曹操时，他敢对孔明说："军师好心多！……"这实是指责说孔明的心眼太多，而且，他为孔明立下军令状后又反问孔明："若曹操不从那条路上来，如何？"要逼军师为他立军令状，他对军师尚且如此，对其他人更不放在眼里。关羽身边除张飞外，还有关平、周仓等人追随，他们自成一体，形成集团内部的小山头，如要实行组织处理，一是没有有力的借口；二是关羽的追随者、崇拜者较多，若处理不妥，消极影响大；三是关羽属刘备的嫡系，关键时刻有刘备的保护。因此孔明要想处治关羽，一定要慎重地选择机会，寻找借口，不使任何人产生异议。这次，让关羽伏兵华容道，由于他义气深重，必定会放掉曹操，这就提供了惩治他的绝好机会。孔明是要借这件事平山头,煞煞关羽的威风。

可见,孔明既要让曹操逃走,又要让曹操在关羽的手下逃走,他有意安排,让关羽放走曹操,是要平衡本集团外部和内部两种关系:对外,他要平衡孙权与曹操两大军事集团的关系;对内,他要防止宗派倾向的养成。"放曹"事件结束后,孔明的两个目的全部达到。曹操与孙权两大军事集团相对峙,互相牵制,以致刘备夺取荆襄后,孙权虽十分怨恨,仍不敢轻举妄动,使刘备集团赢得了进一步发展准备的时机,为实现三足鼎立的战略计划做好了积极的准备。同时,就本集团内部来说,关羽回兵后已自知罪过非小,刘备也承认关羽违反军法,让记下关羽罪过,以后将功赎罪。

顺便应提到,孔明与关羽互有意见,刘备对此心里是清楚的。刘备后来大举伐吴,口口声声要"削平江南,杀尽吴狗",这是他对东吴仇恨心理长期压抑的一次大发泄,关羽被杀正是提供了这种心理能量的发泄口。孔明、赵云等人当时仅仅将伐吴看成是刘备为关羽的报仇行为,他们一味地劝刘备暂勿与关羽报仇,但这种劝说是出自平时对关羽有意见的官员之口,因而无法得到刘备的相信。刘备对孔明言听计从,事之如师,在这件事情上却一反常态,甚至当孔明上表劝谏时,刘备掷表于地,没有一点客气。孔明送刘备出师后回成都,他对众官员说:"法孝直若在,必能制主上东行也。"(第八十一回)才能和口辩逊于孔明的法正反能劝阻刘备,办到孔明所办不到的事,就是因为法正除与刘备个人关系密切外,他与关羽正面接触少,没有个人怨情,他的劝阻是完全客观的,容易使刘备接受。孔明没有后面这一条件,他越是劝说勿与关羽报仇,越是刺激起刘备的逆反情绪。刘备要将兴兵报仇之举做给诸官员看,一场战争自然不可避免。

(十) 孔明的几次用兵得失

火烧博望坡与火烧新野

刘备投奔了荆州刘表,被安排屯军于新野。其时刘备请得诸葛亮为军师，训练调度军马，曹操闻讯，派夏侯惇为大将，引兵十万，杀奔而来。刘备将剑印交付诸葛亮，授予全盘指挥权，诸葛亮对新野数千人马的应战做了如下策划：第一，令关羽领兵一千伏于博望之左的豫山，放过曹军，但见前军火起，则纵兵焚其后军粮草。第二，张飞领一千军伏于山林后的山谷中，但见南面火起，则出谷杀向博望城，烧其粮草。第三，关平、刘封引五百军，预备引火之物，伏于博望坡两边树木丛杂中，等曹军一到，便引火烧之。第四，令赵云为前部迎敌，只要输，不要赢。刘备领一千人马为后援，敌军黄昏时杀到，便弃营而走，但见火起，回军掩杀。第五，孔明自己与糜竺引五百人守新野，孙乾、简雍准备庆喜筵席，安排"功劳簿"伺候。

次日，夏侯惇、于禁领兵至博望，分一半精兵为前队，其余护粮在后。前军与赵云相遇，交锋不久，赵云败走，夏侯惇纵马追赶，并告诉劝谏的副将说："敌军如此，虽十面埋伏，吾何惧哉！"（第三十九回）直赶至博望坡，炮响处刘备领军迎来，曹军将其杀败，直扑新野。黄昏后曹军行至博望坡，路边芦苇丛木被关平、刘封烧着，风大火猛，曹军大乱。赵云回军杀来，关羽纵兵烧了曹军粮食辎重，张飞杀退救粮之兵，曹军尸横遍野。天明后夏侯惇收拾残军，自回许昌。

诸葛亮以数千兵力粉碎了曹军十万人的进攻，这主要在于军事谋略的胜利。兵法云："胜兵先胜而后求战，败兵先战而后求胜。"（《形篇》。本书所引兵法理论均自《孙子兵法》，为行文方便，只注篇名。）赵云和夏侯惇交战时，诸葛亮已安排和创造好了一切胜利条件，他是成竹在胸、稳操胜券，甚至已安排好庆贺筵席，而夏侯惇在战场上见到一战即退的赵云部队和刘备兵弱不整的接应部队，不知道敌方"半进半退者，诱也"（《行军篇》）和"卑而骄之"（《计篇》）的诡诈意图，竟夸口说："吾今晚不到新野，誓不罢兵！"终于钻进了诸葛亮事先准备好的圈套。

诸葛亮这次根据兵法上"以火佐攻者明"（指效果明显）"（《火攻

篇》）的原则。决定利用战场的地形和特征，火烧博望坡，他将敌军诱至博望，放火烧之，既是杀伤敌军的手段，也是一种全面进攻的信号，关羽、张飞遥见火光，知前军得手，遂引伏兵两路杀出，各自完成烧粮和截击的任务。曹军军马虽多，但猝不及防，兵败如山倒。

"夫未战而庙算胜者，得算多也。"（《计篇》）诸葛亮是一位擅长于"庙堂"策划的高手，他初次用兵，即出手不凡，显示了极高的军事策划能力，弥补了刘备军队中军事指挥水平的短缺。诸葛亮用兵前安排"功劳簿"伺候，表明他要把军队纳入论功行赏、以法整治的轨道，对刘备这一以义气相聚的军事集团来讲，无疑是显示了一种新的治军手段。

兵法的"知胜之道"中提出："将能而君不御（指牵制）者胜"（《谋攻篇》），刘备深知诸葛亮是一位用兵能手，遂交给他全盘指挥权，虽然对这次初战的安排也曾心有疑虑，但并不妄加干预，这也是博望坡取胜的重要原因。

博望兵败后，曹操起兵五十万，分兵五队，选定吉日出师，欲荡平江南。时荆州刘表已死，儿子刘琮在外戚集团的主持下秘密降曹，曹军无所顾忌，直赴新野，曹仁所领前队十万人马已至博望。紧急情况下，诸葛亮策划了火烧新野的方案：第一，张榜晓谕居民，愿跟随者退往樊城暂避，安排孙乾等人接应和救济。第二，令关羽领一千人去白河上游埋伏，各带布袋，装满沙土，遏住河水，来日三更听见下游人喊马嘶，曹军渡河，则急取布袋，放水淹之，领兵顺水杀下。第三，让张飞领一千军马埋伏于博陵渡口水势慢处，曹军被淹后从此逃难，可乘势杀来接应。第四，让赵云引军三千，分四队：三队在城之西、南、北三门民房中藏上硫磺焰硝等引火之物，待曹军黄昏后入城时，乘风势将火箭射入城中，在外呐喊助威，放曹军自东门出走。赵云自引一队精兵埋伏于东门之外，待敌军受火出逃时击之。第五，刘封、糜芳二人领两千军在新野城外三十里鹊尾坡前屯住，一见曹军，打旗分军而行，以为疑兵，待敌军过后分头埋伏，见城中火起即可追杀败兵。

许诸领三千先锋兵到鹊尾坡时，见有打旗行进之兵，心中大疑，飞报后军曹仁，曹仁到时，坡上却不见一人，二人知是疑兵，商定晚前夺下新野歇马。只见新野城空无一人，知百姓已走，即寻房做饭。忽然，西、南、北三门火起，风助火威，满城通红，曹仁领众将自东门冒烟而出，军士自相践踏，死伤极多。出东门不远，遭到赵云部队的伏击，军士焦头烂额，逃至白河边，喜得水势不深，争相渡河。关羽在上游听得嘶喊，令军士掣起布袋，水势滔天，滚滚而下，曹军溺死者极多。逃生者行至博陵渡口，却被张飞截住掩杀，刘备数路军马会合追袭，曹仁、许诸落荒而逃。

面对曹操五十万大军的进攻，诸葛亮采取"不若则能避之"（《谋攻篇》）的策略，欲撤至樊城。在撤退前，他决定对曹仁的十万先行部队予以重创，挫敌锋芒，于是策划布置了火烧新野之战。"故夜战多火鼓，昼战多旌旗，所以变人之耳目也。"（《军争篇》）他让刘封等竖旗于鹊尾坡，是白昼间的疑兵措施，意在迟滞曹军行进，保证曹仁大军进新野的时间拖至黄昏之后。因为"发火有时，起火有日"（《火攻篇》），诸葛亮严格地把握着战斗的进程。

火烧新野时，诸葛亮借用"围师必阙"（《军争篇》）的原则，三门引火，独缺东门，放其逃生。但"火发于内，则早应之于外"（《火攻篇》），逃出城的曹兵又遭到赵云一支伏兵的截击。在白河之上和博陵渡口，诸葛亮采取"以利动之，以卒待之"（《势篇》）的方针，活用"半济而击之"（《行军篇》）的思想，以伏兵和河水为双重手段两次痛击敌军，曹仁十万大军丧失殆尽。

以疑兵计打败曹操，夺取汉中

刘备夺取成都后，曹操于215年攻取了张鲁的汉中，两年多后刘、曹双方在汉中之地展开了争夺。曹操丢失了定军山后，又听说徐晃兵败汉水，乃亲统大军来夺汉水寨栅，蜀军退于汉水之西，与曹军隔水相拒。诸葛亮屡设奇谋，以疑兵计战胜曹操。

第一次，诸葛亮在高山上暗窥对岸曹军动静，令赵云领五百人，皆带鼓角，伏于汉水上游的土山下，依计而行。次日，曹军前来挑战，蜀营中一人不出，弓弩不发，毫无动静，曹军自回。当夜更深，诸葛亮见曹兵在营内歇定，即放号炮，赵云听见信号，令五百军士鼓角齐鸣，曹军以为蜀军劫寨，惊慌出营欲战，却不见一人。方才回营欲歇，号炮又响，鼓角又鸣，曹兵彻夜不安。一连三夜，均惊恐不定，曹操心怯，遂拔寨退三十里扎营。

两军相对，未曾交锋，诸葛亮根据"故敌佚能劳之，饱能饥之，安能动之"（《虚实篇》）的原则，对曹军连续采取骚扰战术。他以"形人而我无形"的手段，窥察敌营动静，而将擂鼓的五百军伏于土山之下，使对方不知虚诈，"实而备之"，极大地加强了骚扰的效果。兵法认为处水上之军应该是"视生处高，无迎水流"（《行军篇》），不提倡居下游迎敌。诸葛亮选择上游土山处伏兵擂鼓，有意造成蜀军顺流冲击的声势，更使曹军不敢稍有疏忽。诸葛亮这一设疑骚扰战术使蜀军占取了作战主动权，使曹军时时紧张戒备，虽未真正杀伤敌人，但已形成了攻击和战胜敌人的作战态势，逼使曹操心怯退兵。

第二次，曹操在汉水边退三十里结寨后，诸葛亮让蜀军渡过汉水。背水结营，他做出策划，诸将分头实施。次日刘封与曹军徐晃对阵交锋时，刘封败走，蜀军往汉水而逃，尽弃营寨，马匹军器丢满道上。曹军大队冲杀过来，争相夺取。曹操急令鸣金收军，对众将说："吾见蜀军背汉水安营，其可疑一也；多弃马匹军器，其可疑二也。可急退军，休取衣物。"（第七十二回）遂下令："妄取一物者立斩。火速退兵。"曹军方退时，诸葛亮令举起号旗，刘备、黄忠、赵云三路军马杀来，曹兵大溃而逃。

诸葛亮背水列阵，无疑也包含着极大的风险，但他暗伏三路精兵以待，保证反击能够成功，却真正地化解了风险。他安排刘封战败后撤，尽丢军器衣物于道上，实是一种"以利动之，以卒待之"（《势篇》）的战术策略，意欲对敌人的进攻收到"乱而取之"（《计篇》）的效果。曹操在追击中觉察到了诸葛亮的用兵诡计，急令退兵，但同样为蜀军的反攻创造了机会。可见，安排刘封之军诈败弃物，既是一种诱敌之策，也是一种疑兵之策。对曹操这样一位出色的军事指挥者难以利而诱之，却可以疑而惑之，这正是诸葛亮用兵的高明之处。

第三次，曹操丢了南郑，退守阳平关，听说蜀兵来断粮草，遂提兵至褒州（今陕西勉县东北的褒城）城外与刘备决战，蜀军按照诸葛亮的策划行事。刘封阵前诈败而走，曹操引兵追赶，蜀军营中，四下炮响，鼓角齐鸣，曹操恐遭伏击，急教退兵，军队自相践踏，奔回阳平关。不久蜀军赶到城下：东门放火，西门呐喊；南门放火，北门擂鼓。曹操大惧，于是弃关而走，退至斜谷界口。在这里，诸葛亮先以伏兵相疑，令曹操守关而无信心，终于弃关退奔。

曹操退兵斜谷界口，已处在了"进不能胜，退恐人笑"（第七十二回）的窘境，诸葛亮及时安排了几支攻劫部队：一是令张飞、魏延截攻曹军粮道；二是令黄忠、赵云砍柴塞断远近小路；三是马超兵到汉中后安排劫敌营寨，伏兵追袭。"兵以诈立，以利动，以分合为变。"（《军争篇》）诸葛亮掌握战争的进程，灵活处置兵力的分散与集中，也曾安排过十几路攻劫部队，在一次遭遇战中魏延射伤曹操，三军锐气堕尽，曹操遂放弃汉中，下令班师。

诸葛亮评价汉中之战说："操平生为人多疑，虽能用兵，疑则多败。吾以疑兵胜之。"（第七十二回）这道出了汉中争夺战后期蜀军战胜敌人的重要原因，也表明了诸葛亮在汉中对付曹操的作战奥秘。

诸葛亮首出祁山之战

北伐曹操是诸葛亮隆中策划中的重要内容。彝陵之战后不久，诸葛亮修复了与东吴的盟友关系，又于公元225年出师南征，七擒孟获，稳定了南方。做了这些战略准备后，他于公元228年春，率三十万军队首出祁山（今甘肃礼县东），用兵关中。

自汉中至关中，需穿越秦岭，其间主要有三条通道：即子午道（汉中通往长安）、褒斜道（汉中褒河至陕西眉县西南斜峪）、陈仓故道（褒河河谷至陕西宝鸡市南），这些道路均崎岖险阻，难于进军和运粮，诸葛亮决定避开这些险道，从陇右（泛指陇山以西地区，约当今甘肃六盘山以西，黄河以东一带）平坦大路出兵。他否定了魏延关于兵出子午谷、奇袭长安的建议，率大军西绕祁山，进击关中。魏主曹睿派夏侯楙为大都督，调关西（指函谷关或潼关以西地区）诸路军马二十余万前来迎敌。

首出祁山时，魏国准备不足，兵力不敌，诸葛亮利用自己的军事优势和用兵计谋，在进攻战中取得了一系列的胜利。

一是出兵前派人至魏都邺城（今河北临漳县西南邺镇东），贴出署名司马懿的造反榜文，用"亲而离之"（《计篇》）的反间计，使曹睿解除了司马懿的兵权，将其削职回乡。司马懿是一位深有谋略的大将之才，其时总督雍（治所在今陕西凤翔县）、凉（治所在今甘肃张家川）军马，正为诸葛亮出兵首攻之地。这一反间计的成功，清除了诸葛亮兵出祁山后的作战对手，为其进取关中扫除了障碍。

二是先锋大将赵云在凤鸣山力斩西凉韩德等五将，击败西凉八万军队，取得了旗开得胜的成功。

三是诸葛亮以"上兵伐谋"的手段，以诈诳敌，智取了安定（今甘肃泾川北）、南安（今甘肃陇西县东）和天水三郡，活捉了夏侯楙，在关中以西取得了立足的地盘。

四是设计逼降了天水之将姜维。姜维，字伯约，是三国后期少有的将才。诸葛亮招降姜维后高兴地说："吾自出茅庐以来，遍求贤者，欲传授平生之学，恨未得其人。今遇伯约，吾愿足矣。"（第九十三回）姜维归降，壮大了诸葛亮进攻关中的兵势，也使蜀国得到了诸葛亮之后能够支撑军事局面的栋梁之才。

五是在魏国新任都督曹真、郭淮领军迎战时，在阵前对七十六岁的苍髯军师、魏司徒王朗以言羞辱，令之毙命；又以劫寨计和反劫计并用，大破曹真之军，令魏军闻之胆寒。

六是在郭淮策动西羌国自后方出兵夹击时，诸葛亮利用天降大雪之机，在道路上挖就坑堑，诱其大批铁车陷于大坑之中，斩杀领兵将帅，粉碎了十五万羌兵的后方进攻。

七是魏国新城（治所在今湖北房县）太守孟达致书降蜀。孟达原本蜀将，关羽兵败麦城时他在上庸（今湖北竹山县西南）辞绝救援，在刘备欲追究责任时被迫降曹。孟达曾被曹丕委以西南之任，上庸、金城均受其节制，曹睿执政期间他与朝臣矛盾加深，诸葛亮在祁山屡次获胜，军势大震时，他向蜀国提出，愿起三处军马，径取洛阳，配合诸葛亮攻取中原。

魏主曹睿在军情紧急的情况下，由太傅钟繇保举，重新启用了骠骑大将军司马懿。闲住于宛城（今河南南阳市）的司马懿被官复原职，加为平西都督，诏令率南阳诸路军马，西赴长安抵御蜀军。司马懿复职后采取了两项军事措施：

一是以先斩后奏的方式，调集南阳军马，兼程南下，就近平息新城孟达的叛变。其时曹睿御驾长安亲征，孟达自料司马懿南下新城须奏请圣旨，往复在一月之间，因而不听劝告，即时起兵，希望在司马懿到达之前夺居城池，进入深险之地。但司马懿一闻兵变当即起兵，八日到达新城，在几位曹将的内应下攻破其城，斩杀了孟达。诸葛亮十分痛惜地感叹："孟达若死，中原不易得也。"（第九十四回）

二是荐举右将军张郃为前部先锋，自领二十万大军随后，径取祁山蜀军兵连汉中的咽喉要地街亭（今甘肃庄浪县东南）。司马懿对张郃分析说："吾与汝径取街亭，望阳平关不远矣。亮若知吾断其街亭要路，绝其粮道，则陇西一境不能安守，必然连夜奔回汉中去也。彼若回动，吾提兵于小路击之，可得全胜；若不归时，吾却将诸处小路，尽皆垒断，俱以兵守之。一月无粮，蜀兵皆饿死，亮必被吾擒矣。"（第九十五回）诸葛亮料到司马懿出关必取街亭，也深知街亭地位的重要，遂派参军马谡与上将王平率二万五千精兵前往谨守。又派大将高翔率兵万人去街亭附近列柳城驻军，以为街亭救应，最后干脆加派前部先锋魏延领本部兵马去街亭之后屯扎，以保万无一失。但马谡去街亭弃却要路，占山为寨，被司马懿四面合围，断绝汲水之道，蜀军不战自乱，难以相救，最后失了街亭。

街亭失陷，中断了陇西与汉中的联络主道，若司马懿再凭险据断几处小路，三十万蜀兵将处在无后方作战的境地，这与诸葛亮取大路进兵的万全思路是不相符合的，因而诸葛亮一再认为："街亭虽小，干系甚重。倘街亭有失，吾大军皆休矣。"当他闻听街亭已失之讯后跌足长叹："大事去矣！"急忙做全军退归的部署：一让关兴、张苞率兵自武功山小路鼓噪而行，以为疑兵，待大军退尽便投阳平关；二让张翼引军修理剑阁归路；三让全军暗暗收拾行装，以备起程；四派心腹之人分报天水等三郡官吏军民，皆入汉中，并于冀县搬取姜维老母入蜀；五令马岱、姜维先伏于山谷中，为大军断后；六令已出箕谷作进军疑兵的赵云、邓芝徐徐撤军。安排好各路人马后，诸葛亮自率五千兵去西城县（今甘肃天水西南）搬运粮草。当司马懿率十五万大军蜂拥而来时，他不得已以"空城计"退敌。（参见第九十五回）

诸葛亮首出祁山，曾在陇右取得了巨大的战果；街亭失守后又凭借自己精明高超的用兵技巧，基本上做到了全师而退，这都是极不容易的。然而，除归降姜维一事外，得到的战果均弃于一旦，正像他退兵汉中后对侍中费祎自责所言："得而复失，与不得同。""兵败师还，不曾夺得寸土，此吾之大罪也。量得一姜维，于魏何损？"（第九十六回）他在作战中"伐谋""伐交""伐兵""攻城"四法并用，实施过诈败计、疑兵计、伏兵计、擒纵计、诳敌计、反间计、坑堑计、空城计，大显聪明才智，费尽万般心思，终究无功而返。这其中不是没有原因的。

第一，兵法云："兵之情主速，乘人之不及，由不虞之道，攻其所不戒也。"（《九地篇》）蜀军自汉中进攻关中，自然是以攻取长安为作战目标，当时魏国准备不足，主将无谋，如果借鉴西汉时"明修栈道，暗渡陈仓"之策，在大军绕道祁山进军、吸引魏军主力的同时，派精兵出子午谷径取长安，定能打敌人个措手不及，即便不能全克长安，亦能两路牵制魏军，一鼓夺取关中西境。诸葛亮以稳妥进兵为由，否定了兵出子午谷的建议，致使用兵战略上没有制胜的奇兵。连司马懿也不无遗憾地说："若是吾用兵，先从子午谷径取长安，早得多时矣。"（第九十五回）这不能不是其用兵上的一个失误。

第二，与前一问题相联系，诸葛亮率全军绕道祁山而进，虽曾取得了辉煌战果，但陇右三郡并非关中之地，天水与长安的直线距离约650多里，前者本属魏国防御薄弱的偏僻之地，占据了它，仅仅是在秦岭之北有了立脚的地盘，远造不成对长安的威胁。耗三十万兵力欲取长安，却为六百里外的立足之地鏖兵争夺，虽有连取三城之功，西击羌兵之胜，但远离目标的自我窃喜，总让人感到有点迂腐。"夫钝兵挫锐、屈力殚货，则诸侯乘其弊而起，虽有智者，不能善其后矣。"（《作战篇》）诸葛亮在陇右之地迁延日月，使魏国两次调兵至长安，终使战争目标的实现愈来愈远。

第三，诸葛亮取陇右大路进兵，自谓万全之策，但事实上却把战争胜利的希望寄托在敌将的无谋上，这种侥幸以求胜的策略实际是极危险的。"用兵之法，无恃其不来，恃吾有以待也；无恃其不攻，恃吾有所不可攻也。"（《九变篇》）诸葛亮认为街亭乃咽喉重地，干系非小，但却在与夏侯楙、曹真对峙时，一直没有任何防守措施；只有当与司马懿交手时才立刻惊慌，赶派数万军队前往守护，可惜看到守军布阵图本后连纠正的机会也没有了。祁山大路进兵的成功似乎干系于街亭；而街亭的保守又被人为地寄托于不被敌方看破和不受敌兵攻击上，这一作战部署的成功把握到底有多大，就可想而知了。"昔之善战者，先为不可胜，以待敌之可胜。"（《形篇》）诸葛亮的祁山出兵策划，未使自己在作战部署上立于不败之地，而当己方的用兵弱点暴露出来并被敌方看破时，情况必然会立刻变得不可收拾。

第四，诸葛亮把兵败祁山的责任归之于自己用人不当，依军令状而斩杀了直接责任人马谡，并自贬三等，表示承担应有的责任，这历来被视作依法治众、不徇私情的样板。然而，"善战者，求之于势，不责于人，故能择人而任势。"（《势篇》）蜀军的祁山之败是作战部署中内含的结果，无法让某一部属承担战败责任。事实上，当司马懿看到了街亭的战略地位率十多万大军进攻时，数万蜀兵能守住的可能性并不大，诸葛亮自己也认为："此地奈无城郭，又无险阻，守之极难。"（第九十五回）即便马谡面临大敌死守街亭，那蜀军后面东进关中、攻取长安的战争也会因为分兵过多、战线太长而难以进行，弃城退兵是迟早要实施的上策。《三国志》的作者陈寿曾评价诸葛亮是"于治戎为长，奇谋为短，理民之干，优于将略"，这当是极谨慎的言语。

以上探讨了孔明领导方法的十个方面，这些方面从不同角度反映了他的思想作风、个人性格和领导才能。从总体上看，孔明不失为三国时期精明强干的领导人。

七、刚而自矜的领导人关羽

关羽，字云长，河东解良（今山西临倚一带）人，幼年熟读《春秋》，曾在家乡杀了仗势欺人的豪强，于江湖上逃难五六年之久，黄巾起义时朝廷招募义兵，遂与刘备、张飞结为异姓兄弟，起兵响应。早期追随刘备，立有战功，十八路诸侯伐董卓时，他作为县令刘备手下的马弓手"温酒斩华雄",在诸侯中崭露头角。刘备在徐州打起反曹旗帜,他驻守下邳,并保护刘备家小。曹操击败刘备夺取徐州后,他有条件地投降了曹操,为曹操斩杀袁绍大将颜良、文丑,解白马之围,威名大振。探知刘备下落后,他挂印封金,过五关斩六将,又回到刘备身边,后随刘备投刘表,刘表死后退兵江夏。赤壁大战后他受命在华容道伏兵,因感昔日恩义,放走曹操。在刘备争夺荆襄时,他曾一人率兵攻取长沙,纳降黄忠与魏延。刘备、孔明相继入川后,他镇守荆、襄重地,被刘备封为荡寇将军、汉寿亭侯,后又被封为"五虎大将"之首。曹兵攻取荆州前,他奉命主动出击,连下魏城,并击败曹操援兵,活捉主将于禁,斩杀先锋大将庞德,一时威震华夏。后来,东吴吕蒙率兵偷袭荆州,与曹兵两面夹攻,荆襄尽失,关羽败走麦城,因孤城难守,他弃城入川时被吴将潘璋设计俘获,为孙权所杀。

关羽是刘备集团的骨干人物,他一生追随刘备,矢志不移,战功显赫。关羽在两方面深得人们的钦佩:第一,为人义气深重;第二,作战勇冠三军。但作为领导人,他又存在严重的不足,主要表现在以下两个方面。

(一) 刚而自矜,人际关系紧张

刘备曾说关羽的特点是"矜于士而体恤卒"(见《三国志·蜀书》),在同僚面前傲气十足、目中无人,实在是关羽作为领导人的最大弱点,他自恃武艺高强,对谁也不服。关羽驻守荆州时,听说刘备在汉中招降了马超,又听说马超武艺过人,他竟让关平带信给刘备,要入川来与马超比试高低,孔明写信回答他:"亮闻将军欲与孟起分别高下。以亮度之,孟起虽雄烈过人,亦乃黥布、彭越之徒耳;当与翼德并驱争先,犹未及美髯公之绝伦超群也。"(第六十五回)关羽看信后自绰其髯大笑,说道:"孔明知我心也。"并将书信在客人中传阅。看来,关羽的用心也并不是一定要入川比试，他只是要人们相信他的武艺在马超之上。他把孔明的书信让别人传阅，正是假借孔明的信作为权威性评判，使别人在心中树立他武艺最高的信念。刘备夺取汉中后，封关羽、张飞、赵云、马超、黄忠为五虎大将，使者送来印绶，他竟然不接，对使者当面说："黄忠何等人，敢与吾同列？大丈夫终不与老卒为伍！"（第七十三回）其实，他看不起黄忠没有一点道理，他争夺长沙时，至多与黄忠打了个平手，只是由于长沙太守韩玄要杀黄忠，魏延才杀了韩玄救黄忠来降。其实，关羽表示不甘与黄忠为伍，正是对他当年未能战胜黄忠的一种心理补偿，至于由此会引起什么不良的后果，他是不考虑的。

关羽恃才傲物，说话不讲情面，使他与好多人的关系出现不和。刘备当了汉中王后，准备立嗣，派人赴荆州征求关羽的意见，关羽认为刘封非亲子，不能选立，并建议刘备派刘封驻守地处边远的上庸山城，将其调离成都，以绝后患。为此，刘封对他很不满，在他败走麦城时，刘封在上庸拒绝对他增援。刘封的行为绝不说明关羽对其预料正确，因为，第一，刘封始终没有背叛刘备，只是拒绝增援关羽；第二，刘备初收刘封为义子时，关羽就持反对态度，那时他对刘封并无一点了解，反对的理由只是收养义长子会造成以后立嗣麻烦。关羽这种傲慢态度也表现在对友国人事的态度上，诸葛亮的哥哥诸葛瑾在东吴做官，受孙权之托去成都索要荆州，刘备为了应付，即写下让关羽交割地盘的信，诸葛瑾持信到了荆州，关羽不仅不认，且很不客气，弄得诸葛瑾满面羞惭而去。孙权为了抗击曹操，一度主动地与关羽拉关系，曾托媒人去荆州，求关羽将其女儿许配给自己的儿子，结姻亲关系，关羽一听勃然大怒说："吾虎女安能嫁犬子乎！"（第七十三回）几乎要将媒人斩首。关羽的态度激怒了孙权，使孙权下定了联合曹兵袭取荆州的决心。

关羽傲气十足的最大资本是自己的勇武，他不明白勇武只是对一般战将的起码要求，而对一个统帅人物的诸多要求中，勇力不是最主要的。

（二）在识人、用人上的失误

关羽在主动出击曹兵时，担心东吴吕蒙从后方渡江攻袭荆州，曾做了相应的部署，后来吕蒙采纳了陆逊的建议，他向孙权托病辞职，让没有名望的陆逊代己之任，陆逊一到任，就向关羽致书送礼，信中语词极其卑谨，一副讨好关羽的样子，关羽果然麻痹大意，撤走了荆州的大半防卫之兵，结果吕蒙乘机偷袭了荆州。这里，关羽因骄傲轻敌所致，未能识别陆逊的诈谋，吃了大亏。

关羽出兵攻曹前，原派傅士仁、糜芳为先锋，二人在寨中饮酒时，军中失火烧着火炮，打死本军多人，军器粮草尽被烧毁，关羽即令斩之，因众人求免，关羽令武士各杖四十，摘去先锋印绶。并罚糜芳守南郡，傅士仁守公安，临走又警告说："若吾得胜回来之日，稍有差池，二罪俱罚！"（第七十三回）后来，吕蒙偷袭荆州，傅士仁、糜芳相继投降东吴。在傅、糜投敌事件上，关羽犯了一系列的错误：第一，二人在失火事件中负有领导责任，在他们受到处分，心中不服的情况下，派二人去守后方重城，他们是很难尽力配合的；第二，派二人去守后方，本应多加勉励，但他委派时却说是罚他们去守二城，这就使他们对守城工作失去了兴趣，丧失了诚心；第三，临走时作出警告，显得多此一举。在警告的内容中，他把自己的得胜与二人受罚联系起来，似乎自己得胜了二人反要受到处罚，这就不是鼓励二人对他前方作战采取积极配合的态度，使二人产生消极对立情绪。

还在他出兵不久，身边的随军司马王甫曾建议说："糜芳、傅士仁守二隘口，恐不竭力，必须得一人以总督荆州。"（第七十三回）关羽回答他已派潘濬守荆州，用不着担忧。王甫指出："潘濬平生多忌而好利，不可任用"，建议派为人忠诚廉直的赵累代替，关羽坚持说："吾素知潘濬为人，今既差定，不必更改。"吕蒙偷袭荆州后，孙权对潘濬官职未做变动，仍旧让他执掌州事，关羽自谓他素知其人的潘濬，对关羽未起任何帮助作用。我们从这里可以看到，第一，关羽识人不准；第二，他过分自信，听不进别人的劝告。

识人、用人是领导工作的重要内容，关羽在识人、用人上的一系列失误说明，他可以是一名优秀的战将，但不是一名优秀的统帅。

我们可以以孔明入川为界，把关羽的一生划分为两个时期，前一时期，他在刘备、孔明的领导下作战，虽有个人性格方面的诸多毛病，但这不影响他成为一名优秀的战将；后一个时期，他镇守荆州，对荆州负全盘领导责任，这时，他刚而自矜，忽视人际关系的个人性格及识人、用人上的一系列失误等因素联合作用，终使他未能成为一名优秀的领导人。

（三）关羽性格的实例分析

关羽在离开曹营时，他能领到出关文凭但未领文凭，在这一小事上，关羽和曹操的性格被充分体现出来。

曹操在徐州击败刘备后，关羽曾有条件地投降了曹操，其中一个条件是：如果知道刘备的下落，虽远必往。曹操自信只要自己感化到家，关羽日久必会放弃归刘之心，于是就答应了这个条件。关羽到曹营后，曹操给了他很高的待遇，生活上关怀备至，并送给他"赤兔马"，立功后又封给很高的爵位。后来关羽知道刘备在袁绍处，他封存了曹操所赠的除赤兔马之外的一切东西，留下告别书信，带原来随行人员出走。操知道关羽离去后，曾赶到城外送行，赐以路费征袍离去。这里，曹操所以不给关羽过关文凭，原因有二，一是操虽曾赠给关羽许多东西，但遗憾的是，这些都是操主动给予，关羽从未求过曹操，在从徐州回许都的路上，关羽和两位嫂嫂一共只得到一间房子，关羽在这时也未去求曹操给间房子，他让嫂嫂住进房内，自己在外面站了一晚上。曹操一味地赠与，而关羽从未求过自己，这使作为丞相的曹操心理上感到极大的不平衡，操未给他过关文凭，是想等关羽在这一关键事情上来求自己一次。他出城送关羽，曾赠给路费和战袍，实是提供给关羽一次相求的机会，并以赐它物相提示，但关羽终未提出。操未给过关文凭的第二个原因是，他希望关羽在路上受阻后能再回许都，或者来要过关文凭，或者继续留下，因为他料定关羽人单势孤，路上受阻后非回来相求不可。文凭只有在关羽相求时付与才会有更高的人情价值；而且，自己正和袁绍作战，关羽正是去投袁绍，让关羽往返几次耽误路程，也好延缓他去袁绍处的时间，万一这期间战况急遽变化，关羽也许有新的去留动向。

关羽离开曹营时逢曹操与袁绍军事对峙，双方关系极度紧张。因而沿路关卡甚紧，这点关羽是一定会想到的，但他为什么未向曹操讨要出关文凭，甚至在操出城相送，答应放走的情况下，也不提出这一要求，原因有四：第一，他秉性刚直，不喜欢折腰求人。第二，只要曹操勉强放行，那他什么要求也可以不提，避免人情账太多。第三，不提起过关文凭之事，若在路上遇阻，尚且可以设法搪塞蒙混；但若一提起此事，若被曹操推托不给，在路上遇阻反而不好搪塞，因为他对请求后曹操是否会痛快付给并无多大把握。事实上，当第一关守将孔秀和第二关守将韩福分别向他索要过关文凭时，他正是以"因行期慌迫，不曾讨得"和"事冗不曾讨得"相搪塞的，如果请求后曹操明言不给，反倒会失去这些借口。第四，刘备是与曹为敌的，关羽投降时提出的一个条件就是"降汉不降曹"，临走时不领曹操的文凭，正是要说明他不受曹操的管辖。事实上，当关羽到了黄河渡口，马上要走出曹操辖地时，他的胆子壮了起来，把守渡口的秦琪问他有无丞相曹操的过关公文，他回答："吾不受丞相节制，有甚公文！"（第二十七回）

看来，曹操对关羽沿路的动向是密切注意的，当关羽过了最后一道关隘，就要进入袁绍辖地，且得知刘备脱离袁绍前往汝南时，却有两个使者及张辽三人相继送来曹操的过关公文和命令，声言公文可以遍行各处。曹操为什么在关羽不需要公文时送来公文呢？原因有两条：第一，他想益发向关羽送个人情。本来曹操想让关羽主动提出要求以提高公文的人情价值，但关羽硬是不提，最后反倒走掉，那只好假装不知关羽已过完关隘，对公文降价相送。事实上，当追赶关羽的夏侯惇问张辽之前的两个使者曹操是否知道关羽沿路斩将之事时，使者回答不知，因为曹操不能让使者问答"知道"，如果回答了"知道"，那就等于说明曹操知道关羽已过完关隘，公文就一点价值也没有了。将公文降价相送，这是对他在关羽临走时未送文凭的一种人情上的弥补。在使者之后不久，张辽赶到，对追兵说："奉丞相钧旨：因闻知云长斩关杀将，恐于路有阻，特差我传谕各处关隘，任便放行。"（第二十八回）这就是说，即使知道关羽沿路斩将之事，还是宽大放行，这个人情可算做到家了。后来，关羽伏兵华容道拦截曹操，曹操对关羽求情被拒绝，他问关羽："五关斩将之时，还能记否？……"（第五十回）这是曹操舍给关羽的一笔最大的人情债，以此终使关羽动心。第二，关羽曾斩杀过袁绍两大将，曹操幻想关羽因此若在袁绍一方受到胁迫或有其他变故时能再回自己一方，他给关羽以热忱的关心态度，不至于使关羽到时候因考虑面子问题而不愿返回，而他所补送的"遍行诸处"的公文也为关羽提供了这种方便。看来，曹操给关羽的公文也并不是一点实际意义也没有。

在过关文凭这一小事上，关羽和曹操都作了认真的考虑，他们的性格、处事为人被深刻地体现了出来。

（四）关羽北伐樊城的用兵分析

刘备夺得汉中后，曹操暗中策动孙权夹击荆州，关羽奉汉中王之命，于公元219年主动出击北伐。他攻取襄阳（今襄樊市），直逼樊城（今湖北襄樊市樊城），守将曹仁连输几阵，曹操急派大将于禁、庞德前往救援。庞德出征前令人造一木棺，对亲友讲："今去樊城与关某决战，我若不能杀彼，必为彼所杀；即不为彼所杀，我亦当自杀。"（第七十四回）下定了死战的决心。

关羽与庞德在阵前交锋数日不决胜负，主帅于禁心怕庞德立下大功，暗中掣肘，移军于山口，令庞德屯兵于罾口川。时值八月秋天，关羽军队预备船筏，收拾水具，并向关平解释说："方今秋雨连绵，襄江之水必然泛涨；吾已差人堰住各处水口，待水发时，乘高就船，放水一淹，樊城、罾口川之兵皆为鱼鳖矣。"（第七十四回）果然连日大雨不止，江水泛滥，平地水深丈余，庞德之军不及躲避，多被水淹，荆州兵将乘大船斩杀残敌，于禁投降，庞德被擒杀。

于禁、庞德率北方精兵前来救援，与樊城之军相合，兵力上占有优势，之所以稍战即败，全军覆没，是由统将用兵上的严重失误导致的。第一，"兵闻拙速，未睹巧之久也。"（《作战篇》）援兵一至，本当内外夹击，以求速胜，但于禁在与荆州兵交锋几日，且并无失利的情况下，却令军队移屯于山后，摆开了久持的架势，这种消极避战的思想和援兵的使命不大相符，也违背了用兵的基本原则。

第二，孙子曰："凡处军、相敌：绝山依谷，视生处高""凡军好高而恶下，贵阳而贱阴，养生而处实"，（《行军篇》）兵法又云："险形者，我先居之，必居高阳以待敌。"（《地形篇》）一句话，军队宜避开阴湿之处，驻扎于高地。于禁在多雨的秋季令自己的军队屯于谷洼之地，无视天时、地利的因素，这是用兵上一个致命的错误。

第三，兵法上对统兵之将有一些基本的要求："将者，智、信、仁、勇、严也。"（《计篇》）曹军主将于禁不懂基本的用兵之法，屡犯错误；且心嫉庞德成功，一再对其用"魏王戒旨"相压服，兵败后又乞哀求降，"必生（指贪生畏怯），可虏也。"看来他是绝对不符合任将条件的。曹军副将庞德以必死的决心去赴战，然而，"必死，可杀也。"（《九变篇》）兵法认为将帅轻生决死，就有被杀的危险，一味逞血气之勇的庞德看来也不完

97

全符合任将的条件。

关羽水淹曹军，大获全胜，既不是实力过分强大，也不是战术策略上有出奇制胜的特别高招，而是他作为富有经验的将领，注意到了天时、地利的特点，利用了曹军将领对自然条件的疏忽及其用兵的失误。巨大的胜利不乏侥幸的成分。

八、西晋事业的实际开创人司马懿

司马懿，字仲达，是曹魏集团内部成长起来的优秀将领。曹操争夺张鲁的汉中时，他以主簿身份随军，其后为曹操提出过许多极有见地的战略策略，他的才干深得曹操的赏识，因而成为操临死时的托孤人之一。曹丕继位后，司马懿忠心辅佐，屡献奇谋。孔明在刘备死后复修了吴蜀关系，曹丕决意伐吴，临行前封司马懿为尚书仆射，留守许昌，主持国政，回朝后封他为抚军大将军，曹丕死时他仍是托孤人之一。曹睿继位后，封司马懿为骠骑大将军，他上表自愿镇守西凉，总督雍、凉等处兵马。孔明伐魏前，对司马懿深有顾虑，遂使用反间计，使曹睿罢免了他的兵权，司马懿遂被削职回乡，在宛城闲住。孔明入寇中原，战果辉煌，魏国无有敌手，司马懿在太傅钟繇的保举下官复原职，并被曹睿加封为平西都督。司马懿一复职，即就近平定了降将孟达的叛乱，曹睿授给他遇事先斩后奏的特权，令他出关破蜀。司马懿奉诏迎敌，一开始就以重兵夺取蜀兵占据的咽喉重地街亭，使诸葛亮全局被动，只好全线撤退。其后，司马懿与大将军曹真相配合，在祁山一带防御蜀兵，使诸葛亮屡战无果，无法得手。诸葛亮死后，曹睿封司马懿为太尉，总督军马，负责魏国的所有边防事务。燕王公孙渊在辽东反叛，司马懿出奇制胜，大败公孙渊于襄平。曹睿死时，将太子曹芳特意托付于司马懿，曹芳继位后，大将军曹爽暗中排挤司马懿，他让曹芳加懿为太傅以削其兵权，司马懿佯装病重，麻痹曹爽，在曹爽陪魏帝外出之际，于都城发动兵变，夺回了兵权。事后，曹芳封司马懿为丞相，加九锡，并令其与二子司马师、司马昭同掌国事，魏国政权至此尽归司马氏。司马懿死后，司马氏继续掌握魏国政权，直至司马昭的儿子司马炎逼迫魏帝禅位，建立晋国。

司马懿是魏国后期的擎天之柱，是晋国政权的实际创始人，他的领导性格在如下三个方面显得尤其出众。

（一）深谋远虑的战略思想

司马懿首先是一名战略家，自随曹操出战起，他在军事上提出过许多重大的建议，这些建议均显示了他战略上的深谋远虑，有些建议的实施甚至对当时的天下形势发生了重大的影响。曹操夺取汉中后，司马懿以主簿身份向操建议说："刘备以诈力取刘璋，蜀人尚未归心。今主公已得汉中，益州震动，可速进兵攻之，势必瓦解。"（第六十七回）刘晔也赞成司马懿的建议，但曹操不愿"得陇望蜀"，遂未采纳这个建议。连刘备的心腹官员法正、孔明也将这看成是曹操用兵的一次憾事，曹操本人后来对这次错失良机同样感到非常后悔。刘备自立为汉中王后，曹操非常恼怒，欲起倾国之兵以讨伐，这时，司马懿出班献计，他建议曹操联络孙权出兵攻取荆州，而魏国出兵取汉、川，使刘备首尾不能相顾。由于司马懿的这一建议，于是才有吕蒙偷袭荆州、关羽败走麦城、吴蜀彝陵之战等后事，魏国在吴、蜀的拼杀消耗中显得力量愈大。刘备死后，魏国老臣贾诩主张等待时机以进攻蜀国，司马懿则提出了乘时进兵的建议，他联络西羌、南蛮、东吴、上庸孟达四股势力，组织五路兵马大举伐蜀，一时声势浩大，只是由于诸葛亮精于治国用兵，才使蜀国转危为安，司马懿的这次伐蜀主张，显示了他作为年轻将领的进取之心和作为军事战略家的博大胸怀。

在魏蜀相争的战场上，司马懿是诸葛亮的死对头，司马懿曾对部下讲:"孔明智在吾先。"(第九十九回)的确,在调兵、遣将、摆阵、用计等军事战术方面,诸葛亮堪称无可匹敌的高手,然而,在军事战略方面,司马懿还是比诸葛亮略高一筹。诸葛亮二出祁山,魏国折兵损将,这时,司马懿对曹睿讲:"臣算蜀兵行粮止有一月,利在急战。我军只宜坚守。陛下可降诏,令曹真坚守诸路关隘,不要出战。不须一月,蜀兵自走。那时乘虚而击之,诸葛亮可擒也。"(第九十八回)司马懿深知敌我双方各自的优势和劣势,他在军事战略上采取的原则是:第一,把军事斗争控制在自己的优势圈中,以暴露敌人的短处;第二,绝不轻易进入敌人的优势圈中。根据这两条原则,他对诸葛亮采取了深沟高垒、拒不出战的作战方针,于是就把军事斗争的主动权牢牢地控制在自己的手中,尽管诸葛亮精于治兵、夙夜操劳、鞠躬尽瘁,但却无济于事;而且司马懿尽管中过孔明的反间计、空城计、诈败计、诈降计,多次上当受骗、人格受辱,但终归是战争的胜利者。

平定孟达叛乱时,他迅速出击,先斩后奏,造成迅雷不及掩耳之势。平定公孙渊叛乱时,他出奇制胜,围而不打,迫使敌军自己溃逃,最后以少克多。他对两次用兵的不同做了解释:"昔孟达粮多兵少,我粮少兵多,故不可不速战;出其不意,突然攻之,方可取胜。今辽兵多,我兵少,贼饥我饱,何必力攻?正当任彼自走,然后乘机击之。"(第一百零六回)两次平叛表现了司马懿丰富的战略思想和军事才能。

(二) 善于识辨人才

司马懿是一个战略家,他对军事人物的才能和水平都有比较正确的估计,能在军事斗争广阔而纷繁的舞台上识辨人才。他一奉诏出关迎敌,就举荐右将军张郃为前锋,张郃是来自袁绍集团的降将,在保守汉中时屡败于蜀军,几乎被曹洪斩首。但司马懿却能发现他的才能而加以重用,后来张郃在祁山前线成了诸葛亮入寇的主要障碍之一。诸葛亮第一次退兵后,司马懿料定蜀兵以后必然效法韩信暗渡陈仓之计，于是特意向曹睿推荐镇守河西的杂号将军郝昭守御陈仓，并断定："若诸葛亮入寇，此人足可当之。"（第九十六回）诸葛亮二出祁山，为争夺战略要地，对陈仓口发动了重点进攻，他先派大将魏延率兵四面围攻，竟连日不下，他以为是魏延作战不力或攻城无方，几乎斩掉魏延，后来又派郝昭的同乡之友、蜀军部曲靳祥两次去陈仓劝降，结果被郝昭赶出。孔明打听到陈仓城内只有三千人马，遂笑着说："量此小城，安能御我！"（第九十七回）于是令大军乘云梯攻城，次日又赶造"冲车"之法，最后还掘地道相攻，前后二十余日，竟不能攻下，反倒折损兵将许多，孔明只好退兵。后来，孔明在汉中打探到郝昭病危的消息，才用计攻破陈仓。孔明这次在陈仓接连受挫，均反映了司马懿识人用人的高明。三国后期，战事更加频繁，战场上布阵用计的复杂性加大，对指挥员的素质要求更高，年轻人才也不断涌现，当时司马懿在魏国看重两个青年人物，一个是钟会，他喜读兵书，深明韬略；另一个是邓艾，邓艾每见高山大泽，总要窥度指画一番，给人讲何处可以屯兵、何处可以积粮、何处可以埋伏，引得人人发笑，唯独司马懿将他看成奇才，令其参赞军机。后来，他们两人成了御蜀卫国的栋梁之才，最后由他们灭掉了蜀国。司马懿识才的慧眼实在令人叹服。

曹操晚年曾让长史王必总督御林军，司马懿提醒他说："王必嗜酒性宽，恐不堪任此职。"（第六十九回）操反驳说："王必是孤披荆棘历艰难时相随之人，忠而且勤，心如铁石，最足相当。"坚持任用王必。不久，王必果然被耿纪、金祎等叛将蒙骗利用，发生了正月十五元宵节许都城中的大骚乱，几乎导致曹氏集团的垮台。在任用王必的具体问题上，曹操看到的仅是王必的"忠"，司马懿提醒操要考虑王必"能"的方面，他在这里的考虑比曹操更显得全面。司马懿攻打街亭前看了蜀军的布局，即耻笑街亭守将马谡道："徒有虚名，乃庸才耳！"（第九十五回）他与马谡没有见面，但对其评价可谓一针见血。

司马懿不仅在识人上能区分良莠，而且能知道自己的能力及能力界限。还在他受离间削职归乡期间，听说诸葛亮率蜀兵长驱直进，不禁仰天长叹，儿子司马师问："莫非叹魏主不用乎？"司马懿断言："早晚必来宣召父亲也。"（第九十四回）他料定魏国抗拒孔明的重任非自己莫属，而当他一上前线，在具体的战斗中，总是不断地告诉部下："吾不如孔明也！"（第九十五回）因为知道自己的能力，所以敢当重任；因为知道自己的能力界限，所以绝不强其不可为而为之。这样，他在军事上能够趋利避害，在双方各种因素的消耗中取得最后的胜利。

（三）深受道家思想影响的思维方式

道家的人生观要求人们"知雄守雌"、柔弱处下、以柔克刚，按照这种要求，人们在社会纷争中就应当欲取先予、大智若愚、后发制人。司马懿长于谋略，在这方面他雄心勃勃、富于进取，但在他才能稍逊的军事战术领域，以及他势力薄弱的政治领域，却充分地吸收了道家的上述思想以作为求胜的策略，这些思想在他身上形成固定的思维模式，构成他独特的完整人格。

在与孔明的战争交锋中，他宁可穿上对方送来的女人服装、甘心受辱，也不轻易出战。甘受对方的侮辱，自然是弱者的自认，但正是这个弱者，使咄咄逼人的强者无可奈何，强者反倒最后败于弱者。曹丕威逼汉献帝禅位，司马懿没有像其他大臣那样直接出面参与，而当曹丕欲受诏承位时，司马懿急忙劝谏说："虽然诏玺已至，殿下宜且上表谦辞，以绝天下之谤。"（第八十回）曹丕采纳了他的建议，在"三辞而诏不许"的形式下然后受禅登位。司马懿建议曹丕谦辞推脱，以示卑谦处下，能使曹丕在很大程度上免除天下怨谤，争取了人心，从而能巩固魏国的社会根基。魏国大都督曹真病重期间，吴、蜀两路兵马进攻魏国，曹睿封司马懿为大都督，接替曹真之职，并准备让近臣去曹真府取来总兵将印，司马懿先前与曹真在前线产生过隔阂，这次他愿亲自去取将印。见到曹真问候毕，他即告诉了魏国面临的严峻形势，等曹真表示愿推荐他接替自己职务，并要交给他将印时，他却表示："某愿助一臂之力，只不敢受此印也。"（第九十八回）最后曹真动了感情，再三相让，他方接纳，司马懿以卑谦辞让形式成功地达到了目的。司马懿晚年在朝中受到曹爽的排挤，他于是推病不出，闻听曹爽的心腹李胜要来家中探望，他干脆去冠散发、拥被卧床，并佯装耳聋、言语哽噎、声嘶气喘，做出一副病危之状，曹爽自料司马懿不久人世，遂放心无忧地率大小官僚随驾畋猎，曹爽出城后，司马懿立即发动兵变，夺取了兵权，至此朝廷政归司马氏。就当时的政治背景言，司马懿处于劣势，但他取柔弱处下、欲取先予的策略手段，大智佯愚，等待时机，终于后发制人。道家的思想熏陶出了这样一位政治斗争的高手。

九、魏延的性格与悲剧

魏延，字文长，义阳（今河南桐柏县）人，原在刘表大将蔡瑁手下，刘备从新野溃退路过襄阳，蔡瑁因降了曹操，拒不接纳，魏延砍死守门将士，去追刘备，但因未能寻见，于是投了长沙太守韩玄。（见第四十一回）韩玄因其傲慢少礼，不肯重用。关羽率兵攻取长沙，兵临城下，在韩玄要误杀黄忠的关键时刻，魏延砍死刀斧手，救了黄忠，并鼓动兵士杀了韩玄，投降了关羽。（见第五十三回）刘备率兵收川时，魏延与黄忠为随军大将，多立战功，被封为扬武将军。刘备争夺汉中时，魏延配合张飞击败张郃，夺取瓦口隘，在阳平夺关截获粮草，又在斜谷界口射伤曹操。刘备为汉中王后，提拔魏延为汉中太守，命其总督军马，守御东川，不久又加封为镇北将军。刘备伐吴前，命骠骑将军马超及弟马岱协助魏延镇守汉中。刘备去世后，孔明调魏延去南方抵御孟获，换马超把守汉中。孔明南征，魏延与赵云同为随军大将、前部先锋，屡立战功。蜀军伐魏时，魏延以镇北将军、领丞相司马、凉州刺史、都亭侯的身份，为孔明帐前第一大将，战功卓著，声名显赫。孔明临死前，将兵权交给长史杨仪，安排魏延为大军断后，魏延不服这种安排，在孔明死后截击杨仪，争夺兵权，被孔明生前暗中安排于其身边的马岱斩杀。

魏延一生的结局含有悲剧色彩，这种悲剧是由他个人性格和时代精神的碰撞造成的，历史没有在古老的国土上造就开放型的民族意识时，就莽然地造就了一个具有异常性格的魏延。

（一）作战奋不顾身，爱打硬仗

魏延在加入刘备集团后，刚开始还算不上头面将领，但他勇于出战、喜夺头功，虽受挫而不气馁，终于在战场上锻炼成了一名优秀的战将。魏延和黄忠一起随刘备入川时，有一次刘备派黄忠去雒城，攻打川将泠苞、邓贤营寨，但魏延却硬要代替黄忠领兵破敌，并且与黄忠争得不亦乐乎，最后两人提出当着刘备的面比试武艺，得胜者领兵出战，多亏刘备劝免。随军军师庞统分定两人各打一寨，黄忠攻泠苞，魏延攻邓贤，先夺得者为头功。魏延并不就此甘休，他暗中打听到黄忠军队定于四更造饭、五更起兵，遂吩咐自己的军队二更造饭，三更起兵，赶在黄忠之前行动，至半路，他传令去攻打分给黄忠的泠苞营寨，希望打了泠苞再打邓贤，一人攻下两个营寨，但泠苞探得消息，早做了准备，使魏延吃了大亏，幸得黄忠前来相救。又一次，张鲁派马超兵犯葭萌关，与刘璋夹攻刘备，刘备、孔明派张飞迎敌，让魏延带五百哨马先行，魏延一到关下，就杀败敌兵先锋，并且不甘罢休，乘势追赶，要夺主将张飞的头功，舞刀去战马超，原来对战者却是马岱。魏延杀败了马岱，纵马追赶，不料马岱回身一箭，射中魏延左臂，使他败退而回，多亏张飞赶到相救。从这里可以看到，年轻将领魏延，在战场上虽缺乏经验，但他勇于出战，争勇好胜。

魏延在战场上的成长是很快的，刘备争夺汉中的后期，魏延兵出斜谷界口，与曹兵迎敌，操招魏延归降，延大骂操，提刀与庞德交战。当看到自家军队劫了曹兵后方营寨时，他诈败而走，等操指挥军队回战后方时，他出其不意地撞至曹操面前，迅速张弓搭箭，射伤曹操，操翻身落马，折却门牙，这次战斗使曹操不得不最后放弃汉中。孔明二出祁山时，魏国选派虎威将军王双为前部大先锋，把守隘口，王双使六十斤大刀，开两石铁胎弓，暗藏三个流星锤，百发百中，有万夫不当之勇，连斩蜀国数员大将，孔明无法进兵，由于粮草困难，只好收拾退兵。魏延受命在陈仓道口拒住王双，撤离时他的军队打着魏延旗号在前，诱王双追赶，伏于王双寨边的三十骑蜀兵乘机去魏营放火，王双见后方营中火光冲天，急令军马回营相救，行到一山坡处，魏延匹马骤出，直扑王双，双措手不及，被魏延一刀砍死，延遂率三十余人马徐徐退回汉中。

孔明在选定自幼熟读兵书的马谡守街亭重地时，派上将王平协助，又派高翔屯兵附近的柳城以为关键时刻的救应，之后又考虑到高翔非魏将张郃对手，遂唤魏延引兵去街亭之后屯扎，魏延问孔明说："某为前部，理合当先破敌，何故置某于安闲之地？"（第九十五回）孔明解释说："今令汝接应街亭，当阳平关冲要道路，总守汉中咽喉，此乃大任也，何为安闲乎？"魏延听罢，才高兴地领兵而去。马谡失了街亭败逃后，魏延杀退魏军先锋张郃，驱兵去夺街亭，被魏军三面包围，他毫不怯敌，一被王平救出，就组织兵力去夺街亭，终因蜀军大势已去才未能成功。在他向孔明提出"兵出子午谷"的风险方案时，他表示："延愿得精兵五千，取路出褒中"（第九十二回）。

魏延在战场上奋不顾身，舍生忘死，他爱出风头，好打硬仗，是一位争勇好胜的战将。

（二）善于思考，有战略头脑

和其他武将不同，魏延爱动脑筋，善于思考，他对作战中的战斗计划乃至大的战略方针都能提出自己的见解，是一位有主见、有谋略的将领。

孔明率三十万人马初伐中原时，魏国派夏侯楙迎战。魏延向孔明献计说："夏侯楙乃膏粱子弟，懦弱无谋。延愿得精兵五千，取路出褒中，循秦岭以东，当子午谷而投北，不过十日，可到长安。夏侯楙若闻某骤至，必然弃城往横门邸阁而走，某却从东方而来，丞相可大驱士马，自斜谷而进。如此行之，则咸阳以西，一举可定矣。"（第九十二回）孔明认为这个计划风险太大，怕五千人在山僻中受害，拒绝采纳。魏延又说："丞相兵从大路进发，彼必尽起关中之兵于路迎敌，则旷日持久，何时而得中原？"孔明仍坚持他从大路进兵的计划，否决了魏延从子午谷出兵攻魏的建议。从当时的形势看，魏延所提的作战方案是很有道理的，这虽是一个"风险方案"，但有成功的根据：一是初伐中原，魏国无备；二是魏方主将懦弱无谋；三是魏延对出谷后的行动已做好了全面部署，又自愿率兵前去。孔明以考虑五千人的安全为借口坚持取大路迎敌，事实上，执行他的方案，其兵力损失何止五千！他六伐中原，旷日持久，经常碰到攻城不下或粮草不继等问题，最后赔了性命，耗尽国力。两个方案，孰优孰劣，是很清楚的。魏延的这一方案，显示了他独到的战略思想。

在具体的战术上，魏延也是蜀国武将中最有计谋的一个。入川时与黄忠争功，他擅自行动，违犯了军令，为了立功赎罪，他料准泠苞逃跑路线，于狭路埋伏，用搭钩俘获泠苞。在祁山前线反攻街亭无望后，他已料定蜀军全局被动的形势，立即组织兵力退守阳平关，保守战略要地，以防事态恶化。这里不妨再把他和赵云作一比较：孔明南征孟获时，赵云与魏延同为先锋大将，一次，孔明想用激将法刺激二人深入重地拒敌，在对其他战将分配任务后连续说道："吾欲令子龙、文长去，此二人不识地理，未敢用之。"（第八十七回）并让他们二人小心谨慎，不要轻举妄动。二人告退后赵云请魏延到自己寨中说："吾二人均为先锋，却说不识地理而不肯用。今用此后辈，吾等岂不羞乎？"魏延建议说："吾二人今就上马，亲去探之，捉住土人，便教引路，以敌蛮兵，大事可成。"赵云觉得有理，遂依计而行，最后大胜敌兵。孔明一出祁山时，有一次在与曹真较量时，魏司徒王朗死于军中，孔明遂吩咐赵云和魏延引本部军马去劫魏寨，魏延急向孔明反映说:"曹真深明兵法,必料我乘丧劫寨,他岂不提防?"(第九十三回)孔明笑着回答:"吾正欲曹真知吾去劫寨也……"当孔明提出二人不明地理而不用他们时,二人同有情绪,但魏延能够提出自己的行动计划;当孔明让他们二人同去劫寨时,魏延能提出自己的疑问,虽未能达到孔明将计就计的考虑深度,但他能对敌方的情况做出正确的估计,这些都说明,魏延在谋略方面是较高一筹的。

(三)直率开朗,敢说敢干

魏延性格开朗,说到做到,办事毫无顾忌,直率得近乎天真。他在襄阳一见到刘备自远而来,就砍死守门将士,招呼刘备入城,甚至不考虑人家是否愿意进城;在长沙为救黄忠,他杀了韩玄去投关羽,既不考虑黄忠是否领情,也不考虑孔明是否欢迎。随刘备入川时,他抱着体恤长者的好意愿替黄忠攻打敌军营寨,却不考虑黄忠的意愿以及他与黄忠的交情。随孔明伐魏,他在确定兵出祁山的方案时、在守护街亭和劫曹真之寨时,均向指挥员孔明直率地提出了自己用计和用人的不同看法。

魏延既是一个普通人,又是一位军事将领。作为一个普通的人,他直爽的性格无可厚非;作为一位军事将领,他的言行却要受到约束。但魏延本人仅仅把自己看作一个普通的人物,而忽视了自己高级将领的特殊身份和地位,于是,直率的特点在军事领域自然地变成了他的缺点。而当他的想法和领导人不相一致时,直率开朗、敢说敢干的性格就成了爱发牢骚、违犯军纪的祸根。在攻打泠苞和随张飞迎战马超的战斗中,他两次违犯军纪,擅自行动,打乱了作战计划。孔明临死前安排大军撤退,让他断后,他拒不执行这一安排,想要自己领兵继续伐魏。魏延对孔明否定自己兵出子午谷的方案一事很不服气,因而常常牢骚满腹。有一次,他在前线当着几位将官的面讲:"丞相若听吾言,径出子午谷,此时休说长安,连洛阳皆得矣!今执定要出祁山,有何益耶?"(第一百回)孔明死后不久,魏延在前线向尚书费祎发泄道:"丞相当时若依我计,取长安久矣!"(第一百

四回)

　　魏延和顶头上司孔明互有意见，这时魏延不是主动地谋求谅解与和好，而是滥发牢骚，有时甚至对孔明的领导消极对抗、制造为难。一次，孔明派魏延、张嶷、陈式、杜琼四将从箕谷进兵，后来又想到司马懿可能会在箕谷设有埋伏，就派参谋邓芝前去军中通知停兵，陈式坚持要继续进兵，并嘲笑孔明失街亭之误，这时魏延火上泼油道："既令进兵，今又教休进，何其号令不明！"（第一百回）由于魏延的鼓动，陈式领兵前行，结果中了埋伏。又一次，孔明欲诱司马懿、张郃出战，准备假装撤兵，等追兵来时伏兵截击其后，但他料定追兵受到前后夹攻后，敌人营寨里的军马会赶来救应，又夹攻蜀兵截击部队，因此提出要选智勇之将率领截击部队，说完选将条件后，他目视魏延，大概是希望魏延能挺身而出，但魏延这次低头不语，却是王平愿去，孔明感叹说："王平肯舍身亲冒矢石，真忠臣也！"（第九十九回）这里，魏延绝不是贪生怕死，他知道孔明暗示要自己出战，但由于对孔明的领导有意见，这里是想给他制造些为难，或者，他是想让孔明当着众将的面指出：这个需智勇之将担当的艰巨任务非魏延不可！他希望领导人对他的工作能力给予充分的肯定，但孔明不屑于赐给魏延以能力赞赏的言辞，从孔明对王平的赞叹看，魏延的行为已造成上司对他的忠诚之心的怀疑。

（四）魏延——一个有争议的人物

　　在三国人物中，魏延有主见、有性格，思想解放、想到做到，是一个对社会时尚无所顾忌、具有反叛精神的战将。当时，许多人一旦跟定某个领导人后，无论这个领导人多么昏庸无能、自己受的委屈多么大，也抱定"忠臣不事二主"的态度委曲求全、忍辱负重。例如赵云早年看到自己的上司公孙瓒为无能之辈，又非常喜欢刘备，也只能等到公孙瓒死后才投奔刘备；黄忠为韩玄保守长沙，在韩玄要杀掉他时只喊了一声"无罪"就准备引颈就戮。而魏延不是这样，他胸无所藏，想到做到，传统礼教在他心中没有多大地位，他对自己憎恶的东西，敢于挺身反对；对自己向往的东西，就勇敢地追求。

但是，魏延绝不是吕布那种没有理想、见利忘义的小人，在天下大乱、群雄纷争的环境中，他有自己的理想目标。就选定领导人一事看，魏延自少年时代就看中刘备，辗转投奔，对刘备及其蜀国的事业忠心耿耿。他在襄阳砍死守门将士，是为了让刘备入城，当时曹操已夺取了荆襄，声势浩大，刘备正率军败退，处在危难之中，但他反投刘备，说明他追求的目标是坚定明确的，直到在长沙杀了韩玄，才实现了追随刘备的夙愿。在刘备手下作战，他总是争先恐后，汉中斜谷界口和曹操相遇时，操招降魏延，延大骂拒绝，并设计射伤曹操。魏延的武艺、谋略及其勇敢精神，使他在蜀将中崭露头角，成为刘备集团的后起之秀，加上他对刘备的忠诚，因而深得刘备的器重。应该指出，刘备对待魏延的态度和孔明迥然不同，还在魏延杀了韩玄刚来投降时，孔明认为魏延杀掉上司是不忠不义之举，要将他杀掉，刘备则认为"魏延乃有功无罪之人"（第五十三回），虽然孔明又讲了一大堆理由，但刘备始终没有承认魏延有可杀之罪，坚决主张不杀。刘备自从请孔明出茅庐以后，拂逆孔明意愿的时候不多，除过伐吴一事外，这是否定孔明意见比较坚决的一次，而对伐吴一事，刘备在临终前向孔明表示了歉意，他对保用魏延一事，至死无悔。据《三国志》载，刘备在夺取汉中后，众将以为关羽驻守荆州，汉中一定会让张飞镇守，张飞也私下认为汉中守将非自己莫属，但出乎意料，刘备提拔青年将领魏延为汉中太守，却让张飞兼任阆中牧，这表明了刘备对魏延的器重。刘备领益州牧时，对他手下武将的名次排列是：关羽、张飞、赵云、黄忠、魏延、马超，（参见第六十五回）魏延位在马超之前。后来，魏延因资历浅薄，未被列入五虎大将之列，但他总督汉中军马，地位不能算低。刘备伐吴前，派身为五虎大将之一的马超协助魏延守汉中。刘备的安排是有所考虑的，汉中远离成都，是荆州之外第二个独立性较大的地方，又是北抵曹魏的前哨阵地，战略地位重要又不便直接指挥，必须要一名有谋略、武艺强,又十分忠诚的人来镇守,而魏延正是这样的人才。马超虽然武艺高强,身为五虎大将之一,但他有勇无谋,不能独当一面,只能充当魏延的助手。魏延果然不负重托,成功地保守了汉中。

　　刘备死后,孔明实际主持国事,魏延的命运立刻发生了变化,他由汉中太守被调往南方边远地区抵挡孟获。孔明自魏延来降之时就认定他是"不忠""不义"之人,这种成见至死未变。孔明对魏延的态度主要表现在两个方面:一是他对魏延提出的建议不屑一顾,如魏延提出兵出午谷,而孔明则不相信魏延还能提出一个比自己高明的作战方案,他不认为由魏延提出的方案还能是可行的;孔明对魏延的第二种态度是平时对他另眼相看,作战中常把他安排在次要位置或需要诈败的场合,安排守街亭时他让魏延去城后屯扎;火烧藤甲兵时,对魏延下令:"限半个月内须要连输十五阵,弃七个寨栅。若输十四阵,也休来见我。"(第九十回)魏延自然是老大不高兴,怏怏而去,最后还是完成了任务。孔明定计击杀张郃时,又是魏延出面与张郃交战,他败退几十里,最后弃尽衣甲和头盔,匹马引败兵往指定地点而逃,引诱张郃上钩。孔明火烧司马父子时,还是让魏延出面诱敌,命令他"不可取胜,只可诈败"。(第一百零三回)魏延自然依令而行。当然,战场上需要诈败,指挥员派哪一个将领都是应该的,但孔明碰到这些场合,总是派魏延出面,联系对魏延的一贯态度,他这种安排的意图就是很清楚的了。曾经在老年赵云提出愿随军伐魏时,孔明顾虑说:"今将军年纪已高,倘稍有参差,动摇一世英名,减却蜀中锐气。"(第九十一回)孔明的这种考虑无疑是对的,赵云应该保持常胜英名,但孔明对魏延却不屑于做这种考虑。

　　魏延对孔明的领导是有意见的,倔强的性格使他常常以好发牢骚、消极对抗的形式发泄对孔明的不满,而这又加深了孔明对他的忌恨。魏延唆使陈式违犯军纪后,孔明处斩了陈式,没有对魏延追究责任,但他背过魏延对身边的人说:"魏延素有反相,吾知彼常有不平之意,因怜其勇而用之——久后必生患害。"(第一百回)正因为孔明对魏延抱着"怜其勇而用之"的态度,所以他有时听见魏延发牢骚之言,也装作不知。一次,魏兵用大批仿制的木牛流马搬运粮草,孔明设计抢夺,安排魏延为接应部队,让廖化等率兵切断司马懿归路。这次战斗中,廖化追赶司马懿,获其金盔,被录为头功,魏延为自己被安排不当而心中不悦,口出怨言,孔明装作没有听到,这表明孔明已对魏延暗含杀机,他们的关系已到了不能言明的地步。但魏延对自己处境的危险性并没有足够的认识,他把自己与孔明的矛盾仅仅看作是一般的意见分歧,因而对自己的言行未能稍有收敛,他随孔明南征北战几十年,最后终被孔明杀害。

看来,魏延是刘备集团内部争议很大的人物,他深得刘备的器重,又深为孔明所忌恨。刘备看到的,是一个有主见、有谋略、勇猛好胜的忠诚将领;而孔明看到的,是一个爱出风头、爱发牢骚、具有反叛精神的危险分子。应该看到,孔明的看法代表当时社会上大多数人的思想观念和人才观念。例如,魏延在长沙时,韩玄就"怪其傲慢少礼,不肯重用"(第五十三回)。吴主孙权亦曾当着蜀国使者费祎的面评价魏延说:"此人勇有余,而心不正,若一朝无孔明,彼必为祸。"(第一百零二回)孔明死后,魏延与杨仪在前线武力相争,两人同时向后主表奏对方的反情,朝廷一时真假难辨,但蒋琬、董允等高级官员却一致认定魏延反叛。看来,不管魏延自己如何,社会对他没有多少好的评价,因为他的人格与民族传统意识相忤逆,为社会所难容。

(五) 魏延人格的悲剧所在

魏延武艺高强,作战勇猛又富有谋略,他是三国时期难得的人才。一员大将未死于敌人的刀枪下,却屈死于已故上司的残害,实在是一种悲剧。魏延的悲剧既属于他个人,又属于他的民族。

这个民族是一个礼义之邦,他的祖先曾经在一个封闭的社会圈子中制定了尽善尽美的规章法典,每一层人都有与自己的身份相适应的行为规范和思想规范,这样的社会风平浪静,一派和谐,未来的千秋子孙要想保持这种美好和谐的秩序，只要在已严密成型的规范系统中找寻到适于自己身份的部分，努力循规蹈矩就足够了，那些想凭自己的思考去行动的人，必然是对规范系统的挑战，是对他人身份的侵害，因而是对和谐秩序的破坏，这是极端的大逆不道，必然会遭到群起攻之。在这个社会，人们少想问题、少思考、安守本分，就能保证过上太平、舒服的日子，那些爱提意见、喜欢吵吵嚷嚷的人，实在是心底难测！

社会自然是存在不同的集团，但人们要参加哪一集团，应该只做一次性选择，否则，今天属这家，明天投那家，这岂不反复无常吗？"忠臣不事二主"，由此推来，事二主的不是忠臣。比如魏延，昨天从蔡瑁手下投了韩玄，今天杀了韩玄来投刘备，敢保你明天不杀了我孔明去投曹操？本来，人们应该办事稳妥，"事需三思而后行"，但魏延办事无所顾忌，他雷厉风行、想到做到，这种风格实在有悖传统精神，包含有危险的因素。一个勇猛的武将，不能有独立人格，不能雷厉风行，否则，他就是没有准时的"定时炸弹"，将其迅速排除，是领导人保证自身安全的需要，是维护社会秩序的需要。保险、稳妥是干事业和做人的首要准则，也是衡量人才是否可用的首位准则。

社会集团内部分为为君的人和为臣的人，他们之间存在有领导和被领导的关系，其关系的核心是"君为臣纲"，为君的可以对为臣的随心所欲，掌握其生杀予夺之权，而为臣的人在领导人的意志面前，不能存有自己的人格独立性，他应该按照领导人的所想去行动，甚至"君叫臣死，臣不得不死"，这样一种君臣关系的规范保证了双方关系的永恒和谐，避免了双方有可能发生的一切矛盾冲突和是非纠纷，解决了社会关系的一大难题，足显传统意识的独到之处。根据这一独到的意识观念，孔明可以嘲笑魏延兵出子午谷的建议说："汝欺中原无好人物！"可以对身边的人没有根据的散布魏延"久后必反""素有反相"等坏话，甚至可以当着魏延的面说他"脑后有反骨"，对其进行人格侮辱，尽管这样，但孔明的言辞没有什么不合理之处，因为这是为君者应该享有的权力，魏延是为臣的人，他本应该尊重领导人的上述权利，平时在孔明面前应该抱恭敬卑谦之心，示俯首听令之意，但他对孔明的指挥不是怏怏不乐，就是满腹狐疑，似乎自己比领导人还要高明。他越出为臣的本分，对上司好提意见，消极对抗，这不是一种反叛情绪么？炎黄子孙的血管中不能有一滴反叛的热血！维护祖宗血脉的纯洁性是每一位民族志士的责任。

魏延在前线听知孔明已死、大军将由杨仪率领撤退回国的安排后，对尚书费祎说："丞相虽亡，吾今现在，……我自率大军攻司马懿，务要成功，岂可因丞相一人而废国家大事耶？"（第一百零四回）他认为应当由杨仪扶孔明灵柩回川安葬，大军由他率领继续伐魏。魏延竟想把丞相和国家分开看待，似乎丞相死了，国家的事业还要继续发展。他毛遂自荐，情愿自掌兵权，大概想更弦改辙，大显身手，完成领导人的未竟事业。他的观念非但没有古老的民族精神为后盾，反倒与这种精神相抵触。两种观念的碰撞，胜利的一方必然要求对方付出人身替代品，以此向社会和历史昭示自己神圣不可侵犯。

孔明要公开杀掉魏延，魏延应该伸首就刃才皆大欢喜，魏延即使不是一个俯首就命的人，那也无碍于事，尽管魏延智勇兼备，但以一个死孔明对付一个活魏延是绰绰有余的，因为孔明是领导人，在他们生存的这片古老的山河上，领导人身后尚有以下三方面的必然影响：第一，是非判定的权威性。比如，当魏延从前线表奏杨仪造反时，朝中吴太后就断言："孔明识魏延脑后有反骨，每欲斩之；因怜其勇，故姑留用。今彼奏杨仪等造反，未可轻信。"领导人的是非观念已造成了众人的思维定势，孔明常向众人说魏延的坏话，到危急关头，谁还能相信魏延呢？第二，"临终嘱咐"的神圣性。杨仪在向后主的奏表中写道："丞相临终，将大事委于臣，依照旧制，不敢变更""今魏延不尊丞相遗语……"杨仪的表奏在朝廷赢得了更多的人心，因为他声明自己是在谨守丞相的"临终嘱咐"去行事。同时，马岱已按照丞相临终的嘱咐，假装支持魏延，潜伏于其身旁，准备等待时机，斩杀魏延。在与杨仪的较量中，魏延在客观形势上已处于明显的下风。第三，指定接班人的正统性。杨仪表奏一到，蒋琬就认为，杨仪"为丞相办事多时，今丞相临终委以大事，决非背反之人"。董允亦认为，杨仪"为丞相所任用，必不背反"。（均见第一百零五回）魏延在前线曾向费祎提出要替代杨仪掌握兵权，率军继续伐魏，这公开违背领导人生前的人事安排，费祎一回朝廷就向后主面奏了魏延的反情，因为凡非领导人生前指定的人，绝非正统的一方，他要掌权，就是反对正统的一方，就是在造反作乱。正是由于这一观念，魏延的军队被煽动逃散，他的行为无人支持，他被马岱斩杀后人们心安理得。

（六）附：《给魏延的一封劝告信》

笔者早年看到过一册手抄本的《读史札记》，为作者近前所作，不知什么原因，他竟不愿发表，《札记》有一小节是《给魏延的一封劝告信》，仅将内容摘引如下：

魏延老兄：

看了《三国演义》，我知道了三国有你这样一个特别的人物，作为一个局外人，我觉得孔明安排人杀掉你是正确的。如此直言请你不要过分计较。其实，看了《三国演义》的人都是这么认为的，我只不过像老兄一样直爽罢了。

我非常敬佩你的才干，掩卷一想，你终被死人杀掉，不免有些遗憾之处，惆怅之心，一吐为快。你若当初能按我的劝告去办，虽不敢保证高官厚禄、飞黄腾达，总不至于被自己的领导人所杀。

你为什么经常要给领导提意见呢？你不该有那么多的意见。领导分配任务时，你去时只需带上一付耳朵，洗耳恭听，听时最好把头略低一下，表示俯首听命，但也不要低得太多，以防人家认为你没有注意或打瞌睡怎么的，听完之后就努力去办，以你的才能，我想没有拿不下的任务，干完工作后，就去睡觉、喝酒，这样消磨时间还不好吗？汇报工作时，你千万不要说自己如何轻而易举地完成了任务，要有意把困难说大一些，这样，人们就会认为你善于克服困难，工作认真。

你为什么那么爱出风头？其实，凤尾比凤头好，处个中间位置最好。也许你争风头逞能，人的能力算个啥，最主要的在于与上峰的关系，这方面你有能力么？有能就逞，没能，也就别逞能。也许你出风头是要争功劳，常见你因不被安排到头功位置而心生怨恨，但要功劳有啥用？有功的还不如无功的。你不看人家杨仪，平时不打仗，只在领导面前工作，一夜之间，成三军总帅。

你有时有一些自觉高明的作战计划，不提出来总感内疚，我完全能理解这种心情，但我想，你最好不要自己去提，领导对你的印象并不好，你提出来必然受不到重视，反而让人对你增加误会，你最好让马谡、姜维等人去提，领导器重他们，必然重视他们提出的方案。这些意见即使被采纳以后，你也不能说它们是由你提出来的，你该对人说领导人是如何英明等等，以争取领导对你逐渐产生好感。

当看到你对费祎说要让杨仪扶回孔明灵柩，你要自掌兵权继续伐魏的情节时，我吃了一大惊。这是为臣的本分吗？丞相死了，那么聪明一世的人自然不会临死糊涂误事，一切大事无疑会安排就绪，用得着你去参与干扰吗？而且，你要接掌丞相兵权，这不是把自己摆在丞相之上做安排吗？太妄自尊大了！你的身份是什么？"不在其位，不谋其政"嘛！你当时应该说，领导的安排是如何合理，你要誓死捍卫等等。你认为你可以做三军统帅，但我总觉得你不太成熟。噢，成熟是什么，你恐怕不清楚，我也一时说不清，一句话，就是要搞好和人的关系，尤其是和领导的关系。你扪心想想，自己这方面到底如何？

上面的劝告不知是否能办到？其实，你还有另外两种解脱办法：第一，大胆地去投靠曹魏，若曹操的用人风格尚存，魏国必能对你重用，使你施展平生之抱负，何必要在孔明手下受那些窝囊气！人家给你穿小鞋，散布流言蜚语，还不准你有怨言。其实，这没有什么不好，韩信不是从项羽手下跑到刘邦手下才功成名就吗？第二，如果你对刘备的感情犹存，或者对自己参与开创的蜀国事业忠贞不二，那你在立了大功之后可以急流勇退，你当然不到告老还乡的年龄，但你可以说你的脚趾有毛病，或胃里不舒服怎么的，然后告病离职，交出兵权后就去游山玩水。你可能认为这样屈了你的才气，其实，这没什么了不得，有才气的人自古很多，受屈受害的情况多的是，即使没有你们这样有才气的人，社会也照样存在，地球照样转动。

忠言逆耳，老兄自当鉴察。

《札记》的作者站在现代人的立场上，为魏延设计了适应外部环境的理想人格。按照这样的设计，魏延无疑会成为一个上下相得、平步青云的人物，然而，魏延却失去了他性格直率、敢说敢干，敢于作为的个性，成了一个唯唯诺诺、逢迎上司和看风使舵的人物。果真如此，魏延就不会是一个大刀阔斧、成长迅速、战功卓著的战将。而且，从他一生的成长过程看，没有他特有的个性和意识，他早会在襄阳殉命于蔡瑁，或者后来老死韩玄麾下，终不会大作为于天下，故而不会有历史上的魏延。

避免这种两难悲剧的要害在于，一世精明的孔明应该心胸开阔，以全新的眼光看待魏延，应该有容才之量。有个性的人难于驾驭，但往往大有作为，领导者用人艺术的高超之处正在于能够统驭有棱角的人才。在政治与领导活动中，"千人之诺诺，不如一士之谔谔。武王谔谔以昌，殷纣墨墨以亡。（见《史记·商君列传》）领导者应该识辨人才，爱护和珍惜人才，这于人、于己、于国都是弊少利多的大好事。

领　导　篇

一、合理而恰当的领导方法

《三国演义》描绘了各政治集团间的相互斗争，展现了各集团领导人对各种复杂情况的思考、判断、分析和处理，通过军事斗争的胜败得失，向人们提供了许多合理而恰当的领导方法。我们这里暂且探讨其中的若干方面。

（一）统筹全局，正确决策

在天下大乱的社会环境中，如何能使自己的政治集团生存下来，并保证消灭敌人，迅速发展，这需要有正确的战略决策。吕布集团没有战略决策，军事目标不定，到处树敌，结果在短时间内被剿灭；袁术、袁绍集团战略决策错误，结果均使强大的军事集团迅速崩溃。

在三国时期，曹操有三次意义重大的战略决策：第一次，十八路诸侯联盟解体后，他在山东一带养成势力，遂接受了荀彧关于"挟天子以令诸侯"的建议，出兵洛阳"保驾"。在许多集团都有可能性的情况下，曹操捷足先登，抢先占有了这一独一无二的政治优势，其决策的战略意图甚为高远；第二次，操入洛阳保驾天子后，他接受了董昭关于移驾许都的建议，这样，既占有了北方的战略要地，获得了向北发展的有利条件，又摆脱了古都的政治羁绊，把皇帝牢牢地控制在自己手中，加强了第一条决策的有效性；第三次，当操击败袁术后，他面临张绣、吕布、袁绍的威胁，而袁绍势力尤其强大，这时，谋士郭嘉向操提出"十胜十败"之说，操遂决定以袁绍为主要敌人，决定除掉吕布后北克袁绍，这一军事目标的确定及其实现是曹操集团的转折点，使他一跃成为当时最大的军事集团。刘备在吕布被消灭后不久即公开打起反曹的旗帜，他在势力单薄，没有根基和缺乏同盟军配合的情况下几次进攻曹操，均被击败，因为其战略决策尚缺乏可行性。接受了孔明《隆中对》的战略思想后，他连续做出了三项重要的决策：一是联合东吴举行了抗击曹操的赤壁之战，造成自身发展的机会；二是接受庞统等人的建议，夺取益州，创造了自己的立身之本；三是接受法正、孔明等人的建议，一举夺取曹操的汉中，使他的事业走向极盛。孙权集团的发展中有两次重大决策：一次是孙策接受了朱治、吕范的建议，借兵收复江东，脱离袁术，这使自己获得了独立发展的机会和基业；第二次是孙权经过动摇、彷徨之后终于接受周瑜、孔明等人的建议，下决心迎战曹操，打赤壁大战，这保卫了自己的领土和主权，又壮大了自己的力量。

　　看来，一项高明的战略决策必须是：第一，和本集团的目标、方向和利益相结合，必须包含深远、宏大的战略意图；第二，必须看准天下形势，分析各种利害因素，参照历史经验，统筹做出考虑；第三，必须考虑时机和条件，使其具有可行性。三国前期的许多政治集团间争夺剧烈，战事频繁，但很少能做出符合上述条件的战略决策。冀州牧韩馥在公孙瓒进攻时决定邀请屯居河内的袁绍入州御敌；益州刘璋在张鲁的军事威胁面前邀请穷居荆襄的刘备入川助守，这些"引虎入羊群"的决策连各集团之间起码的利害关系也顾及不到，他们的失败自然迟早不可避免。

在具体的战役和战斗决策中，高明的领导人总是能考虑到自己集团的力量极限，他们一方面要消灭敌人，另一方面又要保存自己，或降低自身的消耗，于是，他们总是想方设法调动其他集团去争斗，自己尽量超脱，想坐收渔利，这是一种计谋和决策水平的较量。例如孔明安排在华容道放掉手到擒拿的曹操，让曹操牵制孙权，而乘他们两家激烈鏖战的间隙，以少量兵力袭取了荆州等，孙权虽有一肚子的怨气，却还不得公开加兵争夺。这时，孙权谋士顾雍建议："为今之计，莫若使人赴许都，表刘备为荆州牧，曹操知之，则惧而不敢加兵于东南，且使刘备不恨于主公，然后使心腹用反间之计，令曹、刘相攻，吾乘隙而图之。"孙权采纳了这个建议，这就把矛盾移到了曹操与刘备之间。曹操接到孙权的表奏后，以丞相身份表奏周瑜为南郡太守，程普为江夏太守，当时二地为刘备所占，这样，曹操又把矛盾踢给了孙权和刘备，让他们双方互相吞并。矛盾被推了一个圈子，结果又回到了孙、刘之间，刘备无奈，最后只好答应夺得西川后归还荆州。三个集团，都想争夺利益，但都不想出兵动武，消耗自己，他们企图以其他两方的争斗消耗来达到自己的目的。

我们不妨再看看在后来一段时期内三方的决策较量：第一次，孙、刘结为唇齿，曹操耿耿于怀，操手下陈群建议，让操率大兵攻江南，他料到孙权受到威胁，必然求救于刘备，而刘备正有心攻西川，势必无心援救孙权，这样，孙权无力取胜，必然丢失江东，而操夺取江东后，可一鼓平定荆州，进而平定天下。操采纳了这个建议，率三十万大军，会合泗之众，向孙权进攻。孙权果然向刘备求救，孔明做出全新的考虑，他既没有如陈群所料拒绝援助孙权，又没有出兵援助孙权以消耗自己，而是让刘备致书于马超，以给马腾报仇、兴复汉室为名，让马超兴兵入关。当马超率三十万西凉兵马杀奔长安时，操只好放弃了南征计划，亲自引兵拒敌。第二次，曹操初得汉中后，益州震动，人们料操必然乘胜攻取西川，时刘备初得益州，人心未归，能否抵御曹操把握实在不大。最后，他采纳了孔明的建议，将长沙、江夏、桂阳三郡归还东吴，让东吴出兵合淝，以牵制曹操，并答应夺取汉中后归还荆州全土。孙权遂统帅大军征合淝，一时缓解了益州的危急。第三次，刘备夺取汉中，自立为汉中王后，曹操非常恼怒，但他未立即出兵相攻，而是派人去东吴约孙权攻荆州，声言自己同时攻汉川，首尾夹攻刘备，答应破刘之后，共分疆土。孙权谋臣步骘认为这是曹操嫁祸于东吴，他建议派人去许都见曹操，令曹仁从旱路取荆州，吸引关羽领荆州之兵向北争锋，等荆州空虚时，东吴再派兵暗取。孙权依计照办，最后在关羽放松警惕、孔明又未派兵增援的情况下袭取了荆州。

可见，在战役、战斗的决策上，各集团的领导人总是尽量不直接动用武力，他们做决策的基本原则是：第一，以自己的政治意图为决策的最高目标；第二，设法消耗别人，最大限度地保存自己。他们决策的基本方法是在各个集团的相互关系上大作文章，挑起其他集团间的矛盾，争取自己的同盟军。高明的领导做决策时，善于在更大的争夺圈中考虑问题，他们能利用这个争夺圈中身处边缘位置的军事集团，巧妙地利用他们与自己敌人的矛盾，建立起大范围的同盟关系对付自己的敌人。有哪一个集团的领导对做出这种决策不持认真分析的态度，必然在复杂的争斗中使自己一方处处被动，为他人所算，因而这是一种才能和智慧的较量。

领导人在考虑作战计划时，在一定的条件下要敢冒风险，善于做出风险决策。孔明在身边无兵力时，面临司马懿的大举进攻采用"空城计"，即是一次风险决策，这次决策成功地保护了自己，又为自己军队的撤退争取了时间。这是一种防御式的风险决策。司马昭派兵灭蜀时，邓艾率三万精兵偷渡阴平小路，他凿山开路，悬索搭桥，沿路还分兵留守险峻之处，——幸得后主刘禅麻痹大意，撤掉了孔明生前安排的守险之兵，使魏兵得以勉强通过。邓艾兵抵江油城，只剩二千人，不敢停留，一鼓夺取江油，又连下涪城、绵竹，取得了夺取成都的决定性胜利。邓艾偷渡阴平时，有几次都是军士以毡裹身，从山上滚下，有进路而无退路，蜀兵若有百余人守其险要，兵士将全被饿死，这种作战计划是一种进攻性的风险决策。

风险决策在军事斗争中占有重要的地位。在防御中，把握较大的风险决策实际上正是保险决策，在进攻中，风险决策一旦成功，可以保证以最小的代价换取最大的成功，就战争的全局来讲，它消耗少、费时短、功效大，领导人应该给予足够重视。孔明一出祁山时拒绝采纳魏延关于兵出子午谷径取长安的风险方案，他从大路进兵，损兵折将、耗费国力、屡不得手，这是他用兵的一次战略性失误，连司马懿也不无遗憾地说："若是吾用兵，先从子午谷径取长安，早得多时矣。"（第九十五回）风险决策得以成功的基本条件是：第一，决策要有起码的客观依据。依据越小，风险越大，但依据绝不能降低到零。第二，领导要有实施决策的胆识和必胜的信心，要以自己的勇气和决心鼓舞激励全军将士，一旦实施，绝不能中途畏缩动摇。第三，进攻性风险决策的实施要保证"兵贵神速"，使敌方无掩耳之机。世界上没有万全的决策，当然就没有万全的风险决策，高明的领导只是在各种决策中选取最优方案。

在决策方式上，领导要想法调动部下的积极性，鼓励他们参与决策。高明的领导常是主动征求部下的意见，让他们充分发表见解，然后自己从中选择、补充或纠正。曹操手下谋士极多，他在行动作战前总是问计于众谋士，比如在如何对待刘备来降的问题上，在围剿吕布和迎战袁绍时，他都征求谋士的意见。让部下参与决策的好处是：第一，能发挥众人的智慧，避免领导一人思考问题的片面性；第二，让部下多角度地考虑问题，便于领导在多种方案的亮相比较中选取最佳方案；第三，让部下参与行动方案的制定，让他们充分了解方案，便于他们宣传和贯彻；第四，能逐步培养部下的参与意识，提高他们的责任心。

让部下参与决策，应当注意到：第一，领导人自己要有主见，赞成什么、反对什么，一定要有自己的看法和态度，不能自己含含糊糊，动摇不定。袁绍是一名喜欢让部下参与决策的领导人，但他胸中无数，好谋无断，遇事决策方案虽多，却没有起到任何好的作用。第二，对部下提出的任何意见，都不要妄加怀疑。三国后期诸葛诞在淮南反叛司马昭，被司马昭围困于寿春城内，谋士蒋班、焦彝建议说："城中粮少兵多，不能久守，可率吴、楚之众，与魏兵决一死战。"诞发怒道："吾欲守，汝欲战，莫非有异心乎！再言必斩！"（第一百十二回）将领文钦建议说："粮皆尽绝，军士饿损，不如将北方之兵尽放出城，以省其粮。"诞又发怒说："汝教我尽去北军，欲谋我耶？"遂将文钦斩首。在这类领导人面前，谁还敢提出好的设想？第三，众人决策，还应该注意决策的保密性和时效性。

总之，领导应该在全局上通盘考虑各种情况，制定出以政治目标为中心的、消耗敌人、保存自己的战略决策；紧要关头应该善于并敢于使用风险决策；应该让部下参与决策的制定。决策是领导工作的重要环节，高明的领导必然从中体现出他的过人才干。

（二）明白自己的战略对手，知己知彼

领导人在明确了自己的政治意向后，应该首先弄清楚自己的政治对手是谁。当曹操接到孙权表奏刘备为荆州牧的文书时，手脚慌乱。程昱问他说："丞相在万军之中，矢石交攻之际，未尝动心；今闻刘备得了荆州，何故如此吃惊？"操回答说："刘备，人中之龙也，生平未尝得水。今得荆州，是困龙入大海矣。孤安得不动心哉！"（第五十六回）刘备也曾向庞统说过："今与吾水火相敌者，曹操也。"（第六十回）曹操和刘备曾经私交甚厚，这并不排除相互视为政治对手的可能，因为感情不能代替政治。孔明兵出祁山前曾对众人说："（魏国）余皆不足虑，司马懿深有谋略，今督雍、凉兵马，倘训练成时，必为蜀中之大患。"（第九十一回）他们都明白自己真正的对手。像吕布那样不明白自己的政治对手是谁，必然四面树敌，与天下人作对，这实际上是政治意向不明、战略目标不定的表现。

人们对自己政治对手的认定，是以自己的政治意向、能力、地位和学识为根据的，人们一般总是在同一水平上认定主要对手，例如，刘璋以张鲁为对手，邓艾以钟会为对手，袁谭以袁尚为对手，等等。在复杂的竞争环境中，有主要的对手与非主要的对手之分，有真正的对手与虚假的对手之分；有长远的对手与暂时的对手之分，高明的领导对此应该胸中有数，以此作为制定战略部署的基本依据。

领导人不仅要明白自己主要的对手是谁，而且要知道对方的情况如何。诸葛亮知道司马懿必然高估自己作战方案的保险系数，因此才敢于空城弄险，他对曹真、张郃或王双等魏将必不敢如此。刘表与张绣于安众截击曹操，曹操因后方袁绍相攻即日回兵，二人商定追击，谋士贾诩力劝不从，结果被曹操击败而还，贾诩又劝二人整兵再追，断言再追必胜，果然大获成功。贾诩深知曹操的用兵之能，他了解曹操，故能料敌决胜。

赤壁之战前，曹操挥师南下，向孙权传檄，说自己"统雄兵百万，上将千员，欲与将军会猎于江夏"（第四十三回）。江南官员一时被曹操的气势所吓倒，多欲准备投降，周瑜对孙权分析说："操今此来，多犯兵家之忌：北土未平，马腾、韩遂为其后患，而操久于南征，一忌也；北军不熟水战，操舍鞍马，仗舟楫，与东吴争衡，二忌也；又时值隆冬盛寒，马无藁草，三忌也；驱中国（指中原）士卒，远涉江湖，不服水土，多生疾病，四忌也。操兵犯此数忌，虽多必败。"（第四十四回）周瑜把敌人放在特定的气候、自然环境和地理状况下去考察，看到了他们的弱点，真正了解他们，因而不为其表面的强大和言辞的威厉所吓倒，敢于抓住弱点与其争锋。一个领导人，真正了解了对手，就完全掌握了与其斗争的主动权。

实际情况是，两种势力较量，双方各有其优势，又各有其劣势。高明的领导在掌握了敌我双方的这些情况后，总是用心设定一定的条件，使敌方的劣势得以暴露，然后发挥自己的优势，以己之长，攻敌之短，最后夺取胜利。这里所说的优势与劣势，可以是能力方面的、后勤给养方面的，也可以是气候地理方面的、外交关系方面的。比如，司马懿和孔明对阵，司马懿的优势在粮草、兵力充足，但短于用智；孔明长于用智，但粮草不济。因而，孔明让军队又是诈败，又是假退，无非要引诱司马懿决战，将双方置于敌方劣势得以暴露、自己优势得以发挥的场合中，以克敌制胜。而司马懿深沟高垒，拒不出战，也无非是要发挥自己的优势，让敌方的劣势在自然消耗中逐渐暴露，然后自己以逸待劳。司马懿一旦进入前一种场合，他就损兵折将，处处挨打；而孔明一旦进入后一种场合，也就束手无策。这是一种智力和韧力的较量，谁能把对方引诱于自己设定的场合，胜利就归于谁。孔明急于决战，一次，他向拒不出战的司马懿送了一套女人服装，并致书云："作为大将，统领中原之众，不敢率军披坚执锐，以决雌雄，却甘愿钻进山窟土巢中躲避刀箭，这种人与女人无异！今遣人送巾帼素衣至，如不出战，可再拜而受之。倘耻心未泯，犹有男子胸襟，早与批回，依期赴敌。"（第一百零三回）这在当时算对司马懿最大的人格侮辱，但司马懿宁肯接受这种侮辱，也不出战。"匹夫见辱，拔剑而起，挺身而斗，此不足为勇也。"（见苏轼《留侯论》）司马懿不是那种见辱而斗的匹夫，他要尽力把战局控制在自己的优势圈中，他明白唯有这样，自己才能稳操胜券。应该说，在当时的地理条件下和军事斗争的大背景中，战争的主动权在司马懿一方，但若他轻易出战，这一主动权就丧失殆尽。

总之，领导人要明白本集团的军事目标和个人的政治对手，要充分了解对方的各种情况以作为制定自己行动计划的依据，尤其要了解敌我双方各自的优势和劣势，善于调动敌人进入自己的优势圈中以战而胜之。

（三）联合友军，结成同盟

一个人或者一个集团，在明白了自己的争斗对手之后尚不可以立即攻击，应该把这种对立关系放在社会生活的大范围内考察，努力去捕捉和发现敌人方面的内外矛盾，以此为依据去寻找盟友，建立同盟，向共同的敌人做斗争。例如刘备联合孙权共同对付曹操；王允联络吕布除灭董卓；董承联络王子服、马腾、刘备、吉平等暗中反曹等等，大体均属这种情况。由于社会生活和个人情况的复杂性，在自己为主要敌人的，在他人可能为次要敌人；在自己为长远对手的，在他人可能为暂时对手，这就决定了联盟的复杂多样性。高明的领导总是把长远的目标放在心里，而全力抓住眼前的目标，以眼前的目标为中心，建立起最大范围的同盟关系，以最少的自身代价换取最大的胜利。

组成联盟和保持联盟的条件是：第一，缔结各方有共同的敌人；第二，联盟的形式可以在一定程度上满足参加者各方的利益要求；第三，联盟内部的冲突达不到使联盟破裂的限度；第四，参与者在联盟活动中的所失不超过其所得。前两条说的是联盟的组成条件，后两条说的是联盟的保持条件。

刘备和孙权所以能结成同盟，根本原因在于曹操大兵压境，他们只有联合，才能维护自身的利益。刘备占有该属孙权的荆州却一再推说"借用"，孔明最终主动还掉江夏、长沙、桂阳三处，就是为了缓和联盟内部的冲突，并让盟军在联盟中得大于失，目的是要继续维护这个联盟。后来，孙权偷袭荆州，斩杀关羽，刘备大举伐吴，联盟维持的两个条件均丧失，联盟自然瓦解。但终是共同敌人的存在和共同利益的驱使，双方后来又恢复了联盟关系。十八路诸侯所以能组成联盟，是由于董卓作为共同敌人的存在，他们只有联合行动，才能与董卓争天下。而董卓未克，就四散解体，首先是由于袁术坑害孙坚，使孙坚在联盟活动中损失过大，还由于董卓移驾长安时，各路诸侯的内部纷争加剧。

根据不同的标准，可以把联盟从形式上分为长期联盟与临时联盟、紧密联盟与松散联盟、集团联盟与个人联盟、政治联盟与非政治联盟、公开联盟与秘密联盟、签名联盟与口头联盟等等。每一联盟可以被划入不同的种类。考察一个联盟，并不需要指出它的全部属性，而只要分析其中主要点、突出点就够了。一种联盟是长期的还是临时的，决定于作为其结盟纽带的，是参与者的长远目标还是近期目标。以近期目标为联系纽带的联盟，必定是临时联盟；以长远目标为纽带的联盟，自然是长期联盟。一种联盟是紧密的还是松散的，主要决定于参与者目标的接近程度，联盟向心力的大小程度以及外部敌人的威胁程度。参与者的目标越是接近，联盟核心越是坚强，外部敌人的威胁越大，这个联盟就越紧密；反之，联盟就越松散。一种联盟是采取公开的形式还是采取秘密的形式，取决于联盟参加者是否摆脱了共同敌人的控制和威胁，取决于联盟相对力量的大小，如果组成联盟的分子处于共同敌人的控制之中，而他们尚无足够的力量与其相对抗，那一般就采取秘密的形式；反之，联盟分子不受敌人控制，他们有较大的力量与敌人对抗，那就采取公开的形式。签名式联盟缺少保密性，一纸签名到手，整个联盟暴露，曹操在董承家发现了签名盟书，于是知道了这个集团的全部人物，最终彻底粉碎了这个秘密联盟；但签名联盟对参与者有较大的外在约束力，魏国大将钟会夺取蜀国、进驻成都后，欲反叛司马昭，他威逼手下将官签名画押，与他一起配合行动，就是想要利用签名联盟的约束力。

总之，在完成战略目标、对付眼前敌人的过程中，领导应该善于发现盟友，结成最广泛的联盟，并善于根据不同情况，采取不同的联盟形式。

（四）谨慎对敌，保守秘密

在某些条件下，对自己一方的决策、方案，乃至于同盟成员，都需要保守秘密，尤其是，领导人掌握计划和方案的全部内容，更应该慎重地对待这一问题。魏国侍中刘晔在朝廷曾竭力劝告魏主曹睿伐蜀，认为"今若不剿除，后必为大患"，睿点头答应。刘晔回家后，众大臣来探问是否有兴兵伐蜀一事，晔回答没有此事，并解释说："蜀有山川之险，非可易图；空费军马之劳，于国无益。"大臣杨暨听到此话后向曹睿反映说：刘晔曾劝陛下伐蜀，对众臣又说蜀不可伐，这犯欺君之罪。曹睿当即召刘晔前来对证，刘晔对曹睿说："我仔细地考虑了一下，还是觉得蜀不可伐"一会儿，杨暨离去，刘晔奏说："臣昨日劝陛下伐蜀，乃国之大事，岂可妄泄于人？夫兵者，诡道也；事未发切宜秘之。"（第九十九回）曹睿这才恍然大悟。看来，刘晔正是要将伐蜀决策对杨暨一类众官员保密。钟会在与邓艾伐蜀成功后反相毕露，司马昭利用二人相互之间的矛盾，让兵力众多的钟会去收服邓艾，他自己则提大兵前往长安，暗防钟会兵变，并与亲信邵悌商定对此意秘而不泄。大臣贾充密告司马昭说，他怀疑钟会收服邓艾后会反叛，司马昭回答他："如遣汝，亦疑汝耶？吾到长安，自有明白。"（第一百十八回）司马昭的回答，似乎未置可否，似乎又是对贾充怀疑的否定，巧妙地保密了自己的意图。

当然，泄密于自己身边的同事或亲人，不见得他们就会干出危害自己利益的事情来，但是，由于消息传播的连锁性，秘密很可能通过他们依次被泄漏于第三者、第四者，……最后让最需要对其保密的人知道，这就误了大事。曹操门下侍郎黄奎与马腾密谋，欲里应外合，诛杀曹操，奎回家后将密谋泄漏于其妾李春香，而黄奎的妻弟苗泽与李春香私通，他正欲得之而无计可施，遂从李春香处打探到黄奎的密谋，向曹操作了汇报，黄奎密谋败露，全家被捉拿斩首。三国后期，吴主孙亮眼见大将军孙綝的专横，写密诏让自己的小舅子、黄门侍郎全纪领禁兵斩杀孙綝，事前嘱咐他："此事且不可令卿母知之，卿母乃綝之姊也。倘若泄漏，误朕匪轻。"（第一百十三回）全纪受诏回家后，遵嘱对自己的母亲严加保密，只将此事密告父亲全尚，不料全尚得知此事后，无意间告诉妻子说："三日内杀孙綝矣。"妻子当面答应该杀，私下却写信让人送与孙綝，孙綝当即领兵将全尚一家捉拿，并依仗兵权，废掉了孙亮。这里，知情人以为是自己的亲人，就将机密泄漏于他们，但亲人却有意无意地将机密再泄漏于别人，最后传给保密对象，非但使计划落空，反倒害了自己性命。人们对同事的保密容易办到，而对家属的保密却不易办到，可见，对亲人的言谈正是保密工作的薄弱环节之所在，一定要多加注意。秘密多让一个人知道，其保密系数就缩小许多倍。

　　三国时期，领导人对作战计划惯常采取的保密方式是付给将领"锦囊妙计"，让将士临事再发。例如曹操赤壁战败后派曹仁守南郡，临走前嘱咐他："吾有一计，密留在此，非急休开，急则开之。"（第五十回）后曹仁与周瑜大战，此计派上了用场。张辽、李典、乐进三人在合淝防御孙权军队，操听知孙权领兵进攻合淝，于是派人向张辽等送木匣一个，匣上有操封条，封条上写着："贼来乃发。"（第六十七回）此方案亦获成功。孔明死前料身后魏延必反，于是留给杨仪锦囊妙计，封题上更是严格规定："待与魏延对敌，马上方许拆开。"（第一百零五回）杨仪直待到与魏延对阵时，在军队门旗影里方才拆囊受计。这种保密方式由于严格规定"临事乃发"，使受计的将领事先也不知道其内容，其好处是：第一，缩短了将领接受计划与实施计划的时间间隔，较彻底地排除了泄密的可能；第二，危急时候打开它，极大地提高了其价值有效性，避免了受计将领们无谓的争论和犹豫；第三，防止了受计将领在实施前的情绪渲染。

　　孔明南征孟获时攻打三江城，他将一个完整的命令向十万军队分解下达：准备衣襟——包土——城下交割——上城。军士在执行前两个难度较大的命令时尚不知道其目的，这是一种特定情况下的绝好的保密方式。魏国镇西将军钟会接受伐蜀之命后，在国内大造伐吴舆论，并让沿江各处广造战船，司马昭不解其意，召来问道："子从旱路收川，何用造船耶？"（第一百十五回）钟会回答说，他命令各处造船的目的有三个，一是使伐蜀计划具有保密性，蜀国因而不会做防御准备；二是在声势上造成对吴国的威胁，使蜀国受伐求救于吴时，吴国不敢轻举妄动；三是为灭蜀之后的伐吴战争做好了准备。钟会的做法是包含保密措施在内的涉及全局、具有战略意义的军事行动。

总之，为了出其不意地打击敌人，领导人应该在自己的同事和家属面前注意决策和方案的保密性，应该善于采取各种方式的保密措施。

（五）不打无信心、无准备之仗

取得对敌作战的胜利，领导的信心和勇气是重要的因素。有信心的领导人，其作战未必能够胜利，但毫无信心的领导人，其作战必定失败。在一定意义上说来，战争就是一种心气和意志的较量。司马昭派钟会伐蜀，钟会出师后，邵悌曾问司马昭为什么要派钟会领兵伐蜀，司马昭回答说："朝臣皆言蜀未可伐，是其心怯；若使强战，必败之道也。今钟会独建伐蜀之策，是其心不怯；心不怯，则破蜀必矣。"（第一百十六回）司马昭的解释说明了领导的信心和勇气在战争中的重要性。事实上，领导一旦对作战持有胜利的信心，他就必然始终保持高昂的斗志，就必然藐视困难和挫折，他的精神必然极大地鼓舞全军将士。曹操平定汉中时，见当地山势险峻，林木丛杂，即对身边的战将说："吾若知此处如此险恶，必不起兵来。"（第六十七回）看来是心气不足，后来凭力量的悬殊和反间计的成功，夺取了张鲁的汉中。司马懿、刘晔等人劝他乘胜入西川，夺取益州，操感叹说："人苦不知足，既得陇，复望蜀耶？"他表示心满意足，停兵未进，看来心气尚未恢复。后来，法正对刘备评价曹操的这次军事行动说："昔曹操降张鲁、定汉中，不因此势以图巴、蜀，乃留夏侯渊、张郃二将屯守，而自引大军北还，此失计也。"（第七十回）法正的分析深得刘备、孔明的赞同，他们遂决定乘机出兵与曹操争夺汉中。操闻刘备领兵取汉中，非常后悔地对刘晔说："恨当时不用卿言，以致如此！"（第七十一回）后虽亲率大军应敌，但终是丢失了汉中。孔明总结曹操在汉中所以迅速失败的教训时说："操虽能用兵，疑则多败，吾以疑兵胜之。"（第七十二回）从曹操的一生征战过程看，他绝不是一名谨小慎微、胆小怕事的指挥员，但他在与刘备争夺汉中时进退疑虑，不敢大胆用兵，这与他对占有汉中一直缺乏信心有很大关系。

领导不仅要自己对作战充满信心,而且要以之鼓励全军将士,使其化为全体将士的精神力量。曹操率兵至南皮与袁谭残军作战,谭让城中百姓皆执刀枪,大开四门,与军队一起杀入曹寨,两军混战多时,胜负未分,杀人遍地。操见未获全胜,弃马上山,亲自击鼓,将士看见后,军心大振,奋力冲杀,最后战胜谭军,斩杀袁谭。有时候,领导人为了保持自己军队的士气,经常注意不向对方亮出自己的王牌军,以保持自身的威慑力。孔明伐魏时,开始未让赵云参加,他的考虑是:"今将军年纪已高,倘稍有参差,动摇一世英名,减却蜀中锐气。"他希望能保持赵云的威名,以造成对敌人的威慑和对蜀军士气的鼓舞。

实施一项大的作战计划,不仅需要全军将士的信心,而且需要做好充分的准备,在一些大的进攻性军事行动前,有时需要出兵试探,以摸清敌方的虚实。东吴大将陆逊于彝陵战役中火烧刘备七百里连营前,唤阶下末将淳于丹领五千兵去攻蜀兵某营,淳于丹被刘备安排的伏兵击败,他回营向陆逊请罪,逊安慰他说:"非汝之过也。——吾欲试敌人之虚实耳。破蜀之计,吾已定矣。"(第八十四回)遂向大小将士传达了作战方案,连夜进军,击垮了刘备的几十万军队。陆逊派兵试探,摸清了刘备兵力部署,是他实施进攻方案的重要准备环节。司马懿在祁山深沟高垒抵挡蜀兵,在一段时间见蜀方无动静,对手下大将夏侯霸说:"你可引一千军去五丈原哨探,若蜀人攘乱,不出接战,孔明必然患病矣。吾当乘势击之。"(第一百零三回)司马懿在出击前,先派夏侯霸引军试探蜀方的虚实,以掌握敌情,这是他军事行动的重要准备。这类准备是重大行动前的试探,是要通过观察对方的反应来补充、修改自己的行动方案,或坚定自己实施行动方案的信心。

这种"投个石头看水深"的试探性手段在其他的政治活动中也常被用到。曹操剪除吕布后回许都,谋士程昱劝他乘威名日盛之时"行王霸之事",逐步准备篡位,操回答:"朝廷股肱尚多,未可轻动。吾当请天子田猎,以观动静。"(第二十回)于是他令人选良马俊犬,邀天子出郊狩猎。当献帝三箭未射中大鹿时,他要来献帝的金鈚箭一下射中鹿背,群臣将校见到鹿背上的金鈚箭,以为是天子射中,都向献帝踊跃高呼"万岁",操纵马直出,立于天子之前以迎受众人的欢呼,后来又把弓箭自己带回。曹操通过这种试探性手段,大体看到了朝廷官员们的政治态度,之后董承、王子服等反曹联盟结成,不久即被曹操粉碎。

总之,领导人要对自己从事的活动充满信心,要在作战中设法鼓舞全军士气,不打无信心之仗,同时,在完成一项重大的活动前,要善于做好充分准备,用试探性的行为手段摸清情况,以修正计划和坚定信心。

(六)对部下授职授权、大胆使用

刘备请孔明出山后,对其非常器重,对人说:"吾得孔明,犹鱼之得水也。"关、张内心不服。不久,曹操差夏侯惇引兵十万杀奔新野,刘备请孔明安排作战计划,因顾虑到关羽、张飞不听号令,刘备遂以剑印付之。孔明召集众将,发号施令,让各将依计而行。关、张二人讲了许多怪话,不服军令,孔明厉声喝道:"剑印在此,违令者斩!"(第九十三回)关、张只好领命而去,最后大获全胜。同样的事情也发生在东吴,刘备率七十万蜀兵伐吴,势不可挡,孙权经过认真考虑,决定让陆逊统大兵御敌,陆逊被东吴众将视之为白面书生,在他接受大都督之职时,孙权担心自己的故旧之臣不听号令,遂将自己所佩之剑交给陆逊,对他说:"如有不听号令者,先斩后奏。"(第八十八回)在前线战场,韩当等老将果然不服号令,陆逊拿出剑印才压服了众将,使自己的作战计划得以实施。剑印在古代是一种指挥权力的象征,领导在向部下授职时,应同时授予相应的权力,如果授职不授权,像孔明、陆逊那样有才干的部下也未必能够将所托付的事情办好。从另一个角度看,一个高明的领导在接受自己上级给予的职责时，一定要同时享有相应的权力，如果有职无权，那就不能保证自己的指挥得心应手，不能保证有成功的把握。初上任的年轻领导尤其如此。

魏将司马懿在宛城听到新城守将孟达反叛的消息后，他违反魏国惯例，未表奏朝廷就自行发兵，兼程前进，未等孟达举事即平定了叛乱。事后他向魏主曹睿作了汇报，并解释了先斩后奏的原因，曹睿当即赐给金钺斧一对，让他以后遇到机密大事，不必奏闻，见机行事，这更是交给了部下一种特殊的权力。

关羽围困樊城时，孙权派吕蒙领兵偷袭荆州，临行前提议让孙皎与吕蒙一同领兵前去。孙皎字叔明，是孙权叔父的儿子，吕蒙担心因孙皎和孙权的特殊关系，使自己临事不好处理，遂向孙权表示说："主公若以蒙可用则独用蒙，若以叔明可用则独用叔明。"（第七十五回）孙权完全接受了他的意见，让他总领各路军马。在吕蒙向孙权的建议中，表达了在授权问题上一人负责的原则。在某一重大的领导活动中，坚持一人负责，能使领导责任明确，并避免互相掣肘推诿的现象，防止了不必要的内部矛盾的发生。

可见，领导要充分发挥部下的才能，就要在向其分配任务时职权衔接，授职授权，并应坚持一人负责的原则，使部下责任明确。

（七）善于妥善处理内部的不协调关系

一个集团内部的成员在完成总任务的过程中会出现不协调的问题，不协调的问题可以由许多性质不同的原因引起，对这类问题应区分事情的不同性质，根据实际情况慎重处理。

有些不协调是属于竞争的性质，例如刘备在徐州公开反曹后，操派刘岱、王忠前去攻打徐州，关羽、张飞各欲前去迎敌，发生争执。刘备伐吴前，关羽的儿子关兴和张飞的儿子张苞争当先锋，二人当着刘备的面射箭比武，未决上下，遂准备刀枪相争，后被刘备制止。刘备取桂阳时，孔明让赵云领兵前去，张飞不服，定要去取，二人发生争执，孔明只好让他们拈阄，最后拈着的前去，这才解决了问题。刘备攻益州时，魏延、黄忠为攻打两个敌军营寨，亦发生竞争。这类竞争由争功、好胜引起，由于竞争方向与集团大目标相一致，因而适当地提倡，对本集团是有好处的。对于这类竞争，领导应注意以下三点：第一，要把竞争控制在一定的范围内。要知道，水平悬殊的人一般不产生竞争，竞争的人都是水平相差无几。如果听任竞争过分激烈，就会造成对本集团力量的消耗。第二，对那些与大目标、总任务有联系的竞争才给予提倡，而对那些与大目标无干的竞争应给予制止，不让这类竞争稍有发生。例如关羽在荆州听到刘备招降了马超，又听人们评价马超武艺高强，就要入川与马超比武，这种竞争与本集团的目标无干，是一种不健康的竞争，孔明给予了及时地制止。第三，正常的竞争之后，没有特殊情况，领导一般不要评价竞争者的优劣。凡竞争，部分地或主要地都由好胜之心引起，领导人肯定了一方面的优胜，势必会刺伤另一方面的争胜心，挫伤后者的积极性，不利于以后的工作。黄忠和魏延夺了两个营寨回来后，只是由于作战中魏延曾违反号令，又曾被黄忠相救，刘备才肯定了黄忠的头功，即便这样，也没有超出本战役的范围评价他们的优劣。

有些不协调是由嫉妒引起的。曹操大将曹仁在樊城被关羽围困，情况甚是危急，操急派于禁领兵前去救应，并派勇将庞德做先锋，庞德与关羽在阵前大战一天未分胜负，第二天他施拖刀计，一箭射中关羽左臂，关羽回归本营，庞德乘机回马抢刀相赶，这时，于禁在本营急令军士鸣金收军，原来却是于禁见庞德射中关羽，怕他成了大功，灭自己的威风。庞德回来问收军的原因，于禁借"魏王戒旨"搪塞之，又劝庞德说："紧行无好步，当缓图之。"（第七十四回）后来，庞德提出乘关羽箭疮发作，不能动武之机，率军一拥杀入其寨，于禁又怕庞德成功，以"魏王戒旨"相推托不肯出兵，最后反让军队依山下寨，令庞德屯兵于谷口，自己领兵截断大路，使庞德不能进兵成功。于禁的安排为关羽创造了决水相淹的条件，导致了自己全军覆没。这种由嫉妒引起的不协调对本集团有害无利，是应该坚决消除的。对待这类问题，领导人除平时对部下应进行经常的、卓有实效的理想、目标教育外，还应该在选派主将时注意挑选那些忠诚无私、胸襟坦荡的将领，要注意把能力高强的人安排在能力低下的人之上。

有些不协调纯由个人利益引起，而这种不协调常达到分裂的程度。钟会、邓艾伐蜀时，二人各怀鬼胎，邓艾攻入成都后，违逆司马昭的命令，滞军蜀都，又拒绝送刘禅入魏，钟会借司马昭之令，让监军卫瓘收捕邓艾送洛阳，自己又收编了邓艾的全部军马，最后威逼众将反叛魏国。众将联合谋杀钟会后，邓艾部下之人急去追救邓艾，卫瓘觉得，邓艾一旦被救，必然要找自己报仇，准备派人赶上斩杀之，邓艾手下护军田续挺身而出，向卫瓘说："昔邓艾取江油之时，欲杀续，得众官告免，今日当报此恨！"（第一百十九回）征得允许后，遂领五百兵赶到绵竹，乘邓艾无准备时一刀斩之。在这里，各种势力互相倾轧，矛盾复杂，但多是由个人利害引起。司马昭把握的原则，一是利用钟会与邓艾的矛盾来"以毒攻毒"；二是大军进驻长安，以防钟会兵变，将这股祸水限制在一定范围内；三是掌握了大的局面后，具体细节任其自然。其实，司马昭对钟会的反叛及其结局事先也有一个基本的估计，他在钟会刚出兵伐蜀时就对邵悌分析说："蜀若破，则蜀人心胆已裂，'败军之将，不可以言勇；亡国之大夫，不可以图存。'钟会即有异志，蜀人安能助之乎？至若魏人得胜思归，必不从会而反。"（第一百十六回）司马昭对因个人利益而发生的反逆行为持坚决平定的态度，只不过想在灭蜀之前利用一下他们的力量罢了。对这类分裂和不协调的活动不坚决消除，会给本集团带来重大的危害。

有些内部冲突由历史原因引起。甘宁原在黄祖手下为将，曾为黄祖攻杀孙权大将凌操，后来他投了孙权，凌操的儿子凌统多次寻衅争斗。孙权在处理这类内部冲突时，一是立即制止；二是勉励双方不念前仇，以大局为重；三是将一方施予另一方的恩惠公开向其介绍，这样收到了极好的效果。解决这样的冲突，还需要如下两个条件：一是周围将士的及时配合；二是争执人至少有一方要具有较高的思想境界，胸怀大局。

有些思想分歧是由认识上的原因引起的。刘备兴兵伐吴时，孔明、赵云、秦宓等许多官员劝阻，大将黄忠没有提什么意见，大概是抱着无所谓的态度吧，但他在前线冲锋陷阵，立有大功后受伤，病危临终前对刘备说："臣今年七十有五，寿亦足矣。望陛下善保龙体，以图中原。"（第八十三回）他在伐吴的战场上，劝刘备向中原争锋，看来心底里并不赞成伐吴。赵云率后应部队，在伐吴失败后全力营救刘备与诸将。我们看到，大家对伐吴一事虽曾有思想认识上的不同，但一做出决定并变成事实后，就保持了行动上的统一。这里没有相互的怨恨和拆台，这是一种难得的群体精神和集团意识，需要领导在长期的生活中精心培养才能形成。由于认识的原因发生思想分歧，这是正常的事情，但这里却是极易引起误会的地方，袁绍不赞成许攸的计策，却怀疑他与曹操勾结。袁谭退守南皮时，身边的辛评受命去和曹操谈判，他拒绝了曹操的挽留，回城向袁谭汇报谈判结果，因谈判结果出乎意料，袁谭即怒斥辛评道："汝弟现事曹操，汝怀二心耶？"（第三十二回）辛评怨气填胸，昏厥于地，不久死去。袁绍父子的思想方法直接危害了自己的领导行为，造成了不良后果，这是非常值得吸取的教训。

与领导有隔阂的部将在前线打了败仗或出了其他问题，处理这类事情是极复杂的，需要领导持冷静的头脑对待。刘封与孟达守上庸时，曾拒绝向困守麦城的关羽派增援部队，致使关羽被擒受害，刘备欲明正其罪，准备派人去捉拿，孔明认为，此事"宜缓图之，急则生变。"（第七十九回）他建议升刘封去守绵竹，使其与孟达分守二处。孟达看清了刘备的用意，遂投降了魏国，刘备欲起兵擒拿，孔明建议说："可就遣刘封进兵，令二虎相并，刘封或有功、或败绩，必归成都，就而除之，可绝两害。"（第七十九回）刘备从其言，让刘封从绵竹率兵擒孟达，后刘封兵败回成都，被刘备斩首。看来，孔明原准备稳定其心，分而治之，后来情况变化，又采取"以毒攻毒"的手法，只是由于刘封兵败，才未除掉孟达。孔明率兵伐魏，有一次，陈式在前线违犯军令，擅自进兵，被魏军伏兵打得大败，率残军屯于山谷。孔明听到消息，立即派邓芝前往军中抚慰陈式，以防其生变，等陈式回来后，他即以违犯军令罪将其斩首。看来，孔明对待这类事情的态度，首先是以抚慰、升调等方式稳定其心，不使发生前线兵变，而当这些犯罪将领回到自己的控制之中时，即按军法正罪，他在处理这类问题时真正做到了原则性和灵活性的统一。司马懿为夺取曹爽兵权，乘其外出畋猎之际，在都城发动兵变，他怕曹爽在外挟天子号召天下与自己作对，连续派人前去见曹爽，吩咐使臣："汝见爽，说吾与蒋济指洛水为誓，只因兵权之事，别无他意。"（第一百零七回）爽思虑再三，最后抱定"但为富家翁足矣"的心情交出了兵权。开始，司马懿派人给曹爽家中送去大批粮食，以稳定其心，而在剪除了曹爽的主要党羽后，遂将他斩首灭族。司马懿采用这种办法，没有通过武装对抗就夺取了曹爽的兵权。看来，处理这类问题，首先得本着稳定局面的目的，对所要处理的人员加以安抚，防其生变，避免造成恶劣影响，然后努力创造适当的条件，等时机成熟，再做最后的处理，包括对当事人的处分，如果操之过急，不顾大局，必然发生意外。袁绍在官渡之战中派大将张郃与高览去攻曹操营寨，因曹兵有备而失败，袁绍听了郭图对二将的诬陷之词，在其未回来交令之前派人前去捉拿归案，二人被逼无奈，遂率本部军马投降了曹操。袁绍处理这类事件，看来是缺乏周到的考虑。

集团内部的不协调，不论是由争功而引起的竞争、由嫉妒而引起的陷害、由利益而引起的纷争、由前仇而引起的冲突、由认识而引起的分歧，还是由各种复杂原因可能产生的军事分裂，都需要领导分析情况，认真对待，高明的领导必然有高明的手段稳定本集团的队伍和秩序。

（八）科学地利用各种自然条件

各种自然条件能够极大地服务于军事斗争，季节、气候、天气、地理等因素是作战双方的共有财富，高明的领导事实上是把它们看成自己手中克敌御敌的得力"兵将"。孔明就是善于使用这些兵将的典范，除孔明之外，一些其他的领导在用这些因素上也获得了成功。

孙坚与黄祖大战时，黄祖伏弓弩手于江边，孙坚令他的军队藏于船中诱敌，三日内船几十次靠岸，江面大雾迷漫，黄祖军队只顾放箭，等箭已放尽时，孙坚军队拔船上所得之箭，约计十几万只，值顺风之日，孙坚令军士一齐放箭，黄祖抵挡不住，大败而退。（见第七回）这种"草船借箭"是利用了天气和风力。曹操与马超沿渭河大战时，马超冲突频繁，曹操立不起营寨，心中忧惧，后来用渭河沙土建起土城坚守，但沙土不实，筑起便倒。时值深秋，天气暴冷，连日阴云密布，朔风大作，操采纳了隐居于终南山的"梦梅居士"娄子伯的建议，让兵士夜间担土泼水，因大冻天气，墙随筑随冻，及等天明，沙土冻紧，土城筑就。马超看到非常惊奇，还以为有神仙暗助，这是利用了当时的寒冷天气。刘备伐吴时，东吴新任大都督陆逊自春至夏，坚守不战，后来天气炎热，刘备七十万军马屯于平原旷野，犹如赤火之上，又远离水源，深为不便，军队煎熬难耐，终于被逼到林木阴密之处避暑，陆逊于是火烧连营，大获全胜，这是利用酷暑天气为自己的用兵创造条件。也有许多对江河条件的利用之例，如曹操在下邳城围困吕布时决沂、泗两河之水灌城，攻冀州时决漳河淹城，关羽围樊城时放襄江水以淹于禁军队。还有许多利用地理条件伏兵、纵火的例子。

地理名称会对战役发生影响，这是一个应该引起注意的奇特问题。关羽围樊城时，听说于禁领援兵于樊城之北安寨，他登高远望，见城北十里山谷中屯着军马，又见襄江水势甚急。看了半晌，问导官屯兵的山谷是什么地名，导官回答说，那个山谷叫"罾口川"。关羽高兴地说："于禁必为我擒矣。"将士问其何以知之，关羽回答说："'鱼'入'罾口'，岂能久乎？"（第七十四回）诸将未深信，后来关羽决水相淹，果然使于禁全军覆没。孔明七擒孟获时要对付藤甲兵，他乘小车在桃花水北岸遍观地理，在山险岭峻之处望见一谷，乃问当地人："此谷何名？"答道："此处名为盘蛇谷"，孔明大喜说道："此乃天赐吾成功于此也！"（第九十回）遂在此处做了安排，最后焚烧藤甲兵于此。孔明出祁山时还在葫芦谷火烧司马懿。地名能对战役发生影响，对这一问题我们既不能视而不见，一口否认，又不能用神秘的观点去解释。原因可能是：地名本是当地人所命，命名时总有一定方面的根据，有些地名是根据其地理特征、形状而命名的，因而它或少或多地反映了本身的地理特点，如"盘蛇谷"，形如长蛇盘旋，并且光峭石壁，无有树木生长，中间一条大路，真可谓"形如其名""名副其实"。一听到这样的地名，自然能知道它是诱敌火焚的天赐良地。关羽对"罾口川"的地名发生兴趣也不是没有道理的。罾，是鱼网的意思，取名"罾口"，必是因为此地地势低洼，江水时常冲入，退水后留下许多鱼虾，因其地势为天然捕鱼之所，故取名为"罾口川"，于禁屯兵于此，若一放水，自然全军变成鱼虾，会被一网打尽。

总之，领导在对敌作战时，要善于利用各种自然条件，还应在陌生的地方留心其地理名称以作为用兵的参考。

（九）妥善安置有关人员的家属问题

领导人应该认识到家属问题的重要性。曹操早年谋刺董卓未遂，诈称献刀逃跑，一开始，董卓尚不知道曹操出城离去的真正目的，李儒对董卓说："操无妻小在京，只独居寓所，今差人往召，如彼无疑而便来，则是献刀；如推托不来，则必是行刺。"（第四回）没有家属在京，决定了曹操是一个去留不定的人物。司马懿在魏都洛阳发动兵变，要夺取曹爽的兵权,被人们称为"智囊"的司农桓范建议曹爽随天子去许都,调外兵以征讨司马懿,曹爽回答说:"吾等全家皆在城中,岂可投他处求援?"(第一百七回)最后终于决定回城中交出兵权,他因家属牵累而束手就缚。赤壁大战时,蔡中、蔡和按照曹操的安排诈降周瑜,做间谍工作,临行前操告诫二人勿怀二心,二人回答说:"吾等妻子俱在荆州,安敢怀二心,丞相勿疑。"二人去周瑜大寨投降后,周瑜重赏二人,私下却对心腹将领甘宁说:"此二人不带家小,非真投降,乃曹操使来为奸细者,吾今欲将计就计……"(第四十六回)看来,家属问题不仅影响一些个人的重大决定,而且是判定一个人政治动向的重要依据,领导人应该充分认识这一问题的重要性。

由于家属问题的重要性,许多瓦解敌军的工作就是在家属问题上做文章的。曹操派兵进攻刘备的新野,数次被打败,当他得知为刘备出谋划策的是托名单福的徐庶时,即派人将徐庶之母带到许昌,后仿徐母字体,以她的名义写信召徐庶来许昌相见,这封书信完全打乱了徐庶的心绪感情,迫使徐庶告别刘备而去。孔明一出祁山时,在天水等地被姜维用计打败,他思考再三,最后打听到姜维之母居住于冀县,遂派兵诈称去取冀县,姜维恐老母有失,率军往救,蜀兵围定姜维于此城,孔明乃使人扮假姜维攻魏兵,用反间计招降了姜维。吕蒙偷袭荆州、司马懿赴淮南平定毌丘俭的叛乱,均抚恤敌军将士的家属,由此来瓦解敌军。看来,家属问题有时会成为瓦解敌军、争取人心的一个突破口。

高明的领导总是妥善处理本人及本集团人员的家属问题,有以下几例。第一例,刘备协同曹操在徐州、下邳一带剿灭吕布后,操请他随军回许昌,刘备去时未带家小,仍将他们安排在徐州,这种安排既可以为他回徐州创造借口,又可以保证他脱身曹营时无所羁绊,看来这种安排是很有考虑的。第二例,孔明初出茅庐,在新野帮助刘备几次打败曹军的进攻,曹操夺取荆州等地后,想用对付徐庶的办法对付孔明,他派人前往隆中搜寻孔明妻小，但却不知去向。原来孔明令人提前将家属搬送至三江内隐避起来，因此曹操抓获不到。（见第四十一回）第三例，关羽曾降曹操，后来过五关斩六将，随行的是两位嫂嫂，并无自己的妻室，看来一直是单身生活，关羽自到荆州后，刘备出面为其娶妻，（见第七十三回）刘备没有忘记在戎马之际为其解决婚姻大事。第四例，马谡拒谏失街亭后，孔明全线被动，情况十分危急，需要马上撤退，他对各路军马作了安排后没有忘记派心腹之人到冀县将姜维的母亲送入汉中。（见第九十五回）事实上，如果将姜维的母亲忘在了魏国，那还等于没有将姜维争取过来。

总之，家属问题影响人的去向和情绪，领导应该充分认识这一问题的重要性，应该善于以此作为瓦解敌军的突破口，并注意妥善安置本集团人员的家属问题以稳定其心。

领导活动是一个多要素的复杂问题，以上我们探讨了《三国演义》中领导方法的若干方面。这些方面仅涉及领导工作中很小的部分，领导工作还有一个重要的用人问题。

二、知人善任的用人观

如何任用人的问题是领导工作的重要方面。《三国演义》通过复杂的军事斗争，展现了不同领导人的用人观，其中许多优秀的用人方法包含了很有价值的经验，而其中的失误之处也足以引起人们的警戒。

（一）区分良莠，识辨人才

每一领导人都有自己的人才观，领导用什么样的标准去看待人、识辨人、选择人，是以他的人才观为依据的。十八路诸侯伐董卓时，刘备被公孙瓒带到了诸侯席间，在对待刘、关、张三人的态度上，立刻体现了三种不同的人才观。第一种是以盟主袁绍为代表，公孙瓒将刘备破黄巾中的功劳及出身向诸侯介绍了一遍，袁绍说："既是汉室宗派，取坐来！"待刘备坐下后他又说："吾非敬汝名爵，吾敬汝是帝室之胄耳。"（第五回）看来，袁绍对于人，既不看其功劳，又不看其地位，而是看其出身，他在人才观上是重出身而忽视其他。第二种是以袁术为代表，当关羽在阶下请战，愿去斩敌将华雄时，袁术得知关羽仅是一马弓手，遂喝斥道："汝欺吾众诸侯无大将耶？量一弓手，安敢乱言！与我打出！"关羽斩了华雄，张飞呼喊要乘势入关活捉董卓，袁术大怒道："俺大臣尚自谦让，量一县令手下小卒，安敢在此耀武扬威！都与赶出帐去！"（第四回）后来，当袁术领败兵路过徐州，被刘备领兵截击失利后，仍骂刘备说："织席编屦小辈，安敢轻我！"（第二十一回）看来，袁术在人才观上是看重一个人的地位的。第三种态度是以曹操为代表。当袁术要将关羽赶出帐时，操急忙制止道："公路息怒，此人既出大言，必有勇略，试教出马，如其不胜，责之未迟。"当袁术担心让弓手出战会被华雄所笑时，操分辩说："此人仪表不俗，华雄安知他是弓手？"针对袁术一再要把关、张赶出帐去的要求，操反驳说："得功者赏，何计贵贱乎？"（第四回）席后还让人暗中送去牛酒抚慰三人。看来，曹操在人才观上是重才的，但还多少掺杂着对外貌的重视。一个小小的场面，体现出了三种人才观的明显不同。除此之外，确有第四种态度，即在人才观上看重外貌的态度。例如庞统是一名很有才能的人，鲁肃曾将其推荐于孙权。权见其浓眉掀鼻，黑面短髯，形容古怪，于是就不高兴，谈了几句，就对庞统说："公且退，待有用公之时，却来相请。"（第五十七回）实是拒绝任用。庞统去刘备处，因相貌丑陋，给刘备的"第一印象"也不好，被派到荆州百里之外的耒县当县宰，刘备告诉他："如后有缺，却当重用。"看来，重出身、重地位、重才能、重外貌反映了人才观问题上的不同倾向，我们能够发现：第一，一个领导人自身在哪一方面占有优势，他就必然看重人哪一方面的因素。人们总是不自觉地以自身为尺度去衡量别人，因为只有这样，才维护了自我优势。第二，每一具体的个人，他们的人才观总是多元的，他们看待人，包含许多种因素，但其中有主要因素和非主要因素之别。第三，一个人在不同的环境和条件下，人才观中的几种因素会多少发生变化。

由于人才观上的失误，常常会出现这样一种情况：一个小人物提出的真知灼见，因为人微言轻而被忽视，最后造成了重大的损失。曹操在朝廷当典军校尉时，何进召诸大臣入私宅，谋划尽诛宦官，操挺身劝谏说："宦官之势，起自冲、质之时，朝廷滋蔓极广，安能尽诛？倘机不密，必有灭族之祸，请细详之。"（第二回）曹操的分析是正确的，本应认真给予考虑，而何进却喝斥道："汝小辈安知朝廷大事！"后来曹操又向何进提出派一狱吏除掉宦官元恶的主张，亦被何进否决。当何进欲召外兵入京除宦官时，主簿陈琳提出了召外兵入京的危险性，他对何进说："英雄聚会，各怀一心，所谓倒持干戈，授人以柄：功必不成，反生乱矣。"（第二回）何进嘲笑道："此懦夫之见也！"后来，陈琳又劝何进勿冒险应诏入宫，何进根本不重视陈琳的意见，结果入宫被宦官所害。在等级森严的社会，人微言轻的现象是不可避免的，但如果小人物的正确言论常常不能受到尊重并被采纳，则表明了领导人人才观的缺陷及其本身的昏庸，他的事业的失败也就在所难免。

在建立合理的人才观的问题上，还有一个如何对待青年人的问题。董卓在长安听说孙坚死后他的儿子孙策继位，又打听到孙策只有十七岁，很不以为意，以为除却了自己的心腹之患，愈加骄横。扬州刺史刘繇说："太史慈年尚轻，未可为大将，只可在吾左右听命。"（第十五回）拒绝让太史慈担任先锋，看来，人们习惯于对青年人持怀疑否定的态度。的确，青年人缺乏作战经验，缺乏声望，担当大任有许多不利因素，但是，这里有一个认识上的方法问题，即领导考察一个人时不应该只做纵向的年龄比较，而是应该将考察者放进社会大范围内，与同时期的各种人进行横向的比较。如果一个青年在同时期的人群中是出类拔萃的，那领导人未必要等其年长之后再去使用。领导人应该打破资历和年龄界限，不拘一格地选拔优秀青年，为他们的成长创造条件，排除障碍。

孔明初出茅庐时是二十几岁的青年，他的隆中决策使刘备折服。陆逊被拜为大都督时是一介年轻书生；周瑜死时年方三十六岁；孙策二十岁左右即平定了江东，被称为"小霸王"，死时二十六岁；钟会、邓艾是魏国后期优秀的年轻将领。和老年人相比，青年是另一个世界的人，青年代表着未来，在他们身上必然体现着人类自身的进化，必然具有不同于老年的风格。在一个时代，掌权的一般属老一代人，如果没有正确的思想方法，用老眼光看人，势必压抑和压制青年人才的成长，而压制青年的社会是一个不健康、没生气、少希望的社会。对待青年人，应该具有如下的态度：第一，不要用老观念衡量青年，要开拓视野，打破框框，用新的眼光去看待青年。领导人要估计到自己与下代青年人的时代差，切不可用自己一代的标准，或以自身为标准规度新的一代；第二，在看待青年人的具体方法上，除过前面提到的纵向比较与横向比较并用外，还应该采用两种方法，一是领导要把青年人与自己当年同龄时的状况做"反向比较"；二是领导不仅应看到青年人比同时代的老年人少了什么，更要反转眼光，注意看到同时代的老年人比青年人少了什么，善于做这样的"逆向比较"第三，要相信青年将领，敢给他们压担子，敢向他们授以相应的职责和权力；第四，要带头支持他们的工作，为他们的工作排除阻力，尤其是要说服有资历的人去掉论资排辈的思想。当然，比这些方面更为要紧的，是青年将领本人必须在完成任务上出手高超，以自己的工作方式和成绩折服众人。

总之，领导人应该树立正确的人才观，应该消除人微言轻的思想观念，应该对优秀的青年人充分评价、大胆使用。

（二）正确看待人的先天条件

在生活中，确有许多"神童"，他们在幼年时就表现了很高的天赋。

孙权的儿子孙亮执政时,年十余岁,一天吃生梅时令侍臣取蜜,等取到后却见蜜中有鼠粪几块,于是就召来管库的藏吏指责,藏吏叩首声称:"臣封闭甚严,安有鼠粪?"孙亮问他取蜜的侍臣黄门是否曾私下要过蜜,藏吏说:"黄门数日前曾求蜜食,臣实不敢与。"孙亮叫来黄门断言道:"此必汝怒藏吏不与蜜,故置粪于蜜中,以陷之也。"黄门不服,孙亮对他说:"此事易知耳。若粪久在蜜中,则内外皆湿,若新在蜜中,则外湿内燥。"(第一百十三回)令人剖开鼠粪一看,果然内燥,黄门于是服罪。诸葛恪六岁时,随父诸葛瑾赴东吴筵会,孙权见诸葛瑾面长,就令人牵来一头驴,用粉笔在其面上写下"诸葛子瑜"四字,众人哄堂大笑,诸葛恪走上前去,用粉笔填写了两个字,成为"诸葛子瑜之驴",满座人无不惊讶。(见第九十八回)孔子的第二十世孙孔融年十岁时前往河南拜访李膺,看门的人挡住了他,他对看门人说:"我与你主人是世代有交情的通家。"待入门相见后,李膺问他:"汝祖与吾祖何亲?"孔融回答:"昔孔子曾问礼于老子,融与君岂非累世通家。"因为老子姓李,孔融根据孔子问礼于老子的历史记载,说明自己与李膺两家有世代交情,这种渊博的知识和丰富的想象使李膺感到吃惊。不大一会儿,太中大夫陈炜到来,李膺指着孔融对陈炜说:"此奇童也。"陈炜说:"小时聪明,大时未必聪明。"孔融应声对道:"如君所言,幼时必聪明者。"(第十一回)二人非常赞赏其才,孔融也自此得名。钟会七岁时,和八岁的哥哥钟毓一同会见魏文帝曹丕,钟毓见曹丕,十分惶惧,汗流满面,丕问毓说:"卿何以汗?"毓对答说:"战战惶惶,汗出如浆。"丕转身问钟会道:"卿何以不汗?"会回答:"战战栗栗,汗不敢出。"(第一百零七回)曹丕非常惊奇。邓艾说话口吃,幼时对人说话常称"艾……艾……",司马懿对他开玩笑说:"卿称艾艾,当有几艾?"邓艾应声说:"'凤兮凤兮',故是一凤。"(第一百零七回)这些人都天资聪敏,在少年时代就表现了他们的过人才华。

这里不能否认他们的天资,但也应该承认,他们的少年聪敏与少年环境中受到的良好教育有关。孔融是孔子的后代，家庭教育自不必说，钟会、诸葛恪及孙亮均出身贵族，不会缺少良好的教育条件，良好的家庭气氛是一个人成才的重要条件。如大学问家蔡邕的女儿蔡琰作《胡笳十八拍》，很有文采。郑玄家中的侍婢都精通《毛诗》，能用《诗经》里面的成语取笑对答。有一次，一个侍婢忤逆了郑玄之意，郑玄让她跪于阶前，另一婢与其开玩笑道："'胡为乎泥中？'"此婢应声答道："'薄言往诉，逢彼之怒。'"她们的问答之词都是《诗经》里的成语，上句意思是说：为什么跪在地上？下句意思是答道：向他报告事情，正碰上恼火。两句分别取自《邶风·式微》篇及《柏舟》篇，侍婢能用《诗经》不同篇目中的句子组成一完整的问答，可见其对《诗》的精通程度。她们的风雅与郑玄的家庭气氛是分不开的。

少年天资、家庭教育都是成才的重要条件，但不是决定性的条件，人的成才还必须经过实践的磨炼，在上面所说的"神童"人物中，除钟会、邓艾之外，其他人并没有成为三国时期的第一流人才，至于郑玄家中的侍婢，就更缺乏成才的机会。而邓艾幼年丧父，曾被钟会骂为"养犊小儿"，（第一百十九回）家庭状况不会多好，但善于思考学习，最后终为将才。天资、教育和实践三者与成才的关系确值得人们认真思考。

（三）平等亲善的处人态度

领导者平时的处人态度对掌握人心有极大的作用，刘备在先后与徐庶、孔明的交往中，总是食则同桌，寝则同床，整天打得火热，刘在与关羽、张飞的关系中，抛却其兄弟的伦理成分，也是一种异常和善、亲切的态度。马谡误失街亭后，孔明要依法处斩，临刑前，马谡哭着对孔明说："丞相视某如子，某以丞相为父。某之死罪，实已难逃，愿丞相思舜帝殛鲧用禹之义，某虽死亦无恨于九泉！"孔明流着眼泪说："吾与汝义同兄弟，汝之子即吾之子也，不必多嘱。"（第九十六回）马谡将孔明与他本人的关系视为父子关系，而孔明则视为兄弟关系，这绝不只是对双方辈分的认定，反映了孔明作为一个领导人，对手下人持有的惯常态度。曹操在白马战役中想让关羽迎战袁绍大将颜良，派人请来关羽，对他说："颜良连诛二将，勇不可当，特请云长商议。"（第二十五回）明明是要让关羽出战，却说成是请来"商议"，后来，两人一同上山观战，操陪关羽坐于中间，诸将环立周围，一片尊重的态度。这些领导平时待人的共同点是：第一，把握平等的原则；第二，不摆架子。他们绝不自以为处于领导的地位，就把自己看得高人一等，而是抛开身份地位，平等地与人相处，即使对手下犯有罪错的人员，也不给予盛气凌人的态度。

　　对手下人应该信守诺言，这既是领导赢得威信的方法，也是一种争取人心的处人态度。孔明第五次出祁山，为了缓解兵力疲惫、粮草不继的问题，决定将二十万兵分为两班，轮流上前线。每一百日为一期，违限者按法处治。后来，正当孔明指挥军队与魏兵在卤城激烈争战的关头，百日期限满了，孔明闻知后方的汉中兵已出川口，就急令交战部队速回，众军收拾准备起程，忽然人报魏将孙礼引二十万人马前来助战，司马懿乘势引兵来攻卤城，情况非常紧急，杨仪向孔明建议说，让换班回家的军队暂留下退敌，等新来的兵到后再让起程。孔明回答说："不可。吾用兵命将，以信为本，既有令在先，岂可失信？且蜀兵应去者，皆准备归计，其父母妻子倚扉而望；吾今便有大难，绝不留他。"（第一百零一回）即传令军队当日便行。众军闻之，非常感动，皆请愿要留在前线，舍命杀退魏兵，以报丞相恩德，孔明劝说无效，最后给他们分配了作战任务，这些军士激情化力量，作战中人人奋勇，一举击败了魏兵的增援部队。孔明认为，他用兵命将，是以信为本，看来这是一条重要的原则，领导如果对手下人不讲信用，随便推翻自己的诺言，手下人就不屑于对他所号召的事业付出感情，就不会对他以诚相待。曹操在这一方面也是很注意的，刘备随他回许都后，为了谋求脱身，一次借口截击袁术，要求领兵去徐州，曹操大概是一时没有认真考虑，就让刘备领五万人马离去了，郭嘉、程昱一听到这个消息，慌忙前来劝谏，认为这是"放龙入海，纵虎归山"，提醒他"一日纵敌，万世之患"，操赞成他们的意见，遂让许褚领五百士兵将刘备追回，但刘备拒绝回军，程昱、郭嘉认为："备不肯回兵，可知其心变矣。"操犹豫不决，最后对两人说："料玄德未必敢心变。况我既遣之，何可复悔？"（第二十一回）遂决定不追刘备。关羽投降曹操时，曾提出了"但知玄德信息，虽远必往"的条件，后来他为曹操斩将立功，当知道了刘备在袁绍军中后，便留信给曹操，带从人离去，程昱认为关羽去袁绍处是与虎添翼，建议追而杀之，以绝后患，操回答他："吾昔日已许之，岂可失信？"非但决定不杀，还要追出城外相送。操追上关羽后，关羽对他说："今故主在河北，不由某不急去……望丞相勿忘昔日之言。"操对关羽说："吾欲取信于天下，安肯有负前言。"（第二十七回）看来，曹操在与人相处中，是很讲信用的。作为一个领导，有时兑现前言的确会造成眼前利益的损失，但却维护了自身的信誉，表明了处人的忠诚态度，大有益于自己的长远事业。可以肯定地说，假使曹操是一个不讲信用、信口雌黄的人物，那他必然不能在周围团结起众多的人才，他的事业必定不如现实所具有的那样兴旺。

在与人相处中，一方面要守信于人，另一方面还要相信别人，这样才能建立起感情上的对等关系，与人发生感情的交流。关羽守下邳时，被曹操诱出城，围于土山之上，曹将张辽与其谈判成功后，关羽决定投降，他让曹操退军三十里放他入城，然后投降，荀彧怀疑其中有诈，操告诉他："云长义士，必不失信。"（第二十五回）遂引军后退，关羽入城禀告二嫂后，即去拜见曹操。太史慈原在刘繇手下为将，在与孙策的作战中二人相互伤害，后来孙策设计击败刘繇，擒拿并招降了太史慈，太史慈一归降孙策，就对他说："刘君新破，士卒离心。某欲自往收拾余众，以助明公。不识能相信否？"孙策答应了他，约定第二天日中时返还。众将都认为太史慈一去不复回，孙策说："子义乃信义之士，必不背我。"（第十五回）众人都不相信，第二天，众人将竿子立于营门以候日影，恰将日中时，太史慈领千余人回寨。刘备的军队在当阳长坂被曹操击溃，人报赵云投曹军而去，刘备坚信"子龙此去，必有事故"，原来是赵云匹马冲入曹军去救刘禅。刘备伐吴前，诸葛瑾入蜀求和，有人怀疑他会叛逃吴国，而孙权则坚信他和诸葛瑾的"神交"。领导对人的信任，说到底是对人的尊重，如果对部下妄加猜疑，那就会使对方建立起对自己的戒备心，从而拒绝任何感情交流。

在一定的情况下，领导还应对手下人的过错持宽容大度的态度。吴蜀彝陵之战，刘备与黄权分兵进军，刘备大败后，黄权归蜀无路，投降了魏国，刘备身边的人建议将黄权家属捉拿问罪，刘备说："黄权被吴兵隔断在江北岸，欲归无路，不得已而降魏。是朕负权，非权负朕也。"（第八十五回）刘备并不主张向其家属问罪，仍给禄米以供养之。曹操在官渡之战中打败袁绍后，从其所遗图书中捡到书信一束，全是自己辖区的人与袁绍暗通之信，操坚决拒绝追究，对书信一烧了之。曹操对手下人不计前嫌着眼于未来，对其罪错抱宽容的态度，显示了一个高明领导应有的胸襟。

总之，领导在处人上要放下架子，平等待人，要以忠诚的态度建立起与手下人的相互信任，以宽容的态度避免与其产生隔阂。

（四）掌握知识分子的心理特征

三国时期，人才济济，群星灿烂，一大批知识分子参与政治，指挥军事，才演出了一幕幕威武雄壮的活剧。仔细考察即可看到，哪一个集团的领导人能最大限度地吸引和网罗知识分子，充分发挥他们的作用，哪一个集团就兴旺发达。如曹操、刘备、孙权集团都是这样；相反，哪些集团没有优秀的知识分子参与领导，或者不能充分发挥知识分子的作用，哪些集团就不能长久生存。吕布身边只有一个陈宫，尚不能言听计从；袁绍身边谋士极多，但他没有能力驾驭他们，无法发挥他们的作用，结果由强大迅速走向败亡。因为人类的争夺毕竟有理性的指导和参与，而一个时代的知识分子是当时最高理性的人格代表，谁越是能掌握知识分子，谁就越是能掌握时代的智慧，就越是能在复杂的军事、政治斗争中得心应手地应付各种矛盾，使自己能立于不败之地。这样，如何吸引和使用知识分子，就成了领导用人方面的一个关键问题。

中国历史上的知识分子几乎没有不受儒家思想影响的，由于"忠义"观念的强烈熏陶，他们总是要在内心为自己寻找一个"尽忠"的对象，以达到自己的心理平衡；同时，中国的知识分子多少都受到庄子思想的影响，追求精神自由的念头时时在心扉中激荡。一方面要尽忠，一方面要自由，这样，寻找一个开明知心的领导人，为他的事业竭尽全力，奉献终生，就成了中国知识分子的理想人格，于是"士为知己者用"的思想就深深地扎根于他们的心灵。诸葛亮在《出师表》中明确地表达了这一思想对自己一生的支配作用，"臣本布衣，躬耕于南阳，苟全性命于乱世，不求闻达于诸侯。先帝不以臣卑鄙，猥自枉屈，三顾臣于草庐之中，咨臣以当世之事，由是感激，遂许先帝以驱驰。"（第九十一回）刘备临终前向他托以后事，他当面拜伏于刘备之前说："臣虽肝脑涂地，安能报知遇之恩也！"（第八十五回）诸葛亮未出茅庐之时，每常自比于管仲、乐毅，他把自己认同于明君手下的贤臣良将，希望为明君的事业建立功勋，这表达了他对理想人格的选择和立身于社会的心理准备。徐庶曾向刘备推荐诸葛亮时说："此人有经天纬地之才，盖天下一人也！"（第三十六回）对这样的大知识分子，司马徽认为他"可比兴周八百年之姜子牙，旺汉四百年之张子房。"（第三十六回）仍把他比作明君跟前的贤良辅佐。可见，孔明为自己设定的理想人格，绝不只是他个人的心理，乃是中国知识分子对自身社会地位的认定，在这样的深层心理支配下，必然产生民族独有的"知遇观"。大学问家蔡邕当时被人推荐给董卓，董卓召他相见，被他拒绝，于是董卓让人告诉他:"如不来,当灭汝族。"(第四回)蔡邕只好应命而来,董卓见了很高兴,一月三迁其官,拜为侍中,对其非常亲厚。董卓被诛杀后,士民称贺,人心大快,蔡邕一人却去伏尸而哭,王允将他招来责以大义,蔡邕伏罪说:"臣虽不才,亦知大义,岂肯背国而向卓?只因一时知遇之感,不觉为之一哭。自知罪大。"(第九回)最后他被王允下令缢死。可见,"士为知己者用",喜报知遇之恩是知识分子一个最大的性格特征,他们可以因为领导的"知遇"而鞠躬尽瘁,死而后已。

由于儒家思想在中国知识分子中占据统治地位,儒家的"忠""孝"观念极大地摧除了他们自幼萌发的自主心,因此,中国知识分子缺乏自主意识,他们很少看重,甚至从不追求自己的自主地位。他们掌握知识与智慧,是最有力量的人,但他们一定要依附于别人,又是最软弱的人,知识与智慧只是被用来作为向别人依附的资本。陈琳文笔生花,曾为袁绍写檄文以讨伐曹操,后来被曹操俘虏,他告诉曹操说,当时是"箭在弦上,不得不发"。(第三十二回)看来,写檄文为袁绍授意之作,他的才华只不过是供袁绍使用的工具。杨修一贯地在曹操跟前卖弄聪明,无非是要让曹操认定自己的才能,以便得到赏识、器重。庞统任耒阳县宰时积下百余日政事,等张飞前来巡视时他才当面给予发落处理,也是要把自己的才能显示给上级领导。张飞亲眼看到庞统的处事才能,当即表示说:"先生大才,小子失敬,吾当于兄长处极力举荐。"(第五十六回)这样,庞统才达到了自己的目的。由于知识分子的这种依附性,因而决定了他们虽有知识,但不能独立成事。所以,曹操当时一看见袁绍发出的檄文,虽然毛骨悚然,出了一身冷汗,但当知道是陈琳所作时,却宽心地笑着说:"有文事者,必须以武略济之,陈琳文事虽佳,其如袁绍武略之不足何!"(第二十二回)陈琳本事再大,也是用不着害怕的,他仅仅是一个秀才,"秀才造反,三年不成"。

由于知识只是被掌握知识的人用作依附于别人的资本,这就决定了历史上的知识分子对知识的追求，只限定于能为统治人物提供政治服务的范围之内，他们对修身齐家治国平天下的知识和谋略不厌其深、不厌其博，但对纯粹的自然知识却往往不屑一顾，持鄙视态度。三国时期的大医学家华佗，只有当政治舞台上的领导人身患重病时，他才被给予重视，但即使这时，他的知识和人格仍得不到应有的尊重。曹操晚年常患头痛，慕名请华佗医治，华佗诊断后认为是因患风而起，病根在脑袋中，准备打开脑袋动手术，切除病根，看来他是一名对患者高度负责的医生，但这位指挥千军万马、位极人臣的魏王却对这方面的道理闻所未闻，竟怀疑华佗是要打开脑袋杀他，将其下狱问罪。华佗在狱中将自己整理的《青囊书》送给外号叫"吴押狱"的人，希望自己的医学知识流传于世，不料却让吴押狱的妻子私下烧掉，只剩下记载止阉鸡猪方法的一两张残页，吴押狱怒骂妻子，其妻解释说："纵然学得与华佗一般神妙，只落得死于牢中，要它何用！"（第七十八回）这一想法代表了社会大多数人的心理。华佗作为当时最大的医学家，他身无地位，一生飘荡，因为履行自己的职责就被无端怀疑，枉遭杀害，这是社会鄙视自然知识心理的反映。只要知识分子的地位得不到改善，他们的知识和人格得不到应有的尊重，那么，吴妻烧书一类事件的重复发生就在所难免。

然而，知识分子是有识之士，他们在与人相处中，也因为自己拥有知识的资本而骄傲，他们在感到自己得不到应有的尊重、人格受辱时，极易产生抗逆意识。曹操在与袁绍作战前欲招安刘表，因刘表好结纳名流，遂决定选一文名之士前往说之，先选中孔融，后孔融推荐他的朋友祢衡，孔融与曹操一直有隔阂，这次推荐祢衡又是向汉献帝直接奏表，越过了丞相曹操，大概是因为这些原因，曹操召祢衡到后，没有起身让座，祢衡遂仰面感叹说："天地虽阔，何无一人也！"当曹操列举了他手下的十几名人物后，祢衡大笑着说："荀彧可使吊丧问疾，荀攸可使看坟守墓，程昱可使关门闭户，郭嘉可使白词念赋……其余皆是衣架、饭囊、酒桶、肉袋耳！"

（第二十三回）操让祢衡充当朝中鼓吏，意在侮辱他，祢衡遂在堂上裸衣骂操。刘璋手下的张松去许都欲见曹操，在馆驿中住了三天方得通报姓名，还得向左右近侍送了贿赂方才引见，于是张松在与操谈话中语言冲撞。张松冲撞曹操主要由于其他的原因，但其远路跋涉而来，接待不好，且操一开口就问益州为何连年不进贡的不礼貌问题，也是其冲撞曹操的原因之一，因为这伤害了一个有识之士的自尊心。知识分子喜欢口舌之辩，而且在舌辩中又多"文人相轻"，这无非是对自身优胜地位的自我肯定。庞统在听到张飞关于愿在刘备面前举荐自己的表示后，才将东吴鲁肃的推荐信送与张飞，张飞问他："先生初见吾兄，何不将出？"庞统回答："若便将出，似乎专藉荐书来干谒矣。"（第五十七回）庞统是具有知识资本的人，单凭别人的推荐而被重用，是其自尊心所不允许的；即使在张飞做了表示后，他尚且未将孔明的举荐书最后拿出，可见他的自尊心是何等的强烈。知识分子的自尊心是敏感的，其敏感的程度一般与本人知识资本的大小成正比，领导人如果不能理解这个问题，不能把握这个关系，那就容易造成对立，必然会觉得知识分子难以相处和驾驭。

知识分子有自己独特的价值标准，他们以此衡量社会和人生，当他们感到自身的价值难以在社会实现的时候，或者感到社会现实与理想目标相距太远而又无法统一的时候，内心会非常苦闷，这时，道家的思想为这部分人会指出一条解脱的道路，他们就甘心去过"隐士"的安逸生活，因为理想与现实的冲突要撕裂他们的胸膛，而他们软弱的筋骨实在承受不了这样的风云激荡，因此，只好在自己的心灵之外筑上一圈高高的墙壁，以保证内心的平静。刘备二顾茅庐路遇隐士崔州平，崔州平对刘备说："自古以来，治乱无常……将军欲使孔明斡旋天地，补缀乾坤，恐不易为，徒费心力耳。"（第三十七回）这是一种弱者的内心道白。中国历史上的许多知识分子，不是产生于文化发达的闹市，偏偏生长于荒野的山区，不是没有原因的。

可见，知识分子的"知遇感"较强，有"士为知己者用"的思想；他们的依附性较强，希望把自己的才能显示给领导以得到赏识；他们的自尊心较强，一旦受到伤害，会不避权贵起而顶撞；他们在内心苦闷时追求超脱，自主意识的缺乏使他们不易成为一个独立自在的社会集团。

（五）恰当地选将用人

在面临一项任务时，领导者需要选将派将，这时，领导应该分析部将的各自特点，针对具体情况予以选派，尽量避免选将问题上的盲目性和随意性。

首先，应该注意选派那些对完成任务有信心、有见解的将领。司马昭准备伐蜀时，选派钟会领兵，因为钟会除对伐蜀有见解外，主要是他对伐蜀有信心。孔明选派邓芝使吴通和，也是因为邓芝对联吴方针的意义理解深刻。相反，他让不懂联吴大计的关羽驻守荆州，最后丢失了荆州。官渡之战中，袁绍一方闻知曹操攻打乌巢，郭图主张反攻曹操营寨，张郃主张援救乌巢，袁绍却派张郃去攻打曹操营寨。张郃攻打失败固然是由于曹操早有准备，但袁绍选将上的失误是不能否认的。谁对完成什么任务无信心、无见解，完成此项任务就尽量不用他，这是领导选人派人上应注意的问题之一。

选将还应考虑利用将领的外界声望。孔明常派马超抗拒羌人，他的考虑是："马超……素得羌人之心，羌人以超为神威天将军"（第八十五回），这种安排常收到事半功倍的效果。关羽在白马战役中为曹操斩杀袁绍大将颜良，面对众将的称贺，关羽说道："某何足道哉！吾弟张翼德于百万军中取上将之头，如探囊取物耳。"（第二十五回）操非常吃惊。后来，曹操率兵追刘备于当阳长坂桥，张飞匹马于桥头拒敌，曹操记起昔日关羽之言，遂不敢轻易交战，最后退兵而还。孔明料定他死后若退兵，司马懿必然来追赶，遂临死前留下计策，以他的木偶像吓走司马懿。蜀国后期大将诸葛瞻与诸葛尚为守绵竹，亦曾用孔明的木刻遗像吓走过魏将师纂与邓忠，可见，一个人的外界声望可以被利用来克敌制胜。声望是凭借人的某种优势造成的，它具有对敌人的威慑力，不失为领导选将时可以考虑利用的因素之一。但在利用声望时应注意它的地域性和时空有限性。

领导在选将或吸收部下意见时，应注意重大问题上文官与武将的思想差异。我们看以下三例：第一例，大将军何进欲诛灭朝中宦官，司隶校尉袁绍遂建议："可召四方英雄之士，勒兵来京，尽诛阉竖。"（第二回）主簿陈琳坚决反对让外兵进京动武。第二例，曹操挥师江南，欲平定江东，孙权手下的文武百官曾展开了一场是战是和的大争论，当时的情况是，以程普、黄盖为首的许多武将坚持迎战，以张昭为首的文官均要求求和。第三例，孔明一出祁山时连得三城，声威大震，魏主曹睿忙派大将曹真率兵拒敌，兵至前线战场后，随军出征的司徒王朗对曹真说："来日可严整队伍，大展旌旗，老夫自出，只用一席话，管教诸葛亮拱手而降，蜀兵不战自退。"（第九十三回）我们可以看到，在一些重大事情面前，武将与文官有不同的考虑，武将喜欢用斗武的方式解决，文官则喜欢用谈判媾和的方式解决，他们考虑事情的方法均与自己的身份和职业思维有关，武将看重武力的作用，谋士则看重计谋的作用。比如曹操夺取冀州后，许攸在城中与许褚相见，攸唤褚前来，对他说："汝等无我，安能出入此门乎？"许褚则大怒回答："吾等千生万死，身冒血战，夺得城池，汝安敢夸口！"（第三十三回）二人争执激烈，以致许褚杀了许攸。在东吴关于与曹操是战是和的大论战中，要害是能否战胜曹操，不能从事后的结果判定说武将比文官更具远见，而只是表明，武将看重自身的武力，文官低估了自己一方的武力，张昭等人未必是贪生、怕死、少有气节，只是过分相信自己的谈判艺术，认为求和后"东吴民安，江南六郡可保"。（第四十三回）因而不愿冒险与曹操决战。这些认识上的差别与他们从事的职业有关。

领导派将时，还应注意防止内部小集团的产生。刘备争夺汉中时，常安排刘封、孟达一起完成任务，二人曾在黄忠斩杀夏侯渊后一同夺取定军山，一同迎战曹操的儿子曹彰，又一同攻取上庸诸郡，大概是考虑到他们两个关系不错，能互相配合，刘备最后安排他俩一同守上庸，上庸远离成都，离荆州稍近，关羽在失去荆州、败守麦城的危急时刻，派廖化前来上庸求救，但孟达却挑拨刘封，拒绝派兵增援，致使关羽孤军难支，被俘遇害。上庸拒绝出兵，是与刘备选将用人上的失误有关的，因为此处远离成都，二人又关系密切，不敢保证在特定的情况下不结成小集团，沆瀣一气，损害大局利益。曹操在这一问题上是考虑周到的，赤壁战败后他在回许昌前安排边疆地区的守将，对曹仁讲："合淝最为紧要之地，吾令张辽为主将，乐进、李典为副将，保守此地。但有缓急，飞报将来。"（第五十回）合淝远离许都，是南抵东吴的前哨阵地。后来孙权大举进攻合淝时，操派人送来一木匣，张辽依嘱临阵打开，里面纸上写着："若孙权至，张、李二将军出战，乐将军守城。"（第六十七回）操为什么管得这么具体呢？原来是李典与张辽不睦，他怕临敌发生争执，不能互相配合，影响作战。但操为什么明知二人不和，却选派他们一起镇守边疆呢？我们只能认为，曹操的安排是为了让合淝的守疆将领互相牵制，杜绝小集团的发生，防止他们在关键时刻发生不测。我们不能不赞赏曹操在合淝选将问题上的高明：第一，他明知张辽、李典素来不睦，为了防止边疆守将结成小集团，有意把他们安排在一起，他怕临敌误事，派将后当即叮咛，有重大事情马上汇报；第二，他选派了两人后，在中间又插派一乐进，乐进与二人的关系平常，这样的安排使二人中间有一个调和人，不致使他们的矛盾有所激化，影响对敌作战，同时又在一定程度上确保了主将的领导地位；第三，临敌时安排乐进守城，张辽、李典出战，不给三人以争论的机会，同时，让不睦的两将在战场上竞争对敌，而且，乐进守城，可以保证在城外两将作战的危急关头能得到公正的城内援助，避免因私废公，城外两将也乐于与城内守将密切配合，为保守城池尽心竭力。曹操在安排合淝守将时同时安排曹仁守南郡，安排夏侯惇守襄阳，在三处地方中，南郡、襄阳均是一人负责镇守，且守将都是自己的族弟，合淝是最为紧要之地，安排族外三将负责镇守，不能不认为他做过上述认真考虑。曹操对边疆守将的选派看来要比刘备、孔明的考虑周到、高明。

总之，领导人针对一定的任务选将用人，应考虑选派对完成此任务有信心、有见解的人；应考虑利用人的声望和特长；应理解人们因职业习惯而产生的思想差异；应注意预防特殊条件下小集团现象发生。

（六）对接班人的选择和安排

一个国家和集团都面临着选择接班人的重大问题。在古代的政治体制下，领导人生前如不能很好地解决接班人问题，必然会导致身后本集团的崩溃。历史上正常的接班人都是世袭制和长子继承制，但由于领导个人的好恶，各集团间的权力争夺及外戚参政等原因，使接班问题异常复杂。袁术在看到投奔他的孙策十分英勇后，常感叹说："使术有子如孙郎，死复何恨！"（第十五回）这表达了一个领导人对自己接班人选择问题无能为力的哀叹。

袁绍和刘表在此事上面临的共同难题是：按传统的方式必须传嗣给长子，但他们对长子的主观评价不高；若传嗣给自己所宠爱的小儿，又会因为不符合传统方式而导致许多矛盾。袁绍废长立幼的结果导致儿子间的水火相并；刘表事实上的废长立幼导致外戚掌权，自己的基业拱手让给别人。刘备杀掉义子刘封后，彻底解决了这一难题，但由于后来接班的儿子刘禅治政无能，还是丧掉了蜀国基业。曹操和曹丕父子能成功地解决接班问题，一是在于他们对此事考虑较早，曹操早在击败袁绍时就对众人透露说，年轻谋臣郭嘉本是他要托以后事的人。二是他们平时注意对选择对象的考察，虽然其考察的结果有不真实之处，但这毕竟体现出了他们努力的方向。三是曹操按照多项指标考虑接班人选，他能摈弃个人的感情因素，按忠诚、才能和身体等条件综合考虑。四是他们的选择恰好与传统的接班方式相吻合。

历史上"家天下"的制度和观念,使一个政治集团的接班问题完全成了领导人的一己家私。孔明将本集团的接班人选择看作刘备的家事而采取回避态度;曹操临死召诸臣安排接班大事时说是"以家事相托"。在这种制度下,领导人一方面想要为本集团选择优秀的接班人以兴旺其事业,另一方面他却只能在自己家中的儿子中选择,狭小的选择面必然不能保证选择的质量。由于后来的接班人一般没有经过战争的考验和艰苦生活的磨难,所以集团领导人一代不如一代的情况是一个总的趋势;而且,由于其宫廷生活的荒淫放纵,他们多都中年夭折,使接班人的年龄逐代递减,结果大权旁落,有名无实,必然被别的集团所取代。以魏国为例,曹操寿六十六岁,传位于曹丕;曹丕三十三岁继位,四十岁死,传位于曹睿;曹睿二十二岁继位,三十五岁死,传位于八岁的曹芳,从这时起,魏国的大权实际落于司马氏手中。司马师废掉曹芳,立曹髦为君;司马昭派兵刺杀曹髦,立曹奂为君;最后司马炎逼迫曹奂禅位,建立晋国。东汉末年也是这种状况,灵帝死后立十余岁的皇子刘辩为帝,登基四五个月即被董卓废掉,九岁的刘协被立为献帝,他们完全是受人摆布的空架子。这种状况的发生,在"家天下"的体制下,有其不可避免的必然性,可以称之为"领导素质逐代递减现象"。

由于接班人选择范围的极端狭小以及选择对象在质量上的逐代递减,因而人们无法对自己的领导人提出稍微较高的质量要求,最后不得不接受这一观念,即认为,只要没有过错的领导就是合格的领导。例如,董卓要在朝廷行废立之事时,丁原首先提出反对,理由是:"天子乃先帝嫡子,初无过失,何得妄议废立!"(第三回)卢植也以当朝皇帝"并无分毫过失"为由相反对。袁绍挺身反对董卓的理由是:"今上即位未几,并无失德。"后来曹丕逼迫汉献帝禅位,汉献帝提出反对,理由是:"朕虽不才,初无过恶。"(第八十回)一方面是集团领导人素质的逐代下降,另一方面是人们接受了关于领导人无过便是合格的观念,这就保证了集团内部的暂时稳定,这种稳定导致两种结果,一是导致集团事业的衰弱,由于集团核心的软弱无能,它即使不被外部的对立集团所摧毁,也必然被内部滋生的新集团所取代。第二个结果是导致整个民族对领导人低劣素质的容忍,"无过便是功"的观念使那些不求进取、昏庸无能的人物窃据领导岗位而心安理得,这无疑是民族兴旺的制约因素。

为了弥补本集团接班人素质下降的缺陷,历史上的集团领导人在临死前采取"托孤"的方式,即领导人在自己的大臣中选择德高望重、才智高超的人,托他们在身后辅佐自己年幼的儿子,如刘备曾托孤于孔明,曹睿曾托孤于曹爽、司马懿等。这种托孤的方式暂时弥补了领导人后代素质上的不足,但不能从根本上解决问题,在宗法制、世袭制的社会,这一问题无法解决。

以上探讨了识辨人才与人的天赋问题,领导的处人态度问题、知识分子的性格问题、合理用人的问题以及接班人的选择问题,这些都涉及领导用人的重要方面,应该引起足够的重视。

三、严肃而分明的赏罚观

赏罚是领导树立自身威信、督促将士认真履行职责的必要手段。这一手段运用得当,可以明显提高部队的战斗力或部下的工作效率,但这一手段若运用失当,则会起到相反的作用,高明的领导所以能挖掘出部下的潜力,与其严肃而分明的赏罚大有关系。

(一)按功行赏,多种奖励

奖赏必须完全抛开人的亲疏关系和等级地位,严格地按功劳施予。曹操在滆水之地与张绣军队作战时，手下有两支军队发生冲突，于禁所率部队赶杀夏侯惇所领的青州兵，夏侯惇是曹操的本家兄弟，当操得知两支军队的冲突是由于青州兵沿路劫掠乡民，犯有罪错时，当即赞扬了于禁，并奖给他金器一副，还因御敌有功而封其为益寿亭侯。操平定汉中前，曾召曹仁从外地回都议事，曹仁到后连夜入府见操，当时曹操正酒醉卧床，许褚仗剑立于堂门内阻挡曹仁，曹仁发怒说："吾乃曹氏宗族，汝何敢阻挡耶？"许褚解释说："将军虽亲，乃外藩镇守之官；许褚虽疏，现充内侍。主公醉卧堂上，不敢放入。"（第六十六回）曹仁遂不能入内。曹操知道这件事后，给了许褚以奖赏。孔明六擒孟获时，率军夺了三江城，他恐怕军士厌战，将城中所得珍宝尽赏三军，当众人常常因为他的妙计而赞叹时，他总是说："皆赖汝等之力，共成功业耳。"（第八十八回）诸将闻言，自然非常喜悦。孔明一出祁山时，因误用马谡，失了街亭，被迫全军撤退，各处兵将败损，唯赵云一支军队不折一人一骑，当他了解到是因为赵云独自断后、斩将立功才保证了军队的安全后，遂取金五十斤以赠赵云，又取绢一万匹奖赏赵云的部卒，赵云本人固辞不受，孔明随之赞扬说："先帝在日，常称子龙之德，今果如此！"（第九十六回）由于赵云不接受物质奖励，孔明遂给他以精神奖励。董卓死党李傕平日喜欢妖邪之术，常使女巫祈祷降神于军中，他作乱朝廷时被皇帝封为大司马，于是他认为这是女巫降神祈祷之力，遂重赏女巫，却不赏军将，军将们气愤地聚集在一块儿说："吾等出生入死，身冒矢石，功反不及女巫耶？"（第十三回）遂商议引兵造反，军将的兵变使李傕军势大衰。李傕不能论功行赏，军士难免出现怨情。

论功行赏应把握以下两个原则：第一，及时的原则。对有功将士及时地给予奖赏，能够使他们在心理上把功劳和奖赏更紧密地联系在一处。从而能起到更大的激励作用。黄忠在定军山与曹操大将夏侯渊争夺时，采取"步步为营、反客为主"的计策，为激劝士卒，他将军中应有之物，尽赏三军，于是士卒欢声满谷，愿效死战，最后他创造战机，率军扑向敌人，斩杀了夏侯渊。试想，如果这种奖励放在战后，那无疑会减弱其激励效果。关羽为曹操在白马战役中斩掉袁绍大将颜良后，操立即表奏朝廷，封关羽为汉寿亭侯，铸印相送，这种及时的奖励，使关羽不久又斩杀了袁绍大将文丑。退军后操大宴众官，庆贺关羽斩将立功，关羽在席间请战，又欲赴汝南为曹操剿灭刘辟。及时的奖励就是这样及时地发掘出将士的潜在精神，激励他们不断立功进取。第二，等级的原则。奖励不能人人平等，要按功劳大小分等级施予。曹操在潼关用反间计击败马超后闻知马超逃脱，遂传令诸将："无分晓夜，务要赶上马儿。如得首级者，千金赏，万户侯；生获者封大将军。"（第五十九回）众将得令，各各争功，追得马超狼狈不堪，曹操在这里是一种明码标价的分等级奖赏。孙权在与曹兵大战时被敌军包围，大将周泰两番杀透重围，舍命相救，事后，孙权设宴款待周泰，他亲自把盏，摸着周泰的脊背，泪流满面地说："卿两番相救，不惜性命，被枪数十，肤如刻画。孤亦何心不待卿以骨肉之恩，委卿以兵马之重乎！"（第六十八回）他令周泰解开衣服让众将观看，又手指伤痕，一一相问，一处伤赠吃一觥酒，最后又赐给其青罗伞令出入张盖，以为显耀。这是孙权对部将一次高等级的多重奖赏。

在有些特殊的场合，奖励应该根据受奖对象的需要，采取灵活多样的形式。赵云在长坂坡为救小公子刘禅匹马杀入敌阵，突围后血染征袍，见到刘备，他伏地而哭，从怀中抱出刘禅，双手递与刘备。刘备该用什么来奖励赵云呢？用金银吧，赵云万万不会接受，而且会产生反感；用言语表扬吧，两句话实在算不了什么。刘备无法表达对赵云的抚慰，但又绝不能无所表示，于是接过儿子，将其掷之于地，说："为汝这孺子，几损我一员大将！"（第四十二回）刘备是在向众人及赵云表示，他心里对赵云的珍爱是在亲儿之上。赵云慌忙从地下抱起刘禅，哭拜说："云虽肝脑涂地，不能报也！"这种"无由抚慰忠臣意，故把亲儿掷马前"的奖励方式既独特又高明，在当时是其他方式所无法代替的。

（二）严肃法令，慎重惩罚

惩罚是和奖赏相对应的手段，必须常常和奖赏配合使用。如果说奖赏是以功劳为根据的，那么，惩罚就是以是否触犯军令、法令为根据，有法令而后有惩罚，有法令必须有惩罚。袁绍被推为十八路诸侯盟主时提出有罪必惩的法令，但他的弟弟袁术坑害先锋孙坚，他却放任不管，造成了联盟内部的分裂。没有法令，就没有真正的惩罚，但有了法令，就一定要对违反者依法惩处，否则不足以警众、服众。

惩罚不能滥行，必须分清责任。姜维有一次率二十万蜀兵伐魏，王含、蒋斌为左军将领，率兵在祁山谷口下寨，不料魏将邓艾事先度量了地理，早先挖下地道通入蜀兵下寨之处，晚上从地道中闯入左军大寨杀败了蜀兵，王、蒋二将率残兵来到姜维面前请罪，姜维对他们讲："非汝等之罪，乃吾不明地脉之故也。"（第一百十三回）主动地承担了责任。董卓一听到袁绍领着十八路诸侯与他作对，就将在朝廷身为太傅的袁绍叔父袁隗全家斩首，他不分情况，滥杀无辜，惹得人人怨恨。曹操得到荆州后，任降将蔡瑁、张允为水军都督，意在利用其熟悉水战特长，帮他训练水兵，但他在看到蒋干从周瑜那里偷来的一纸伪书后，就不分青红皂白斩杀了二人，换了不懂水战的毛玠、于禁为水军都督，正像孔明当时所评价的："这两个手里，好歹送了水军性命。"（第四十六回）领导惩罚部下，一定要弄清事实，分清责任，绝不能妄罚无辜。

动用惩罚手段应该严格掌握分寸。张飞受刘备之托守徐州，他因曹豹拒不饮酒，就认为"你违我将令，该打一百"。（第十四回）使曹豹挨打后怀恨在心，连夜写信，联络屯兵小沛的吕布，里应外合，袭取了荆州。张飞驻守阆中时，听到关羽被东吴所害的消息后，日夜哭泣，刘备决定伐吴，他向手下将官范疆、张达下令三日内为全军制办白旗白甲，以便三军挂孝，二将请求宽限时日，他即让武士将二人缚于树上，每人鞭打五十，直到二人满口出血，他还表示："来日俱要完备！若违了限，即杀汝二人示众。"（第八十一回）二人商议后，乘其醉卧床上时潜入帐中刺死他，投了东吴，张飞对部下的无端惩罚，先丢失了徐州，后丧了性命。吕布困守下邳时，发现自己一度被酒色所伤，遂下令城中一律不准饮酒，将官侯成因追回了被人盗去的十五匹马而与诸将作贺，恐饮酒被吕布见罪，遂先送少许酒至吕布府中，吕布嫌侯成犯了自己禁令，让斩首示众，众官百般求饶，方杖打五十放归，侯成遂与宋宪、魏续等人商议，盗走赤兔马，又乘吕布战间休息时盗其画戟，将他用绳索紧紧缚绑，投降了曹操。张飞和吕布在手下人并无多大过失时严刑重罚，逼得将官造反，这其间有着深刻的教训。董承一次忽然看见自己的家奴秦庆童与侍妾云英在角落里幽会私语，即大怒，让人捉住准备杀掉，夫人出来劝免，他将各人杖打四十，锁秦庆童于暗室，秦怀恨在心，夜里扭断铁锁，翻墙跳入曹操府中，将他所窥见的董承、王子服等人谋诛曹操之事做了报告，曹操遂破获了董承联盟，董承、王子服等全家被斩首。董承对家奴的儿女私情过分追究，罚不当罪，结果害了自身。

蜀后主刘禅对大臣刘琰的处分是极其荒唐的，刘琰的妻子胡氏长得非常漂亮，因事入宫朝见皇后，被皇后留在宫中一月未出，胡氏回家后，刘琰怀疑她与刘禅私通，就让手下的五百军士排成队，当着军士的面将妻子缚绑，让士卒用鞋在其脸部击打，胡氏昏死过去几次。刘禅闻之大怒，让有司判刘琰之罪，有司判决说："卒非挞妻之人，面非受刑之地，——合当弃市。"（第一百十五回）遂杀掉了刘琰，最后规定有封号的妇人以后不许入朝。当时人们对此事很有疑怨，认为刘禅生活荒淫。胡氏入宫表面是皇后挽留，刘禅有可能与她私通，而刘禅对这件事的处理有许多不当之处：第一，皇后挽留胡氏在宫中，他不会不知道此事，不该允许其逗留一月之久。第二，他既然与胡氏没有暧昧关系，刘琰怀疑和怒打自己的妻子,自然与他无关,他可以出面对刘琰做些解释,决不该指使有司判决其罪。第三,有司的判决显然没有多少道理,刘琰即使误打了自己的妻子,也不应将其斩首。这件事因与刘禅有关,他本应该认真过问、慎重对待,绝不该一杀了之,落下个"掠妻杀夫"的嫌疑。第四,因为这件事的发生就禁止"命妇"入朝,似乎是要避嫌,实是诱导人们加深怀疑。当然,最主要的是第三条失误。

(三) 恰当地批评部下,勇于自我批评

批评和自我批评不是惩罚,但和惩罚有同性质的警戒作用,这里将它们放在一起考察。

批评即是指出部下的行为过失,这里列举三种高明的批评方式。第一种,以赞扬甲的方式批评乙和丙。曹操赤壁战败后,在逃跑的路上几次仰面大笑,和众将议论周瑜本该如此如此用兵,颇见自信乐观。华容道脱难之后被曹仁接入南郡安歇,曹仁为之置酒解闷,当时众谋士全部在座,操忽然仰天大恸。众谋士问道:"丞相于虎窟中逃难之时,全无惧怯;今到城中,人已得食,马已得料,正须整顿军马复仇,何反痛哭?"操回答说:"吾哭郭奉孝耳!若奉孝在,决不使吾有此大失也!"遂捶胸大哭道:"哀哉,奉孝!痛哉,奉孝!惜哉,奉孝!"(第五十回)众位谋士闻之默然无言,深感惭愧。郭奉孝即郭嘉,是曹操身边早丧的一个出色谋士。操在赤壁大战中连中周瑜、庞统之计,损兵几十万,这是他一生最惨重的失败,众位谋士在战役中竟无人提出一项高明的见解予以防止,痛定思痛,他有无限的恼怒,但指责谁呢?众谋士都各尽本分,无可指责。他惆怅无出,遂仰天大恸,以缅怀郭嘉的方式严厉地批评了众谋士事实上的失职行为。曹操采用这种批评方式时,选择众谋士全都在座的场合,然后以反常的悲哀情绪吸引众谋士主动发问,最后以凄凉的语调表示,他对这次失败不怨天、不怨地,只怨身边再也没有郭嘉那样的谋士。曹操谁也没有批评,但

他批评了每一位谋士,他在末了对郭嘉的呼喊,是对众谋士最尖刻的刺激。曹操的这种批评方式最适宜于使用在需要批评"无可指责"的失职行为时,也适用于需要批评较多的人物时。第二种,沉默的批评方式。张飞被刘备安排守徐州时误罚部将曹豹,被其联络吕布袭取了徐州,张飞领几十骑跑到盱眙前线来见刘备,告诉了丢失徐州之事,众人都很吃惊。关羽忙问刘备的家属在哪里,张飞回答:"皆陷于城中矣。"刘备沉默无言。后来,关羽埋怨了张飞几句,张飞即欲掣剑自刎,刘备忙夺剑掷地表示说:"贤弟一时之误,何至遽欲捐生耶!"(第十五回)刘备听说张飞丢了徐州,又失却家属,即沉默无言,这种沉默表示了极大的容忍与包涵,而以容忍与包涵为内含的沉默,又为张飞提供了良心的自我谴责期,这种沉默式批评的尖刻程度以至于超出了张飞的心理承受能力,直到刘备说出"贤弟一时之误"的话时,气氛才缓和了下来,这种沉默的批评方式是创造一种气氛,依靠心理压力使对方进行自我谴责,从而达到批评的目的。这种批评适宜于对那些交情深、自觉性高的人使用。第三种,示恩的批评方式。刘备为益州牧后,封法正为蜀郡太守,法正字孝直,是益州早先联络刘备入川的人物,才气高,为刘备夺取益州立有大功,他当上蜀郡太守后,对过去人际交往中的一餐之德、睚眦之怨,都一一报复。有人在孔明跟前告状说:"孝直太横,宜稍斥之。"(第六十五回)孔明对人讲:"昔主公困守荆州,北畏曹操,东惮孙权,乃孝直为之辅翼,遂翻然翱翔,不可复制。今奈何禁止孝直,使不得少行其意耶?"因而不予追究。法正听到孔明的话后,约束了自己的行动。孔明听到法正的过失,首先大摆法正的功劳,然后在不否认其过失的前提下流露出对他的特殊宽容态度,这就等于从侧面提醒法正:第一,他是大有功劳而被人们尊重的人员;第二,只是由于领导人对他的特殊爱戴才不追究他的过失。当法正知道了这些情况后,自然感到受恩非浅,为了维护自己受尊重的地位,并为报答领导的恩德,于是收敛了自己的错误行为。这种示恩的批评方式一般仅适用于建有大功的人员、反应事情敏感的人员和自觉性高的人员，适于对小错的批评。

领导不仅要善于批评别人，而且要勇于开展自我批评，能否勇敢地开展自我批评是衡量领导水平高低的重要尺度之一。曹操在宛城刚刚招降了张绣，就与绣新寡的婶子发生了暧昧关系，张绣觉得操欺人太甚，遂策动反叛，这次事件使操的心腹大将典韦、侄子曹安民和长子曹昂丧生。后来，经过许多周折，张绣又投降了曹操，张绣去许都见到曹操，拜于阶下，操慌忙扶起，拉着他的手说："有小过失，勿记于心。"（第二十三回）并封张绣为扬武将军。曹操作为当朝丞相，能在自己的降将面前忘却旧仇，勇敢地承认自己的错误，这确是一种难得的精神。刘备在庞统初来相投时以貌取人，派他担任远处的一个小县宰，后来张飞向他汇报了庞统的超群之才，他非常吃惊，当即表示自责说："屈待大贤，吾之过也！"（第五十七回）遂改正原来的错误安排，拜庞统为副军师中郎将，加以重用。刘备在与庞统一同攻取益州时，曾斩杀刘璋大将杨怀、高沛，夺取了涪关。为庆祝胜利，这天设宴于公厅，刘备问庞统是否感到宴会的快乐，庞统回答说："伐人之国而以为乐，非仁者之兵也。"当时刘备有点酒醉，当场反驳了庞统，并说："汝言何不合道理，可速退！"庞统大笑离座。刘备当晚酒醒后闻知宴间之事，深感后悔，一清早就升堂向庞统道歉说："昨日酒醉，言语触犯，幸勿挂怀。"庞统若无其事，刘备又再次表示说："昨日之言，惟吾有失。"（第六十二回）庞统回答说："君臣俱失，何独主公。"兴兵入川前刘备曾碍于仁义之名，一再下不了收川的决心，庞统在宴席间的仁义之说，无非是想让刘备在新的环境中重新审视这种观点，发现其错误，坚定其攻伐刘璋的决心，刘备果然当场批驳仁义之说，即便言辞过分，也是庞统乐于听到的。刘备没有想到庞统的真正用意，当众向庞统一再道歉，也反映了他所具有的自我批评的勇气。马谡失了街亭，孔明认为自己用人不当，负有领导责任，于是自贬丞相之职。与上述情况相反，有些领导却毫无自我批评的勇气。袁绍兴兵与曹操决战前，田丰因劝谏出兵而被下狱,袁绍在兵败回军途中一再对身边人说:"吾不听田丰之言,致有此败。吾今归去,羞见此人。"(第三十一回)最后他借故派人前往杀掉了田丰。东吴太傅诸葛恪攻打魏国的新城时,相信了对方的缓兵之计,大败而归,回朝后他非常羞愧,托病不出,吴主孙亮亲自来家中问安,文武百官亦前往拜见。诸葛恪怕别人议论自己,就派人到处搜集众官将的过失,轻则遣送边远流放,重则斩首示众,弄得朝中人人恐惧。这类领导没有丝毫自我批评的勇气,内忌太强,反映了其水平的低下。

(四)善于对将士战前激励

战前激励有些不属于奖励,但它和奖励具有同样性质的鼓舞作用,这里将他们一起探讨。

战前激励的形式是灵活多样的,比如曹操选派庞德为前部先锋去战关羽,解樊城之围。临行前他对庞德说:"关某威震华夏,未逢对手,今遇令明,真劲敌也。"(第六十四回)庞德激情振奋,也对众将表示:"吾料此去,当挫关某三十年之声价。"他扬威耀武,取胜呼声很高,创造了一种先声夺人的气势。钟会伐蜀前,声言在手下八十余员将官中要选拔一位"逢山开路,遇水架桥"的先锋。虎将许褚之子许仪应声愿往,钟会对许仪下令说:"汝乃虎体鹓班之子。父子有名,……"(第一百十六回)这样的方式可称之为勇气激励。通过评价的方式给将士的勇力以足够的肯定,使其对自身勇力充满信心,从而挖掘出他最大的潜在能量。孔明兵出祁山,原定前线军士的换班期限已到,他得知敌方援兵到来,情况危急,仍表示说,回家的兵士,"其父母妻子倚扉而望;吾今便有大难,决不留他。"(第一百零一回)众军闻之感动,请愿留阵舍死杀敌。这种方法可称之为人情激励,领导以人情打动其心,激发他们的报恩意识,挖掘其精神能量。

战前激励还有许多方式,这里着重探讨激将法。曹操与袁绍的白马之役中，袁绍骁将颜良连诛曹操二将，操欲使暂降在军的关羽迎战，遂派人请至前线，对他说："颜良连诛二将，勇不可挡，特请云长商议。"关羽要求观看对方军容，操置酒相待后引关羽上土山观看，坐定后操指着对方刀枪森布、严整有威的阵势对关羽说："河北人马，如此雄壮！"听到关羽的轻蔑评价，操又指着说："麾盖之下，绣袍金甲，持刀立马者，乃颜良也。"关羽举目一望，对曹操说："吾观颜良，如插标卖首耳！"操慎重地对关羽讲："未可轻视。"关羽起身请缨道："某虽不才，愿去万军中取其首级，来献丞相。"未等操答话，旁边的张辽立刻对关羽说："军中无戏言，云长不可忽也。"（第二十五回）关羽遂奋然上马，倒提青龙刀，跑下山去。这里，曹操想叫关羽出战，但未说一个"战"字，首先他不断地赞叹敌方军将，等关羽对其表示蔑视态度后，他用"未可轻视"四字轻轻一激，于是关羽主动请战，愿取颜良首级。如果说曹操对关羽是激其出战，那张辽关于"军中无戏言"的言语则是逼其出战，君臣配合，达到了让关羽出战的目的。关羽是声明"降汉不降曹"的人物，不受曹操节制，操无法直接向其下令，这种激将法是当时可以采取的高明方式，既激关羽出战，又激起他的斩将决心。

王允想要除掉董卓，又碍于董卓有其义子吕布相助，他采用"连环计"，将养女貂蝉在暗中同时许配于吕布和董卓，却让董卓公开娶走，吕布为此事深恨董卓，王允乘机激吕布造反。一次，王允请吕布至家中密室，有这样一段情节：

允曰："太师淫吾之女，夺将军之妻，诚为天下耻笑——非笑太师，笑允与将军耳！然允老迈无能之辈，不足为道；可惜将军盖世英雄，亦受此污辱也！"布怒气冲天，拍案大叫。允急曰："老夫失语，将军息怒。"布曰："誓当杀此老贼，以雪吾耻！"允急掩其口曰："将军勿言，恐累及老夫。"布曰："大丈夫生居天地间，岂能郁郁久居人下！"允曰："以将军之才，诚非董太师所可限制。"……允见其意已决，便说之曰："将军若扶

汉室，乃忠臣也，青史传名，流芳百世；将军若助董卓，乃反臣也，载之史笔，遗臭万年。"（见第九回）

在这里，王允直截了当地指出他本人和吕布均受到了污辱。然后又装出胆小怕事的样子表明自己年迈无能，而把吕布说成盖世英雄，这就把吕布摆在了最大的英雄受到了最大的污辱的地位，激他做出报仇雪耻的选择。为了坚定吕布的决心，他又以汉朝司徒的身份，从更高的层次上给予激励。

孔明随鲁肃入江南欲联合孙权一同抗曹，他对孙权本人和主要决策人周瑜分别运用了激将法。孔明见到孙权，大讲曹操厉害，并认真地向孙权建议说："愿将军量力而处之：若能以吴、越之众，与中国抗衡，不如早与之绝；如其不能，何不从众谋士之论，按兵束甲，北面而事之？"孔明向孙权提出降曹的建议，这就自然引出一个问题：刘备当时的力量远不及孙权，他一再兵败而逃，为什么不投降曹操呢？孙权向孔明提出了这一问题，孔明正言厉色地回答："昔田横，齐之壮士耳，犹守义不辱。况刘豫州王室之胄，英才盖世，众士仰慕。事之不济，此乃天也，又安能屈处人下乎！"（第四十三回）孔明回答孙权的问题，他肯定了刘备的英雄地位，进而指出，英雄人物是绝不会投降受辱的。这样就等于表明，前面劝孙权投降，是因为并没有把孙权看成英雄。孔明的这种方式，既能激起孙权为维护自己的英雄名声而奋起抗曹，又可使孙权对主张降操的谋臣产生思想隔膜，以使拒绝他们的劝谏。孔明见到周瑜后，对他说，江东乔公有大乔和小乔两个女儿，他们有沉鱼落雁之容，闭月羞花之貌，曹操本是好色之徒，对此久有所闻，曾发誓要得到江东二乔以乐晚年，现引百万之众下江南，实为得到二乔。孔明建议周瑜说："将军何不去寻乔公，以千金买此二女，差人送与曹操，操得二女，称心满意，必班师矣。"周瑜问孔明："操欲得二乔，有何证验？"孔明遂为他背诵了曹植写的《铜雀台赋》，其中有两句是："揽'二乔'于东南兮，乐朝夕之与共。"周瑜听罢，勃然大怒道："老贼欺吾太甚！"孔明佯作不解，周瑜告诉他："公有所不知，大乔是孙伯符将军主妇，小乔乃瑜之妻也。"孔明十分惶恐，急忙道歉："亮实不知，失口乱言，死罪！死罪！"周瑜怒气未消，大骂道："吾与老贼势不两立！"孔明说："事须三思，免致后悔。"周瑜表下说："吾自离鄱阳湖，便有北伐之心，虽刀斧加头，不易其志也！"（第四十四回）其实，"乔"姓古时本作"桥"字，《铜雀台赋》中的"二桥"原指横空飞桥，孔明利用字形字音的相同，故意将其曲解成江东二乔，以此作为曹操想夺取周瑜之妻的证据，使周瑜深感受到曹操侮辱，下定抗曹的决心。除此之外，孔明还对关羽、张飞、黄忠、赵云、魏延等人分别使用过激将法。

看来，激将法适用于那些自视英雄，又有实际能力的人，他们对于一件事情没有下定最后的决心时，对他们以或明或暗的方式摆出眼前不相容的两种选择：要么当英雄；要么受侮辱或受贬损。然后心平气和地诱导他们朝忍辱的方向思考，而当受激人的思想进入忍辱境地后，会立即感到来自深层心理的反抗，争强好胜、自视英雄的性格不能容忍做出这种选择，他们有能力充当英雄，要做出英雄的选择，于是，一种冲动就骤然促使他们下定了干这件事的决心。由于其最后的选择是靠受激人自己做出，无须别人命令，因而这种方法还适用于不具有节制关系的人。例如曹操对关羽，王允对吕布，孔明对于孙权和周瑜就是这样。

以上激将法可称为贬损式激将，还有一种怀疑式激将。孔明欲让关羽伏兵华容道释放曹操，派兵前他对关羽当面表示说："某本欲烦足下把一个最紧要的隘口，怎奈有些违碍。不敢教去。"孔明采用怀疑式激将法逼关羽立下了军令状。关羽领荆州兵围困樊城时，曹操选庞德为先锋，率兵援救樊城，有人告知曹操，庞德之兄庞柔和故主马超均在西川为官，让庞德为先锋，恐有不便。操即让庞德交出先锋印，庞德惊问为何不肯任用他，曹操对他讲："孤本无猜疑；但今马超现在西川，汝兄庞柔亦在西川，俱佐刘备。孤纵不疑，奈众口何？"（第七十四回）庞德闻言，顿首流血，向曹操掏出肺腑之言，表达了自己的忠诚意志，操乃扶起他抚慰说："孤素知卿忠义，前言特以安众人之心耳。"仍令庞德为先锋。庞德回家，让木匠赶造一棺材，对亲友和部将说："今去樊城与关某决战，我若不能杀彼，必为彼所杀；即不为彼所杀，我亦当自杀。故先备此榇，以示无空回之理。"曹操的怀疑式激将使庞德下定了死战的决心。怀疑式激将是首先指出对部将完成某事的疑虑，使他感到一种受怀疑之辱，部将为了摆脱这种受疑之辱，自然要做出最大的保证。

领导对部下应有必要的战前激励，但绝不应有战前胁迫。马超为张鲁攻打刘备的葭萌关时，向张鲁表示不成功不退兵，张鲁轻信奸臣杨松之言，派人去前线告诉马超："汝既欲成功，与汝一月限，要依我三件事。若依得，必有赏；否则必诛：一要取西川；二要刘璋首级；三要退荆州兵。三件事不成，可献头来。"（第六十五回）这些领导对部将搞战前胁迫，逼得部将投降了敌人。战前胁迫与战前激励的不同在于，一是任务由领导提出，不是部将主动请缨；二是其任务超过部将的能力界限，无法完成；三是对部将以惩罚处分相威胁。其结果不是逼死部将，就是逼反部将，这是应该绝对戒止的。

四、搜集和处理信息

信息是领导判断情况、制定作战计划的基本依据，搜集和处理信息的水平反映着领导的能力，在很大程度上决定着战争的成败，因而，高明的领导总是认真地搜集信息、正确地处理信息，有时又有目的地输出信息。

（一）认真搜集信息

信息不灵会给军事工作带来重大的危害。关羽率荆州兵北攻曹兵，唯恐东吴从后方偷袭荆州，于是在沿江每隔二三十里置烽火台，以便吴军渡江时通报信息。但吕蒙使吴兵扮客商渡江，伏精兵于一种大船中，上岸后擒拿了守台士卒，使信息传递阻断，趁关羽无备袭取荆州。刘备在彝陵连营七百里的信息和马谡在街亭布兵的信息均未及时被孔明获悉纠正，致使蜀国遭到两次重大失败。

因为信息问题的重要，所以有些领导总是详尽地搜集各种信息，以作为自己制定战略计划的重要参考。刘备乘东吴与曹兵鏖战之机夺取了荆州，东吴派鲁肃来讨，他赖账不还，推说荆州原本是刘表基业，他在为刘表的儿子刘琦辅佐镇守，经过一番讨价还价，双方商定，刘琦死后归还城池。鲁肃回东吴向周瑜汇报，十分有把握地讲："吾观刘琦过于酒色，病入膏肓，现今面色羸瘦，气喘呕血；不过半年，其人必死。"（第五十二回）鲁肃去荆州曾面见过刘琦，他是掌握了刘琦病态的真实信息才敢与孔明商定还期的。司马懿根据蜀使关于"丞相夙兴夜寐，罚二十以上皆亲览焉。所啖之食，日不过数升"（第一百零三回）的信息，得出了"孔明食少事烦，其能久乎"的重要结论。吴使薛翊从蜀国归来，向吴主孙休反映蜀国的情况说："近日中常侍黄皓用事，公卿多阿附之。入其朝，不闻直言，经其野，民有菜色。"（第一百十三回）孙休根据这些信息，对蜀国产生了失望情绪。看来，领导应该认真而详尽地搜集信息，即使有些看似无用的信息，有时也会有重要价值。

有些信息会对战斗的成败产生直接的影响，官渡战役中曹操获悉袁绍乌巢防守虚弱的信息，孔明三出祁山时获悉陈仓守将郝昭病重的信息，均对作战成功起了关键作用。正是由于这种原因，一些指挥员在作战中十分重视搜集敌情信息，比如赤壁之战时就打了一场信息战。曹操摸不清东吴方面的实际情况，大江远隔，又难通消息，因而无法制定作战部署，于是派蔡中、蔡和去诈降东吴，搞间谍工作；周瑜无法掌握曹兵的情况，就将计就计，利用蔡中、蔡和及蒋干等人向曹操输送假信息，设法控制曹操的领导行为。通过这种渠道，他除掉了曹操的水军教练蔡瑁、张允，又使曹操相信了黄盖和阚泽的诈降。这场信息战由曹操发起，但周瑜又反被动为主动，占了上风，为军事上的最后胜利创造了条件。除敌情信息外，还有人才信息、风土信息、生活信息等，它们都对军事活动有着不同程度的影响。

由于信息对军事指挥员有很强的诱惑力，因而有些人就制造假信息以迷惑敌人，引诱对方上钩。《三国演义》中有多种形式的虚假信息，了解这些信息的形式、作用，以及双方对他们的输出和处理是很有意思的。

(二) 输出虚假信息的诸种手段

(1) **假人物** 为了迷惑敌人，扮装虚假人物以输送虚假信息。

两次假张飞：张飞为援助刘备取益州，从荆州领兵入川，行至山城巴郡，太守严颜坚守不出。张飞传令，晚上趁三更月明由他当先开路，绕小道偷过巴郡。严颜得知这个消息，准备去截获张飞后军的粮草辎重，他领兵将伏于林中，遥见张飞亲自在前，横矛纵马，悄悄引军前去，等张飞走过三四里后，严颜领兵抢夺后军车仗，不料张飞从后面引军杀到，生擒严颜，夺了巴郡。——原来前面引军而行的是军士扮装的假张飞。张飞在汉中奉命去攻打张郃营寨，张郃占据山险，守寨不出，张飞无计可施。这天，张飞坐于山下帐中饮酒，令两个小卒在帐前相扑摔跤为戏，张郃见张飞相欺太甚，遂下令夜间前去劫寨。晚上月色微明，他引军从山侧冲下，杀入寨中，张飞端坐不动，张郃骤马向前，一枪刺倒——原来却是一个草人，张飞乘机杀散魏兵，夺了张郃营寨。

三次假孔明：孔明伐中原时，派兵去陇上割麦，魏兵追赶时，有四个假孔明分别在"神兵"的簇拥下从四面而来，吓退了魏兵。孔明死后蜀兵班师回国，司马懿领兵追杀，眼看就要赶上，忽然山后一声炮响，蜀兵推孔明而出，魏兵以为中计，舍命而逃，蜀兵遂徐徐而退——原来车上被推出的是木制偶像。邓艾伐蜀时派部将师纂、邓忠去攻绵竹，绵竹守将为孔明的儿子诸葛瞻和孙子诸葛尚，两军布阵后，蜀阵中推出一辆四轮车，车上端坐孔明，魏兵不战自退。原来车中乃是木刻孔明遗像。

假姜维：孔明一出祁山，在天水发现奇才姜维，决心招降培养他，于是将姜维设法诱至冀县。不久，魏兵多处听到姜维降蜀的消息，一时难辨真假。这天晚上初更时分，姜维领蜀兵来攻天水城，火光中见他耀武扬威，天明方退。过了几天，姜维单枪匹马，至天水城下叫门，守将马遵让乱箭射下，姜维流泪离去——原来那天晚上率兵攻城的是蜀营形貌相似者假扮的姜维，等真姜维前去叫门时，失去信任，只好只身离去，最后被孔明沿路安排伏兵俘虏，归降了孔明。

另外，孔明一出祁山时，派假裴绪送情报给魏国安定太守崔谅，诱其进入蜀军包围圈。孔明六出祁山时，司马懿派假秦朗迎战郑文，被孔明识破。

假人物是以别人装扮或以草、木装束来冒充特定人物，多是在晚间的月光、火光之下，既让对方看见，又不让其看清，其目的是要以人身向敌人输送或证实虚假信息。

（2）**假书信** 以输送虚假信息为目的的书信，这种书信不为落款者本人所做，或虽为落款者本人所做，但在收信人收到前其内容被人篡改。

姜维伐中原时，魏将王瓘率五千兵诈降，姜维派他领三千兵为蜀兵运粮，王瓘暗中写信给邓艾，说明他八月二十日将蜀兵粮食从小路送归魏军大寨，约邓艾到时领兵接应。邓艾接信后，见王瓘约他于八月十五日接应粮食，非常高兴，八月十五日这天，他引五万精兵往山谷小路出发，行至山后，两下蜀兵尽出，杀得魏兵人仰马翻，爬山越岭逃脱——原来王瓘给邓艾的密书被姜维伏兵在半路上截获，姜维将书中约定的日期做了改动后仍旧将书信送给邓艾，骗他进入蜀兵的埋伏圈。用同样的方法，魏将钟会截获并篡改了邓艾送给司马昭的书信，以激怒司马昭，钟会于是得到了收服邓艾的命令。

曹操谋士程昱曾模仿徐庶之母的笔迹，以徐母名义写假信骗徐庶离开刘备前往许昌。东吴张昭等人曾以吴国太名义写假信骗刘备的孙夫人抱阿斗离开荆州回东吴。周瑜曾写下落款蔡瑁、张允的假书信，并设计让蒋干偷送曹操，使曹操将二人斩首。

以上是假书信输送假信息，但收信人却不明情况，以假当真，上当受骗。也有将真书信当成假书信而受骗的。曹操为了离间马超和韩遂，送给韩遂一封叙旧的信，马超看到这封信，未发现什么重要内容，却见上面有许多地方朦胧模糊，也有已被涂抹改动之处，他怀疑是韩遂为了掩盖机密，看后涂改过了，遂对韩遂起了疑心，最后以致刀枪相并，被曹操乘机击败——原来涂抹了的书信是曹操故意所作，马超将真当假，上了大当。

(3) **假病** 信息输出人通过佯装生病的手段向外界输出虚假信息，意在让特定人物接收。

东吴欲乘关羽北攻曹操之机偷袭荆州，但关羽后方提防甚严，于是陆口守将吕蒙诈病不起，上书辞职，孙权乃召吕蒙返建业治疗，关羽在樊城得到吕蒙养病的虚假信息后，遂不以后方为忧，撤荆州大半防守之兵赴前线调用，吕蒙乘机领三万精兵袭取了荆州。曹操获悉随朝太医吉平参加了密谋自己的同盟，次日，他诈患头风，召吉平用药，吉平得到曹操生病的虚假信息后，暗暗高兴，他暗中下毒入药，请操服用，操遂抓住了密谋者的把柄，打开了破获的缺口。司马懿装病麻痹政敌曹爽。刘备投靠刘表时，曾推说自己腹痛，让孔明代往回拜刘琦，使孔明向刘琦献出了驻守江夏的脱身之计。

(4) **以输送假信息为目的的其他手段**

假布告：孔明为了离间司马懿与魏主曹睿，遂派人去魏国邺城贴出了一张署名司马懿的布告，大意是说，曹操生前原本想传位给曹植，不幸听信谗言，错传曹丕，而皇孙曹睿素无德行，他准备兴师推翻，扶立新君。曹睿看后，大惊失色，和群臣商议后，设计收缴了司马懿的兵权，将其削职还乡。

假文书：假裴绪在赚安定太守崔谅出兵援救南安时，说明情况后，从贴肉处取出了夏侯都督的文书，文书已被汗所湿透，他略教崔谅一视，又带上急往天水而去。见到天水太守马遵后，他取出公文让其视之，说罢情况又匆匆离去。

假惩罚：赤壁之战中，周瑜准备火攻曹操，他将诈降的曹将蔡中、蔡和留于帐中以便向曹操通报虚假信息。军中需要一人向曹操诈降，这时，黄盖主动愿行"苦肉计"，于是周瑜对黄盖进行了一次假惩罚。"周瑜打黄盖——打者愿打，挨者愿挨"，因为它是一种以制造虚假信息为目的的惩罚。

假醉：曹操帐前幕宾蒋干以同学身份去劝降周瑜，周瑜在为蒋干设的"群英会"上喝得大醉，晚上与蒋干同榻而卧，他呕吐狼藉，不省人事，口中几次喊道："子翼，我数日之内，教你看曹贼之首！"（第四十五回）蒋干乘周瑜"大醉"，在室内翻看周瑜的军机要件，他发现了曹将蔡瑁、张允暗通周瑜的书信，信以为真，遂偷回献给曹操。周瑜的假醉向蒋干输出了虚假信息，其目的一是为蒋干提供翻看"军机要件"的机会，二是给蒋干造成自己"醉后吐真言"的错觉，使他相信落款蔡瑁、张允的假书信。

假死：赤壁之战后，周瑜与曹仁各率军马争夺南郡，周瑜误中毒箭，伤势很重，因曹兵连日挑战，周瑜只好扶病列阵，两军未及交锋，周瑜在阵前大叫一声，口喷鲜血，坠于马下，吴将急忙收军。随后，周瑜帐中哀声俱起，众军闻知周瑜箭疮发作而死，全部挂孝举哀。曹仁正在城中议论周瑜病势，忽有一伙吴兵来降，中间有二人，原是曹兵被俘虏过去的，他们声言是举丧期间受了吴将程普之辱，故前来投降。曹仁闻之大喜，遂率兵晚间劫寨，不想却被吴兵包围，曹仁等舍命突围逃跑——原来所谓周瑜之死，乃是周瑜诱敌的计策。曹操在濮阳与吕布大战时，中计被火烧伤，也以诈死的方式赚吕布劫寨,将其包围击垮。这种诈死均是以输出虚假信息为目的。

假许婚:孙权之弟孙翊镇守丹阳,被手下妫览等人谋杀,妫览见孙翊之妻徐氏貌美,遂威逼徐氏与他成婚,徐氏佯装许婚,暗中结连心腹勇士斩杀了妫览。徐氏通过假许婚向妫览制造了自己情愿随从的虚假信息,诱其麻痹上当。

假哭:孔明几番用计,气死了气量狭小的周瑜,遂引起了江东文武对他的怨恨。为了巩固同盟,消除矛盾,孔明亲自去东吴为周瑜吊丧,在周瑜灵前他伏地大哭,泪如泉涌,哀恸不已,江东文武见状,亦为之感伤。孔明的假哭制造出自己对周瑜有无限感情的虚假信息。

假人物、假书信、假病、假布告、假公文、假惩罚、假醉、假死、假许婚、假哭,都是以输出虚假信息为目的的手段,信息输出人多是向整个外界输出虚假信息,但意在让特定的人接收,以使他们造成错觉,从而控制他们的行为。除此之外,还有一种手段,也是输出虚假信息,但不以此为唯一目的,这里另行列举并兼析受施者一方对信息的处理。

(三)假投降

赤壁之战中,曹操派蔡中、蔡和诈降周瑜,周瑜用"苦肉计"派黄盖诈降曹操,这里,交战双方互相向对方派出间谍。周瑜的成功之处,一是在于他能根据未带家属的情况正确判断出蔡中二人投降为假;二是当他知道二人假降后,不是一杀了之,而是利用他们作为自己向曹操传递虚假信息的渠道。曹操的失败之处,一是他让蔡中二人诈降,却故意留下他们的家属,这样固然掌握了他们,不敢使其真降东吴,但却露出了一个诈降的明显破绽;二是曹操错误地认为,凡是自己派出的间谍送来的信息都是真实的,没有想到他们有被对方利用的可能。

孔明二纵孟获后,孟获与其弟孟优先后前来诈降,欲于中取事,被孔明识破再擒。事后孔明对众将说："吾知孟获颇晓兵法，吾以兵马粮草炫耀，实令孟获看吾破绽，必用火攻。彼令其弟诈降，欲为内应耳。"（第八十八回）。

孔明派假裴绪持假公文赚出魏国安定城的军马后，设计俘虏了安定太守崔谅。崔谅归降后，为孔明暗中劝降了南安太守杨陵，孔明派关兴、张苞随崔谅入南安城帮助杨陵举事，却暗中吩咐关兴与张苞在城门口截杀了二人。事后孔明对众人说，他派关、张二将随崔谅入城，"此人若有真心，必然阻挡，彼忻然同去者，恐吾疑也。"（第九十二回）于此判定崔、杨二人为假降。

东吴鄱阳太守周鲂投降了魏国扬州都督曹休，曹休告知了部下对周鲂的怀疑，周鲂又是大哭又是要自刎，最后掣剑断发，说是"割父母所遗之发，以表此心！"（第九十六回）曹休遂深信不疑，周鲂在其后的战斗中将魏兵引入吴兵的埋伏地后脱身逃走，曹休的轻信导致兵败身危。

姜维伐中原时，魏将王瓘来降，他自称是魏朝廷王经之侄，因叔父全家被司马昭杀掉，他心中痛恨，遂前来投降。王经是魏国宫廷之变中被司马昭满门抄斩的人物，姜维对自己的亲信讲："司马昭奸雄比于曹操，既杀王经，灭其三族，安肯存其亲侄子关外领兵？"（第一百十四回）他断定王瓘投降为假，遂将计就计，假意收留王瓘，使其获取蜀军情报，然后截获并改动了王瓘给邓艾的密信，使魏军中计上当。

蜀将姜维以他原本魏人的特殊身份，两次诈降魏国，一次是在出祁山时，骗得曹真的信任，赚得曹真折兵损将。另一次是在魏国灭蜀后骗得钟会的信任，使自己得以照旧领兵，图谋复蜀。

东吴大将诸葛恪率兵攻打魏国新城数月，城东北角将陷，城中守将张特派人赴吴寨见诸葛恪说："魏国之法，若敌人围城，守城将军坚守一百日而无救兵至，然后出城投敌者，家族不坐罪。今将军围城已九十余日；望乞再容数日，某主将尽率军民出城投降。"（第一百八回）并将城中册籍

177

献上，恪深信其言，遂停止攻城。张特在吴兵停攻期间，拆城中房屋补修城墙，修好后拒绝投降，最终打败了吴兵。张特以假降作为缓兵之计，使诸葛恪上当。

孔明六出祁山时，有一魏将来降，自称是魏国偏将军郑文，声言他与秦朗同领人马赴前线，而司马懿却重用秦朗，心中不服，于是来降。忽报秦朗领兵前来，单搦降将郑文交战，郑文表示可以立斩秦朗，孔明遂亲自前去观战，两马相迎，只一合，郑文斩来将于马下，孔明运用逻辑推理手段断定郑文投降为假。

（四）运用逻辑推理手段辨认虚假信息

魏国偏将军郑文在前线倒戈，来降孔明，并当众立斩秦朗，提首级入营。孔明坐定帐中，勃然大怒，喝武士斩掉郑文，郑文大喊无罪，孔明说："吾向识秦朗，汝今斩者，并非秦朗，安敢欺我！"郑文拜伏于地说："此实秦朗之弟秦明也。"遂将诈降之事实告孔明，乞求免死。其实孔明并未见过秦朗，手下人问他何以知郑文诈降，孔明回答说："司马懿不轻用人，若加秦朗为前将军，必武艺高强，今与郑文交马只一合，便为文所杀，必不是秦朗也。以此知其诈。"（第一百二回）孔明对郑文投降真假的断定是以郑文和秦朗的交锋为根据的，其关键是对秦朗真假的断定。

孔明的思路按照两步逻辑推理，断定出秦朗为假。第一步，他认为司马懿不轻用人，亦即认为：只有武艺高强的人，才会被司马懿重用，而秦朗被司马懿加封使用，据此他推出了秦朗必定武艺高强的结论。孔明的第二步推理以第一步得出的结论为大前提，是结合来将与郑文的实战情况进行。推理的大前提是："如果是秦朗，必然武艺高强"；其小前提是："来将武艺不高强"，由此得出结论："来将不是秦朗"。两步推理分别属必要条件假言推理和充分条件假言推理。

采用两步推理得出秦朗为假的结论后，孔明继续做了如下的推理：大前提是："如果郑文投降为真,那么必然会识破假秦朗";小前提是"郑文并不去识破假秦朗"。由此推出结论："郑文投降为假"。

郑文来降时,孔明手头掌握两条有关信息:一是司马懿不轻用人;二是秦朗被司马懿加为前将军。通过郑文与来将的交战,他又获取了第三条信息,即来将武艺不高。孔明并不知道郑文投降的真假,但他通过上述严密的逻辑推理,对已知信息进行加工,得出了郑文投降为假的结论。

可见,逻辑推理在辨认信息方面有着重要的作用,它是领导者应该具备的分析事情和辨认信息的基本能力之一,领导者应学会并善于运用它为自己的工作服务。

五、领导权谋

权谋可以看作是对许多特殊事情灵活性的变通处理,它是领导根据具体情况,为达到一定目的而采取的非常特殊的手段。关于领导权谋,在许多地方已有所涉及,这里仅列举其若干方面。

(一)借刀杀人与反间计

对自己的敌人,自己不好除掉或者无法除掉,于是假手于人,让别人除掉他以达到自己的目的,这种手法被经常用到。周瑜因怕蔡瑁、张允传给曹军水上战法,于是连续制造虚假信息,借曹操之手杀掉二人。曹操曾因慢待祢衡,受到祢衡当众辱骂,手下人主张杀掉祢衡,但曹操顾虑说:"此人素有虚名,远近所闻。今日杀之,天下必谓我不能容物。"(第二十三回)遂将他派往荆州去劝降刘表,欲借刘表之手杀之。祢衡去荆州后讥讽刘表,有人建议刘表杀之,刘表说:"祢衡数辱曹操,操不杀者,恐失人望。故令作使于我,欲借我手杀之,使我受害贤之名也。吾今遣去见黄祖，使曹操知我有识。"（第二十三回）遂令祢衡去江夏见黄祖。祢衡见黄祖后评价他说："汝似庙中之神，虽受祭祀，恨无灵验！"黄祖一怒之下，杀掉了祢衡。这里，曹操借刘表之刀，刘表又转借黄祖之刀，最终杀掉了祢衡。曹操与袁绍军队在白马交战，操遥见袁将颜良率精兵十万排成阵势，心中骇然，遂对身边吕布降将宋宪说："吾闻汝乃吕布部下猛将，今可与颜良一战。"（第二十五回）宋宪领诺出阵，与颜良战不三合，被斩于阵前，与宋宪同降曹操的魏续出阵为同伴报仇，亦被颜良斩首。这里，曹操见颜良军势威严，心中恐惧，要派将迎战颜良，以便弄清其实力，但他手下强将如林，却偏偏让武艺并不突出的宋宪出阵，无非是对吕布手下的降将存有忌心，他要借颜良之刀杀掉宋宪，即使宋宪不被杀掉，也可弄清颜良的虚实。

　　这里有一例高明的借刀杀人。关羽与刘备于徐州失散后投降了曹操，投降的一项条件是：若知刘备下落，便当离去。操为笼络关羽，对其非常厚待，关羽遂将这项条件改为，一定要向曹操报效立功后再离开。因曹操非常心爱关羽的人才，遂采纳了谋士荀彧的建议，决定不让关羽立功，使他永远不得离去。白马之役，颜良连斩宋宪、魏续二将，勇不可挡，徐晃与其只交战二十合便败归本阵，曹操选不出可与颜良相敌的勇将，心中忧闷。程昱提议让关羽迎战颜良，操顾虑说："吾恐他立了功便去。"程昱解释说："刘备若在，必投袁绍。今若使云长破袁绍之兵，绍必疑刘备而杀之矣。备既死，云长又安往乎？"（第二十五回）按照程昱的提议，让关羽出战，可以一箭三雕：第一，关羽斩掉颜良，破了眼前大敌；第二，袁绍杀掉刘备，除掉了心腹大患；第三，刘备死后关羽无处可投，会一心投靠曹操。操闻计大喜，立刻派人去请关羽赴前线。后来只是由于刘备在袁绍跟前的极力辩解和袁绍的决事无断，才使其中的第二次借刀杀人未逞。

　　借刀杀人计的采用要分清具体情况。曹操一箭三雕的连锁式借刀杀人计可谓绝妙高招，类似的情况也曾发生在刘备集团。刘备的军师徐庶见到母亲相召的假书信后，不明真相，即要告别刘备，前往许都，孙乾私下对刘备建议，让刘备强留下徐庶以激怒曹操，借曹操之刀斩掉徐母，以坚定徐庶跟随刘备、反对曹操的决心。刘备以施行仁义为理由，坚决反对这样，最终放掉徐庶。刘备在这里的情况与曹操对待关羽的情况看起来相似，但其实有着根本的不同，其不同的要害在于：关羽迎战颜良时，他本人并不知道刘备在袁绍处，因此才斩颜良、诛文丑，虽给兄长刘备造成生命威胁却不怨恨施计人曹操；而徐庶在刘备军中，本人已知道母亲在曹操那里，如果刘备将徐庶扣留不放，导致徐母被杀，那徐庶必然转而怨恨施计人刘备，这样，刘备即使借刀杀人成功，也得不到任何好处。刘备这里的情况与曹操当时的情况大不相同，因此绝不能采纳孙乾的建议，只能以恩感之，将徐庶放走。

当互有矛盾的两个敌人结成一团时，采用"冷处理"的办法，亦可收到借刀杀人的效果。袁绍被曹操连续击败后忧郁患病而死，儿子袁谭、袁尚暗争权位，准备以武力相拼，但慑于曹操大兵压境，遂联合御敌。曹操谋士郭嘉分析了袁氏兄弟"急之则相救，缓之则相争"（第三十二回）的趋势，建议曹操撤军，待其内变而击之。曹操采纳了他的建议，挥师南下，征讨刘表。果然，袁谭见曹操撤兵，遂向袁尚争夺袁绍继承人地位，二人刀枪相见，互相消耗，最后袁谭投降曹操，操乘机率兵北还，一举平定了河北。这里，曹操对二袁采取"冷处理"的办法，给他们创造出矛盾激化的条件，借袁谭之刀杀袁尚，又借袁尚之刀杀袁谭，不费自己刀枪，削弱两股敌人。袁谭死后，袁尚、袁熙兄弟被曹操击败，远投辽东公孙康，欲养成气力，恢复河北失地。鉴于公孙康久不臣服，现又有二袁相投，操手下许多人提议迅速追击二袁，兼征辽东。谋士郭嘉于病危中上书曹操说："今闻袁熙、袁尚往投辽东，明公切不可加兵。公孙康久畏袁氏吞并，二袁往投必疑。若以兵击之，必并力迎敌，急不可下；若缓之，公孙康、袁氏必自相图，其势然也。"（第三十三回）曹操遂按兵不动。公孙康闻知二袁来投，遂聚手下人商议此事，一部分人认为，袁绍过去常有吞并辽东之心，现袁尚等兵败来投，日后必有争夺之意，建议斩首以献曹操；一部分人担心曹操引兵下辽东，认为二袁可以成为抗拒曹操的借用力量，建议收纳他们。最后，辽东领导集团做出决定，派人探听曹兵消息，"如曹兵来攻，则留二袁；如其不动，则杀二袁，送与曹公。"当探知曹操按兵不动，并无下辽东之意时，公孙康遂在宴席间斩杀了二袁，送首级给曹操，曹待二袁首级至，立刻回兵。这里，曹操连续采用"冷处理"的办法，消灭了袁绍的残余势力。两个集团或两个个人之间总有一定的密疏间隔，当外部压力增大时，其间隔距离就减小；当外部压力取消或减小时，其间隔距离就相对增大，曹操利用这种规律，两次对内部矛盾较大的敌人"冷处理"，给他们提供矛盾激化的条件，借敌人之刀杀敌人，收到了极好的效果。他的这种"冷处理"不同于现今领导工作中对棘手问题的冷处理，而是一种借刀杀人的积极性进攻手段。

为了借刀杀人，常常用到反间计，孔明南征时，首先碰到雍闿、朱褒与高定三股叛军联合进攻，孔明在同一事情上反复使用反间计，使高定分别诛杀了雍闿和朱褒。第一次，他在战斗中捉拿了雍闿、高定的士兵，把他们分别关押，放出风声说："但是高定的人免死，雍闿的人尽杀。"（第八十七回）孔明先将雍闿的人押解到帐前，故意问他们是何处部从，这些人只怕被处死，谎称他们是高定部下人，孔明将其免死赏酒，纵放出营。随后又将高定的人解到帐前，赐以酒食，对他们说："雍闿今日使人投降，要献汝主并朱褒首级以为功劳，吾甚不忍。"即放他们回寨。雍闿听到自己回营军士的汇报，对高定起了戒备心；高定听到自己军士的汇报，亦对雍闿产生了猜疑。第二次，蜀兵在半路上俘获了高定的密探，孔明故意将其认作雍闿的人，唤入帐中问道："汝元帅既约下献高定、朱褒二人首级，因何误了日期？"军士含糊应答后，孔明赐以酒食，下密书一封，付给军士说："汝持此书付雍闿，教他早早下手，休得误事。"探子回到高定营寨，说知所遇实情，并将孔明给雍闿之书交付高定，高定看信大怒，认定雍闿必有异心，遂率兵杀进雍闿营寨，将其斩首。第三次，高定斩杀雍闿，提其首级来降孔明，孔明从匣中取出一封信对高定说："朱褒已使人密献降书，说你与雍闿结生死之交，岂肯一旦便杀此人？吾故知汝诈也。"喝令将高定斩首，高定极力辩解。孔明对他讲："吾亦难凭一面之词，汝若捉得朱褒，方表真心。"高定领诺，又率兵杀奔朱褒营寨，最后斩朱褒之首献给孔明，孔明三次连用反间计，借高定之刀杀了雍闿与朱褒。

反间计是三国时期的军事领导人使用最多的计策。王允离间董卓与吕布，杨彪离间李傕与郭汜，蔡瑁题反诗离间刘备与刘表，周瑜离间蔡瑁与曹操，曹操离间马超与韩遂，刘备通过贿赂杨松离间张鲁与马超，曹操贿赂杨松离间张鲁与庞德，孔明以假布告离间魏主曹睿与司马懿，蜀兵扮假姜维以离间姜维与夏侯楙，司马懿让苟安回成都散布流言以离间孔明与刘禅，钟会改动邓艾的奏表以离间邓艾与司马昭等等，在这些事件中，反间计都起到了不同程度的作用。

（二）对各种矛盾的特殊处理

可以把群雄纷争和三国鼎立看成一个矛盾系统，在这一系统中，包含有各种各样的矛盾，用特殊方法处理各种不同情况的具体矛盾，体现了领导艺术中灵活性的策略原则。这里列举十种特殊方法，将其看作领导权谋的一个方面。

平衡矛盾　孔明安排关羽伏兵华容道释放曹操，对外，他平衡了本集团与曹操和与孙权的矛盾；同时，他通过对关羽罪过的追究，平衡了本集团内部故旧人员与新进人员的矛盾。平衡矛盾乃是在矛盾的发展中求得对自己有利的适度，而在矛盾的发展要超出这种适度时给予必要的制止。

延缓矛盾　刘备要集中军事力量对付曹操，在东吴酣战曹兵即要胜利时他乘隙袭取荆州等地，为了避免和盟军的内部争斗，他向孙权说是

"借"荆州。刘备集团与孙权集团纷争很大,占有荆州却推说是借占,是在延缓双方矛盾的处理时机。彝陵之战后,蜀国邓芝连续赴吴复修两国关系,孙权问邓芝说:"若吴、蜀两国同心灭魏,得天下太平,二主分治,岂不乐乎?"邓芝回答说:"天无二日,民无二主,如灭魏之后,未知天命所归何人。"(第八十六回)孙权称邓芝言语之诚实,可见,吴、蜀之间的所有和好措施都是一种延缓矛盾的手段。延缓矛盾乃是面临主要矛盾时,对次要矛盾解决时机的一种推迟。由于主要矛盾的存在,这种推迟可以为次要矛盾的双方所共同接受。

回避矛盾 刘表集团内部有两个宗派,一个是以刘表后妻蔡氏及其家族所组成的宗派,一个是以刘表前妻所生的长子刘琦为首的宗派。蔡氏家族掌握军权,欲拥立刘表幼子刘琮充当刘表的继承人,于是对刘琦多方迫害,刘琦势单力薄,又生性懦弱,唯求脱身免祸,后来在孔明、刘备的暗中指点下,他远居江夏以避祸,回避了与蔡氏集团的矛盾。刘表曾请刘备帮他征讨孙权以报黄祖之仇,刘备以"容徐思良策"以推脱,也回避与孙权集团发生矛盾。可见,回避矛盾乃是由于力量上或战略上的考虑,对业已存在或可能发生的矛盾采取不介入的态度,以避免与另一方发生直接的矛盾冲突,达到保存自己的目的。

掩盖矛盾 刘备在曹操身边参加了董承的反曹密盟,表明和曹操的实际矛盾已经激化,但他身处曹操的掌握之中,生怕曹操发觉他的密谋,于是就在后园种菜,亲自浇灌,想让曹操产生错觉,把自己看成一个没有政治追求、胸无大志的人,借此以掩盖他与曹操的实际矛盾。可见,掩盖矛盾是由于力量上和策略上的考虑,在矛盾的解决时机没有成熟之前用一种假象将其掩盖起来,它不是对矛盾的回避与抹杀,而是用假象麻痹对方,暗中等待矛盾的解决时机或准备解决矛盾的条件。

抹杀矛盾 孔明气死周瑜后又去周瑜灵前吊丧,其情非常悲切。江东众将见此情景都相互议论说:"人尽道公瑾与孔明不睦,今观其祭奠之情,人皆虚言也。"周瑜职务的接替人鲁肃见到孔明的悲切之情，也很伤感，私下想道："孔明自是多情。乃公瑾量窄，自取死耳。"（第五十七回）这样，孔明就完全了结了以往的一段冤情，抹杀了他与周瑜的旧有矛盾。曹操在官渡从袁绍军队败退的遗物中捡到一束后方人员战前私通袁绍的书信，他不曾相看，一烧了之，这也是抹杀内部矛盾的一项措施。可见，抹杀矛盾乃是着眼于未来，对原有矛盾采取否认的态度，并辅之相应的措施以中断矛盾继续发展的可能。抹杀矛盾不同于掩盖矛盾，它不是对矛盾解决时机的等待，而是彻底否认实际存在的矛盾。抹杀矛盾也不同于回避矛盾，它不是对未来矛盾的回避，而是对先前矛盾的否认。

转移矛盾 曹操在征讨袁术时军粮紧缺，他让仓官王垕以小斛向各营按原数发粮，这引起了军士的不满，曹操于是向王垕"借头压军心"，似乎以小斛发粮完全是王垕的作为，与自己无关，这样，军士对曹操的矛盾与怨恨被转移到了王垕身上。孙权获杀关羽后，料与刘备的矛盾必然激化，他怕刘备兴兵报仇，遂将关羽首级送与曹操，似乎杀掉关羽是曹操所指使，希望把刘备对东吴的仇恨转移到曹操身上，这也是对矛盾的转移。可见，转移矛盾乃是采取措施，将自己对别人惹起的激化性矛盾转嫁到第三者身上以解脱自己。它是矛盾的一方制造虚假视象，吸引对方去反对第三者，以追求自身在矛盾中的超脱地位。转移矛盾不同于回避矛盾，它不是不介入矛盾，而是在矛盾斗争中获利后，把对方的报复锋芒引向别人。转移矛盾也不同于掩盖矛盾，它以假象迷惑对方，不是要让对方在心中忽视矛盾，产生思想麻痹，而是要吸引对方仇视别人，把矛盾关系交给第三者。

调和矛盾 刘备在下邳屯军时，和淮南的袁术发生军事纠纷，吕布作为中间人"辕门射戟"，以第三者的身份调解了袁术和刘备的矛盾。在孙权集团内部，年轻将军凌统和降将甘宁因历史原因几次发生冲突，孙权以领导的身份及时给予制止，这种调解避免了本集团内部争斗可能引起的损失,这些都是对矛盾的调和。看来,调和矛盾乃是第三者根据自己的利益需要,凭借自身的某种优势,对矛盾双方的争斗予以化解,调和矛盾的第三者一般具有势力上或权威上的优势,其制止的重点是矛盾双方中的主要一方,它追求的仅仅是矛盾过程中的暂时平静,而不是像平息矛盾一样,追求矛盾的彻底解决。另外,调和矛盾也不同于延缓矛盾,它不是在激烈矛盾未爆发时将其延缓,而是在激烈矛盾爆发后及时给予制止。被延缓了的矛盾一般会不可避免地在将来爆发,被调和了的矛盾有可能不再发生。

利用矛盾 曹操的儿子曹丕和曹植曾为争夺继承人地位产生过很深的矛盾,结果曹丕上台,曹植受贬。后来曹丕的儿子曹睿执政时,孔明派人在魏国贴出署名司马懿的布告,提出要推翻曹睿,扶立曹植,为此,曹睿解除了司马懿的兵权,魏国内部的派别矛盾被孔明所利用。钟会与邓艾伐蜀成功后,二人各欲在蜀中自立为王,司马昭遂让钟会收服了邓艾,他利用二人的矛盾来消灭异己力量。可见,利用矛盾乃是利用原有的某种矛盾以挑起他人之间的纷争,借此达到自己的目的,它是在原有矛盾的基础上采取措施,引发他人之间的新矛盾。借刀杀人一般都是利用矛盾。

制造矛盾 曹操曾用涂抹书信的手段制造过马超与韩遂的矛盾;孔明曾让人假扮姜维制造过姜维与夏侯楙的矛盾。制造矛盾乃是出于自己的需要,以虚假手段制造他人之间的矛盾与纠纷。它是制造假象迷惑两个亲密敌人中的至少一方,以引发他们之间的矛盾。制造矛盾不同于利用矛盾,它没有可以利用的原有矛盾,而是在两个亲密伙伴间诱发矛盾,是无中生有。使用反间计全靠制造矛盾。

扩大矛盾 刘备一直想占有刘璋的益州,但他师出无名,又碍于和刘璋的同宗关系,考虑外界舆论问题,不好下手争夺。在入川帮助刘璋抵御张鲁期间,刘备找借口请刘璋拨给他精兵三四万,军粮十万斛,刘璋对刘备已有戒心,因而回书答应给他四千老弱军和一万斛米以应付,刘备见到使者后撕毁回书,大骂而起,遂对刘璋翻脸,开始争夺西川。这里,刘备写信要兵要粮，后又毁书大骂，实际是要借故扩大矛盾、制造事端，以便师出有名。可见扩大矛盾乃是力量强大的一方对自己和别人之间微不足道的矛盾以某种借口故意激化，以保证在征服对方时较少受到舆论的谴责，它是强大的矛盾一方为了保证自己师出有名而对矛盾的借故激化。扩大矛盾不同于利用矛盾，它以自身所在的矛盾为基础，而不是以他人的矛盾为基础，扩大矛盾者自己直接参与矛盾争斗。扩大矛盾也不同于制造矛盾，制造矛盾多是在他人之间策划矛盾，扩大矛盾多是对制造人自身所在矛盾的作用；同时，制造矛盾是对矛盾无中生有，扩大矛盾乃是使矛盾由小变大。

在谈到矛盾问题时还需要提到，领导在纷乱的矛盾前面，当看到矛盾的一个方面时，应同时考虑到矛盾的另一方面，一个辩证思维的头脑对提高领导者的处事能力是大有好处的。比如曹操和马超军队在潼关大战时，每听到敌方添兵，非但不忧，反倒大喜，甚至为此在帐中设宴作贺。因为他认为敌方增兵固然增加了战斗的困难，但却易于离间，便于全歼，这对自己很有好处。刘备公开反曹前也曾献媚过曹操，煮酒论英雄时，操问他天下英雄是谁，这本是谄谀献媚的绝好机会，但刘备却闭口不提曹操。因为他若指操为英雄，固然会满足操的自负心，博得他一时的欢心，但却等于指出操是一个不甘屈居人下的人，等于识破了其篡逆之心，会遭到操的忌恨。孔明南征孟获时，遇藤甲兵，他们所穿的藤甲用油浸过，刀枪不入，又可覆于水上渡河，孔明由此想到"利于水者必不利于火"（第九十回），于是诱入谷中，以火烧之。这些领导从事情的一个方面，能看到其相反的另一方面，收到了良好的效果。

（三）对棘手问题的应付与推脱

有些事情，因碍于面子或其他原因，当事人不好出面解决或无法明言，于是采取一些应付推脱的手段。

"演双簧" 刘备占据孙权的荆州，久"借"不还，为了应付东吴派来索要荆州的特使，刘备集团的人物演了三次双簧。第一次，孔明听说鲁肃前来索要荆州，遂和刘备商定了对付的办法。鲁肃入府说明了来意，刘备即闻言大哭，鲁肃惊问其故，刘备哭声不绝，这时，孔明从屏后转出，解释刘备痛哭的原因："当初我主人借荆州时，许下取得西川便还，仔细想来，益州刘璋是我主人之弟，一般都是汉朝骨肉，若要兴兵去取他城池时，恐被外人唾骂；若要不取，还了荆州，何处安身？若不还时，于尊舅面上又不好看，事出两难，因此泪出痛肠。"（第五十六回）刘备被孔明的解释触动衷肠，真的捶胸顿足，放声大哭。鲁肃见刘备如此哀痛，遂答应将还荆州之期推迟。这里，刘备与孔明哭的哭、讲的讲，哭的人痛哭流涕，无法出口解释；讲的人置身局外，所言入情入理，两人互相配合，打发走了鲁肃。第二次，刘备得了西川后，孙权假意将诸葛瑾全家老小监禁起来，让他入川乞告孔明还掉荆州，以便放出自家老小。孔明闻知此事，与刘备商定下对付的计策。见到诸葛瑾后，孔明当即答应帮他劝说刘备归还荆州。第二天，兄弟二人入见刘备，呈上孙权书信。刘备看后大怒，拒绝归还，孔明再三再四地哭拜于地哀求，刘备最后答应："看军师面，分荆州一半还之。"（第六十六回）遂给关羽写下书信，让诸葛瑾带去交给关羽。这里，孔明与刘备相互配合，一个苦苦哀求，一个执意拒绝。哀求的，尽到了为弟责任；拒绝的，不失为君本分，他们安排场面，做给诸葛瑾看，最后应付打发他走了。第三次，诸葛瑾拿了刘备的书信前来荆州送给关羽，让他将刘备说定的荆州半土相还，不料关羽翻脸不认，还要斩杀诸葛瑾，这时旁边的儿子关平劝告关羽说："军师面上不好看，望父亲息怒。"（第六十六回）关羽这才住手，喝令诸葛瑾回东吴。这里，关羽发怒要杀，关平劝解阻止，父子配合，有威有情，威以震慑，情以缓和，将诸葛瑾打发。可见，"演双簧"是两个人物为了对付同一个对手而扮演商定的两个角色，其中一个角色置身事中，一个角色表面置身局外，两个角色互相配合，达到同一个目的。

"踢皮球" 诸葛瑾奉命去成都索要荆州，他百般哭诉，又经孔明替他说情，刘备答应还荆州半土，并写信给关羽，让诸葛瑾去荆州对关羽善言相求。诸葛瑾涉水跋山到了荆州，关羽却翻脸不认账，不客气地撵他出走。诸葛瑾并不甘心，又千辛万苦跑到成都，但孔明出巡去了，他只好向刘备哭诉关羽欲杀之事，刘备告诉他："吾弟性急，极难与言。子瑜可暂回，吾取了东川、汉中诸郡，调云长往守之，那时方得交付荆州。"（第六十六回）这里，刘备与关羽均不愿还荆州，但为应付诸葛瑾，各踢皮球：刘备将责任踢给关羽，关羽踢得不着边际；诸葛瑾二次找上门来，刘备又踢得踪影渺茫。诸葛瑾反复奔走，气力耗尽，结果毫无所获，只好回东吴。

以"缓图"推脱 "缓图"历来是"不图"的客气表达。刘备接替陶谦守徐州时，吕布来投，曹操用"二虎竞食"计，写密信让刘备除掉吕布，刘备作书给曹操，说此事"容缓图之"，却将曹操之信交吕布相看，说："刘备誓不为此不义之事。"（第十四回）关羽有条件地降曹，他一见曹操之面，就重申他的条件说："关某若知皇叔所在，虽蹈水火，必往从之。"操回答他："公且宽心，尚容缉听。"（第二十五回）操虽答应为其打听刘备消息，实则对关羽封锁消息，生怕他知消息离去。刘备投刘表时，黄祖在江夏被孙权击败杀掉，刘表再三让刘备去征讨东吴，以报黄祖之仇，刘备推脱不过，最后回答："容徐思良策。"（第三十九回）事实上，孔明的战略思想是将东吴作为日后抗曹的联合力量，他绝不会为报黄祖之仇而结怨于东吴。刘备死后，魏国曾联络东吴一同伐蜀，东吴既不愿伐蜀以做无谓的牺牲，又不愿拒绝伐蜀以结怨于魏国，于是他们向魏国答应出兵相助，又说："军需未办，择日便当起程。"（第八十六回）当一方提出的要求有损于另一方的利益，而另一方又碍于面子，不好直接推脱时，就往往以"缓图"之词来搪塞和蒙混对方。

（四）对特定人物的对付

在某些情况下，可以对特定人物用特殊的方法来对付，由于这些特定人物的身份、交往关系和所处地位的不同以及对付的目的不同，因而采取的方式也可灵活多样。

用警众的手段警告一人　刘备配合曹操在下邳城围困吕布时，曹操让他把守吕布与袁术的联络通道，以提防吕布与袁术相勾结，吕布的将官两番偷过刘备营寨与袁术联络，最后刘备捉拿了一个去见曹操，操当即将其斩首，又警告各寨："如有走透吕布及彼军士者，依军法处治。"（第十九回）这里，刘备营寨两次走漏敌军，操非常不满，想要发落，一是事实既成，无补于事；二是刘备乃盟军部队，不好直接指责，于是他向各寨严申军法。表面上是对所有营寨守将的警告，实际主要是在警告刘备一人。蒋干来江东劝降周瑜，周瑜见他后，第一句话就问："子翼良苦，远涉江湖，为曹氏作说客耶？"蒋干愕然回答："吾久别足下，特来叙旧，奈何疑我作说客也？"周瑜随即摆下筵席，请来手下文官武将，向他们介绍说："此吾同窗契友也，虽从江北到此，却不是曹家说客。公等勿疑。"然后解佩剑交给大将太史慈说："公可佩我剑监酒：今日宴饮，但叙朋友交情，如有提起曹操与东吴军旅之事者，即斩之！"（第四十五回）周瑜的命令看起来是针对所有的赴筵者，实际上是针对蒋干一人，他不给蒋干以任何劝降的机会，以免去许多无谓的口舌之争。这种以警众方式来警告一人的手段约束力大，又不伤面子。

将人物卷入"戏剧"角色　"群英会"后，周瑜为蒋干自导自演了一场戏剧，他用假醉、假睡、假泄密、假梦活、假对话等一系列手法表演，造成气氛，使蒋干有意无意地被卷入戏剧角色。蒋干既当剧之角色，又当剧之旁观者。周瑜表演时他充当旁观者，需要应付周瑜时他进入角色；他实际充当了角色，心里一直自认为是旁观者。周瑜诱他进入角色后，利用他自认旁观者的心理，向他反复兜售虚假信息。蒋干是剧中角色，因而接受剧中所获信息，但他自认是旁观者，因而把所获信息带进现实而深信不疑。周瑜就是用这种手法对付蒋干，进而通过蒋干影响曹操。

以被动的形式表达要求　一个人对对方的要求常是主动地提出，但有时以被动的形式表达，往往效果更佳。魏主曹睿听说孔明又兵犯中原，因大都督曹真患病未愈，遂封司马懿为大都督御敌，但总兵将印在曹真手里。司马懿与曹真以前在前线发生过矛盾纠葛，取印一事若处理不好，必然引起曹真的不快，会加深二人的矛盾。在这种情况下，司马懿亲自去曹真家，他先说到军情的紧急，曹真立即提出愿荐司马懿代替自己领兵，见司马懿推脱，曹真又拿来总兵将印再三相让。司马懿在行为上主动其里，被动其表，以谦让的形式达到了目的。刘备从新野退军江夏后，孔明准备去江东劝孙权共攻曹操，恰好东吴派鲁肃来江夏打探曹军虚实，鲁肃顺便问到刘备以后打算怎么办，孔明回答："使君与苍梧太守吴臣有旧，将往投之。"鲁肃说明了投吴臣的弊端，主动介绍了孙权的情况，建议让刘备与东吴联合，孔明以刘备与孙权素无交情为理由，佯作推脱，鲁肃慨然表示说："肃不才，愿与公同见孙将军，共议大事。"（第四十二回）孔明遂与鲁肃同往江东，后来，他在说服孙权和逗留周瑜指挥部期间，得到了鲁肃的大力协助。这里，孔明本想去江东，却故意把话留给鲁肃，让他说出，收到更好的效果。刘备自从接受了孔明《隆中对》的战略思想后，一直想要夺取西川，西川官员张松被曹操赶出许都，刘备派人将他在半路上接到荆州，设宴款待，张松非常感激，欲献川中地图给刘备，他在荆州三日，几次以言挑刘备谈收川之事，但刘备只是留他饮宴叙情，对川中事只字不提。这里，刘备向张松拉关系的目的是很明确的，但他一直不予表达，只是创造感情条件，以此刺激张松，最后，他对张松的要求由张松自己提出。用被动的形式表达要求，有以下好处：第一，掩藏了心底，显示了自己对对方感情上的纯洁无私，不使对方对自己产生任何疑心，消除了对方可能产生的戒备心;第二,让对方主动提出建议,实施起来能发挥对方的能动性,使其密切配合;第三,被动提出的要求不欠人情债。这种方法的适应对象多是与实施者有隔阂的人或初次相识的人,实施者对对方能否答应自己的要求没有十分的把握,因而以被动的形式表达,这就避免了对方有可能拒绝而出现的难堪。

引诱谋反者主动暴露 曹操平定汉中后回朝不久,许都耿纪、韦晃等五人乘正月十五元宵节城中大张灯火之际,在军营中放火,并领着家兵家僮大造反叛声势,城中一时大乱,亏得曹操几员亲信大将领兵相拒,稳定了局面。叛乱被平定后,曹操将百官领至邺郡,在教场的左边和右边分别立定红旗和白旗,下令说:"耿纪、韦晃等造反,放火焚许都,汝等亦有出战救火者,亦有闭门不出者。如曾救火者,可立于红旗下;如不曾救火者,可立于白旗下。"众官私下想,救火者必然无罪,于是多奔于红旗之下,只有三分之一的人立于白旗之下。操让将立于红旗下的人尽行捉拿,向他们指出:"汝当时之心,非是救火,实欲助贼耳。"(第六十九回)遂将其三百人一齐斩首,而向立于白旗之下的人赐赏。这里,曹操从另一个角度提出分队标准,给人造成错觉,引诱参与谋反的人自动出列暴露。但这种方法有可能冤枉那些冒名领功的无辜者,其辨罪科学性很不严格,很有可能造成错案,因而不宜轻易使用。

(五) 对性别角色和婚姻关系的利用

在男尊女卑的社会中,政治斗争的直接参与人几乎全是男性,所谓对性别角色的利用,就成了领导人对女性角色的利用。在政治斗争中,女性角色有时会起到男性起不到的独特作用。董卓作乱时权倾朝廷,坏事干尽。丁原的挑战、曹操的谋刺、十八路诸侯的讨伐均告失败,群臣无可奈何,敢怒而不敢言。于是司徒王允决定利用性别角色,离间董卓与其义子吕布,借吕布之刀除掉董卓。王允的义女貂蝉有绝代之色,父女二人商议以后，王允先将貂蝉口头许与吕布为妾。几天后，他又将貂蝉献与董卓，让其带回相府，于是挑起了吕布与董卓的矛盾，直至吕布刺杀董卓。在这一事件中，貂蝉的性别角色起了决定性的作用。第一，她在分别与吕布、董卓初次见面时，和王允配合默契，使二人上了"连环计"的圈套。第二，她背过董卓，多次向吕布示情，使吕布加深了对董卓的怨恨。她是第一个公开示意吕布杀掉董卓的人。第三，在董卓准备采纳李儒的建议，要将她赐与吕布时，她闻之大惊，继而向董卓哭道："妾身已事贵人，今忽欲下赐家奴，妾宁死不辱！"（第九回）佯欲自杀，迫使董卓放弃这一想法，保证了计策的成功。王允和貂蝉挑拨吕布，施计成功，完全是利用了貂蝉本人的性别角色。

刘备去东吴入赘为婿，最后返回荆州，整个过程中孙刘双方对性别角色反复利用：第一，孙权请刘备来东吴，实是要扣留刘备，换回荆州。但他是以给妹妹孙仁招婿为名，是对孙仁性别角色的利用。第二，孔明安排刘备去东吴结亲，实是要让刘备利用和孙仁的婚姻关系，加强与东吴的合作，巩固军事同盟。第三，刘备在正月元旦这天私自离开南徐逃回荆州，从定计出走到途中挡回追兵，都利用了他和孙仁的夫妻关系。

董卓之后，李傕、郭汜联合作乱朝廷，太尉杨彪遂让夫人去郭家借"闲谈"机会向郭妻编造郭汜与李傕之妻的所谓"暧昧关系"，使郭妻从中作梗，导致郭、李二人领兵火并，互相削弱。这次反间计成功，是杨彪对郭汜之妻利用的结果。另外，孙权的弟媳徐氏以假许婚的手段除掉了谋害自己丈夫的妫览等人，也是利用了自己的性别角色。

除此之外，汉少帝时的何太后、刘表后妻蔡夫人、袁绍的刘夫人以及徐庶之母等女性人物，都对身边的政治斗争发生过程度不等的影响。这种性别角色是男性所无法取代的，因而会被政治斗争的当事人所利用。

与上述问题相关的，是对婚姻关系的利用。婚姻本是两性相爱的自然归宿，但在古代社会，婚姻的当事人，尤其是女性，没有自我选择婚姻的机会和权力，因而在政治需要的地方，婚姻则成了达到政治目的的手段。

例如，不能否认貂蝉与吕布建立爱情关系的可能性和现实性，但他们婚姻关系所建立的起始动机，完全是出于政治斗争的需要，貂蝉是一位很有个性和才能的女性，她甘愿将自己的婚姻祭献于政治斗争，表明了非爱情关系对婚姻的绝对支配。董卓在十八路诸侯进攻时，主动愿将自己的女儿许配给联军先锋孙坚的儿子；袁术称帝前主动与吕布拉儿女亲事；吕布受困下邳时将女儿缚于身上突围，欲将女儿送给袁术的儿子为妻。这些婚姻关系均是为了政治斗争的需要而设定。

曹操为自己儿女们所安排的四次婚姻是很别致的。第一次，袁绍的儿子袁谭与袁尚争夺冀州，袁谭兵败来降，操曾对荀攸关于先除袁尚、后灭袁谭的建议表示欣赏，亦曾向辛毗问过"袁谭之降，真耶诈耶？"（第三十二回）但等袁谭领吕旷、吕翔来营当面纳降时，他高兴地将自己的女儿许与袁谭为妻，并令二吕为媒。袁尚被操击败远遁，袁谭收降其众，他拒赴曹操之召，操遂驰书绝其婚约，率兵征讨，直至击败斩杀之。这是一次未能实现的婚约，"真耶诈耶"，未可断定，可能是曹操为稳定袁谭之心而采取的一种策略性手段，也极有可能是他在许婚之时就抱着一种两可的随机性态度，他要观察袁谭的态度，以袁谭的"真耶诈耶"来决定自己的"真耶诈耶"。第二次，曹操夺取冀州后，对袁绍之府采取保护措施，派将守卫其家门，不许诸人进入，操的儿子曹丕恰随父出征，他强入绍府，偶然发现了身居府中的袁绍次子袁熙之妻甄氏玉肌花貌，有倾国之色，曹丕遂产生爱慕之心。曹操闻知曹丕强入绍府，乃唤出责备，袁绍夫人刘氏向操提出愿将甄氏献与曹丕为妻，操让唤出甄氏，看了一阵后表态说："真吾儿妇也！"（第三十三回）遂令曹丕接纳为妻。这是曹操对儿子自主婚姻的一次承认与赞许，并给予了必要的支持。第三次，曹操曾将自己一女送与汉献帝为贵人。操晋升为魏公后不久，伏皇后征得汉帝同意，写密诏通过宦官穆顺送与父亲伏完，欲谋诛曹操，操发现了这次密谋后，将伏皇后乱棒打死，又鸩杀其所生二子。事后，他对献帝讲："陛下无忧，臣无异心。臣女已与陛下为贵人，大贤大孝，宜居正宫。"（第六十六回）献帝从之，遂册立曹操之女曹贵人为正宫皇后。曹操挟天子令诸侯以来，任丞相之职，朝中董皇后、伏皇后先后联络董承、伏完，唆使他们组成密谋集团以诛杀曹操，这次，操安排自己的女儿为正宫皇后，是稳定朝廷的措施，有效地防止了"后院起火"的现象。第四次，夏侯渊在汉中被黄忠斩杀后，操非常痛惜，为了表达他对夏侯渊家小的抚慰，他将自己的女儿清河公主许配给夏侯渊的儿子夏侯楙，夏侯楙乃膏梁子弟，懦弱无谋，而一旦成为驸马，朝中钦敬。曹操的这次婚姻安排带有抚慰的性质，他是以此作为对亡将的感情补偿。

六、若干谋略活动评析

谋略是人们为解决某一实际问题或达到某一目的而设定的特定的对策和方案，是领导活动的一部分，其中体现着领导对问题的认识与把握程度，体现着设定人的能力与水平。谋略的正误优劣一般只能在设定活动结束后才能做出最后的判断，然而失败的谋略一开始就违背着人们认识的基本准则。这里任选出三国前期若干谋略活动做些评析。

（一）何进谋诛宦官的拙劣策划

汉灵帝（公元168年—189年在位）晚期，黄巾起义被基本镇压后，朝中宦官与外戚的斗争仍旧持续不绝。而外戚又分为不同的派别，他们有的与宦官相互勾结利用，朝政斗争错综复杂。灵帝刘宏有两个儿子，皇子刘辩为何贵人所生，皇子刘协为王美人所生，后来何贵人鸩杀了王美人，刘协由刘宏之母董太后养育。刘宏病重时，与董太后及中常侍（东汉时为传达诏令和掌理文书的宦官）蹇硕商议欲立爱子刘协为太子，但顾虑何太后之兄何进为大将军，执掌兵权，遂召何进入宫，欲秘诛之，却被何进知觉，双方的矛盾已是剑拔弩张。

何进归私宅召诸大臣商议尽诛宦官，议事未决，宫内知情人忽来密报："帝已崩。今蹇硕与十常待商议，秘不发丧，矫诏宣何国舅入宫，欲绝后患，册立皇子协为帝。"（第二回）说完不久，使命即到，宣召何进即速入宫，以定后事。紧急关头，何进与大臣策划了两项重大行动：

第一，司隶校尉（负责管理奴隶、俘虏以及劳役、捕盗的官职）袁绍点御林军五千，全身披挂，护卫何进等三十余员大臣相继而入，就灵帝枢前，扶立11岁的皇子刘辩即位，接受百官呼拜仪式。

第二，即遂入宫收诛蹇硕。灵帝曾认为蹇硕壮健而有武略，任之为上军校尉，参与军权。何进一并将其追杀，收编其所领禁军。

袁绍率兵欲乘势尽诛宦官，宦官张让等情急之下去何太后处乞求怜悯。何家起身屠户，何太后密谓何进说："我与汝出身寒微，非张让等焉能享此富贵？"主张赦免宦官。后来，何太后与董太后的矛盾公开化，何进贬黜董太后并使人鸩杀于驿庭，收缴董氏亲族之权，宦官又借机散布流言，诋毁何进，欲夺权柄。袁绍等再次提出尽诛宦官之议，何进去征求何太后意见，何后明确反对说："中官统领禁省，汉家故事。先帝新弃天下，尔欲诛杀旧臣，非重宗庙也。"

鉴于宦党乱朝而太后又反对诛灭，袁绍向何进策划说："可召四方英雄之士，勒兵来京，尽诛阉竖。此时事急，不容太后不从。"主簿陈琳认为，"将军仗皇威，掌兵要，龙骧虎步，高下在心。若欲诛宦官，如鼓洪炉燎毛发耳。但当速发雷霆，行权立断"。（第二回）建议当机立断，就地诛灭。典军校尉（统率中央兵之官职）曹操认为，"宦官之祸，古今皆有……若欲治罪，当除元恶，但付一狱吏足矣"。（第三回）何进最终采纳了袁绍的意见，他暗差使命，赶赴外镇召兵入京师。

张让等宦官知外兵将至，决定先行下手。他们安排刀斧手五十人藏于太后所居的长乐宫门内，一面入告太后，请垂怜赐救。何太后不知张让等阴谋，遂宣何进入宫，欲为宦官请赦。

何进得诏欲行，陈琳谏道："太后此诏，必是十常侍之谋，切不可去，去必有祸。"曹操提议："先召十常侍出，然后可入。"袁绍提议："今谋已泄，事已露""公必欲去，我等引甲士护从，以防不测。"（第三回）经过一番策划，由袁绍之弟袁术带精兵千余，布于宫外，袁绍与曹操带剑护送何进至长乐宫前。黄门传懿旨："太后特宣大将军，余人不许辄入。"于是何进只身昂然入宫，被事先埋伏的刀斧手斩杀。袁绍等人闻变，率兵杀进宫中，起事宦官大部被杀，部分宦官乱中劫拥少帝刘辩及陈留王刘协避走北邙山荒野之地。

何进谋诛宦官，不仅自身被杀，少帝被劫，朝中一时大乱，而且凉州刺史董卓带甲二十万入京，后来擅行废立、独霸朝政，加速了东汉王朝的没落。可以说，何进诛宦官是一次不顾客观实际、恣意妄行的失败的政治策划。

首先是，宦官在东汉后期已形成一股政治势力，这股势力渗透于社会政治的各个层次，已成了帝后王公政治生活的依赖，也成了东汉王朝专制体制中的重要成分。何太后认为宦官统兵参政，是汉家一直沿袭下来的平常事，并认为自己何家的发迹也曾依赖于宦官，因而一再为张让等人开脱求免，这反映了当时的历史背景和帝后宦官相利用的政治现实。朝臣如能伺机对宦官之元恶借罪制裁，抑制其势力，那是可能的；但如欲尽诛宦官，则实际上成了对东汉王朝本身的砍斫。任何一位以王朝为立身依凭的官员，实际上都不可能实现尽诛宦官的心愿。曹操当时就对何进讲："宦官之势，起自冲、质之时（指东汉144年—146年在位的两个皇帝），朝廷滋蔓极广，安能尽诛？"（第二回）可惜何进对青年曹操的意见不能认真对待。

另外，何进暗召外兵入京除宦，也犯了许多立朝执政的大忌：其一，召兵入京，其事必泄。陈琳对何进说："俗云：'掩目而捕燕雀'。是自欺也。微物尚不可欺以得志，况国家大事乎？"（第二回）在宦官势力极广的情况下，四方之兵入京的大事，宦官绝不可能无所听闻，所谓"暗召外兵"，只不过是掩耳盗铃，自欺欺人之谈。而董卓奉诏入京时，为达到名正言顺的出兵效果，甚至公开上表除宦，事已无密可言。其二，尚未除宦，而除宦名声已成，这即是"倒持干戈，授人以柄"，何进尚未动手，即已促成了宦官作乱，自身为宦官阴谋所害。其三，召大臣带兵进京，在当时王朝衰弱、众心不一的情况下，豪强聚京，必然会演出一场觊觎神器的争斗之剧，这就不是召兵者所能控制得了的。董卓后来在京师的所为正说明了这一点。可以认为，何进即使不被宦官所杀，也定会为后来拥兵入京的董卓所难容。

何进手握重权，又有众位大臣相助，剪除几个宦官首恶，本来易如反掌，他召外兵除宦，大概是因为何太后保护宦官，以外官名义除宦，带点"逼宫"的意思吧，剪灭宦官之举，所维护的其实主要是何氏外戚集团的政治利益，这一政治大计尚不能争取到妹妹何太后的理解和支持，所召外兵之将董卓又非何氏亲信，贪如豺狼，难受控制。在众位大臣的策划中何进选取了这一方案，表明了其政治水平的低劣。他在长乐宫死于宦官之谋，也许是可以避免的，但他身居高位，不能驾驭江河日下的王朝中激烈冲突的各种复杂政治势力，身败名裂，却是必定的，是"智不足而权有余"（《后汉书·何进传》语）的自然结果。

（二）王允计杀董卓

董卓为相国后，在朝中大施淫威，滥杀无辜，且纵兵抢劫民女，残害京郊百姓，惹得天下共愤。他不久自号"尚父"，僭用天子仪仗，大封董氏亲族，为非作歹，有变本加厉之势，一时间，除掉董卓成了天下志士的共同心愿。

在专制统治社会，除掉朝中恶势力的惯常方法不外两条，一是用谋刺的手段杀掉元凶；二是以武力摧毁其政治势力。为了除掉董卓，年轻校尉曹操曾利用董卓对自己的信任，以敬献宝刀为借口接近董卓，欲行谋刺，但因吕布的侍卫和董卓的察觉而未能得逞,此事引起了董卓对自身警戒的加强,谋刺之方再难施行。不久,袁绍和曹操组织十八路诸侯讨伐董卓,期冀以武力摧毁董卓的政治势力,但因人心不齐、调度无方,难抵吕布之勇,终于功败垂成。至此,天下再难组织起一个强大的诸侯联盟,与董卓武力相抗之路亦告中断。董卓挟汉献帝刘协和朝中百官,强行迁都于长安,把持朝政,愈加骄横肆虐,百官终日惊恐,敢怒而不敢言。

司徒王允心忧朝廷,在除灭董卓的惯常两法均告失败后,他做出了一项异乎寻常的策划。王允府中养有歌伎貂蝉,青春年少,色伎俱佳,是为王允义女,承蒙大恩,誓以死报。王允深知此情,领入密室策划说,"贼臣董卓,将欲篡位;朝中文武,无计可施。董卓有一义儿,姓吕,名布,骁勇异常。我观二人皆好色之徒,今欲用'连环计':先将汝许嫁吕布,后献与董卓,汝于中取便,谍间他父子反颜,令布杀卓,以绝大恶,重扶社稷,再立江山"。(第八回)征得貂蝉同意后,王允依策而行,果然使吕布与董卓最终反目为仇,吕布刺死了董卓,协助王允除了国之大害。

董卓霸政作恶的最大保障是有吕布相助,吕布勇力过人、武艺超众,曹操谋刺和诸侯讨伐所以失败,正是由于吕布对董卓的忠心侍卫和保护。看来,除掉董卓的要害在于设法破除二人沉瀣一气的关系,王允的连环计正是抓住这一要害点做文章的。

连环计是施计者抓住对手的关键性弱点,用一种小的东西牵制对手,将其导入与另一势力不可解脱的矛盾纠葛中,收借刀杀人之效。董卓、吕布贪残凶暴、义同父子,难以言语离间,但二人皆好色之徒,王允抓住他们的这一弱点,将闭月美女貂蝉先许予吕布,后又设法让董卓娶走,给吕布造成董卓骗娶了自己美妾的印象,既使失掉美妾的吕布心恨董卓,又让董卓对吕布产生争夺美妾的戒备和猜疑。董、吕二人有父子关系,对同一女人占有的不可转让性、相互争夺的非伦理性,极易使他们相互憎恶和仇恨,加之貂蝉从中配合、两头取媚,对吕布常常暗送秋波,多方鼓励,终使吕布轻易接受了王允的激将,下定了刺杀董卓的决心。

董、吕反目的迹象也许已为当时的政治敏感人士所提前觉察。据《后汉书·董卓传》和《三国志·董卓传》载，有人将"吕"字书写于布上，想法让董卓看到，以为提醒，但并未引起董卓的重视。董卓在一次赴殿途中被王允安排的武士包围，呼吕布相救时被吕布上前刺死。

王允的策划是在除灭董卓的惯常两法均告失败后出奇制胜的高招，他对两个互相借重、狼狈为奸的敌手投之以绝色，利用人性的弱点，以伦理观念相刺激，引诱他们互相争夺和吞噬，不仅断绝了其亲密关系，而且以毒攻毒，借恶除恶，收到了绝好的效果。

（三）"二虎竞食计"与"驱虎吞狼计"

曹操移驾许都后，听说刘备接替陶谦为徐州牧，吕布又兵败投靠刘备，屯兵小沛。操怕二人结为同心，引兵来犯，心中深以为患，遂商议对付之策。谋士荀彧分析了刘备和吕布各人的情况，策划了"二虎竞食"之计，对曹操说："今刘备虽领徐州，未得诏命。明公可奏请诏命实授备为徐州牧，因密与一书，教杀吕布。事成则备无猛士为辅，亦渐可图；事不成，则吕布必杀备矣。"（第十四回）曹操照策办理，即时奏请诏命，送往徐州，封刘备为征东将军、宜城亭侯，领徐州牧，并付密书一封。

刘备、吕布都是曹操争夺天下的潜在对手，荀彧此项策划是"亲而离之"（《计篇》）的策略，其要害是要挑起两人矛盾，唆使他们相争夺，而两人中无论谁兵败被杀，都是曹操的一个胜利。曹操时为大将军，他深知刘备虽被陶谦推让为徐州牧，但缺少的是被朝廷正式认可的名分，对刘备这样一位极重功名与规范的人说来，这一名分是他极为期盼的。而曹操掌握汉帝，正好握有发给地方官员某种名分的特权。于是，他以朝廷名义颁发给刘备实际早已到手的职位任命状，并让使者明告刘备："君侯得此恩命，实曹将军于帝前保奏之力也。"让刘备落下自己厚重的人情，感恩戴德，然后交给刘备杀掉吕布的密信，显示出对刘备异常的亲密和看重。

刘备实非寻常之人，他对密书所托之事似乎允诺，但次日吕布自小沛前来祝贺刘备受命之喜，却并无丝毫相害之意。张飞无意间泄漏了曹操密信之托，此事已欲瞒不能，刘备于是领吕布入后堂，将曹操密书送与吕布相看，并对心神不安的吕布明确表态说："兄勿忧，刘备誓不为此不义之事。"使吕布极受感动。事后刘备对关羽、张飞解释说："曹孟德恐我与吕布同谋伐之，故用此计，使我两人自相吞并，彼却于中取利。"

荀彧的策划原本是利诱刘备，挑起矛盾，使刘、吕二人相互吞并和削弱，但刘备心明如镜，他吃下诱饵不上钩，经他一倒腾，既接受了朝廷的任命，又一时巩固了与吕布的联盟，同时还向吕布显露了曹操的奸诈，表明了自己的光明磊落和仁义胸怀，使"二虎竞食"计落空。

曹操削弱刘备的目的并未达成，荀彧又做了一项新的策划。他告诉曹操："可暗令人往袁术处通问，报说刘备上密表，要略南郡，术闻之，必怒而攻备；公乃明诏刘备讨袁术，两边相并，吕布必生异心：此乃'驱虎吞狼'之计也。"（第十四回）曹操依策而行，先使人往袁术处通告，后派使者往徐州。

刘备接到诏书，明知是曹操之计，但王命不可违，只好留下张飞守城，自己与关羽带三万人马南攻袁术。袁术已听曹操说刘备上表，欲吞其州县，不禁勃然大怒，派上将纪灵起兵十万，杀奔徐州，两军相拒于盱眙，数战不决。屯居小沛的吕布乘徐州守将张飞酒醉之时偷袭了徐州，吕布甚至接受袁术利诱，欲出兵盱眙夹击刘备，导致刘备前线兵败。后来虽被吕布请回小沛，但二人的关系已明显僵化。

驱虎吞狼计的要害仍在于挑起刘备与吕布的矛盾，借吕布以削弱刘备。此计是借朝廷之命调出刘备，造成徐州防守的空虚，然后利用吕布贪婪无义的特点，料其必乘隙攻取徐州，借此造成二人相互攻夺之势。刘备离开徐州前，也料到诏命中包含曹操阴谋，但他接受了朝廷正式任命，即为朝廷官员，所以难辞诏命，这也是人们常有的一种职务之累。而且，刘备即使不出兵，受到曹操密告挑拨的袁术也必然要派兵攻夺徐州。刘、袁双方的军事对峙不可避免，徐州防守的空隙自会出现，饿困小沛的吕布见机而作，争夺徐州，也就顺乎其理。

驱虎吞狼的策划虽未达到除掉刘、吕二人之一的目的，但刘备的力量被削弱，其与吕布的矛盾加深了，形成刘备后来协助曹操围剿吕布的思想前提，总之这是曹操谋略运筹的一个胜利。

（四）贾诩决胜濮阳、智料敌情

曹操迁都许昌后的第三年，率大军至南阳讨伐张绣。南阳城壕甚阔，水势又深，急难近城，曹操令军士运土填壕，又用土袋和柴草于城边作就梯凳，他立于云梯上窥望城中，又骑马绕城观看，如此三日。之后传令教军士于西门角上堆积柴薪，会集诸将，准备在那里攻城。

贾诩时为张绣谋士，他分析说："某在城上见曹操绕城而观者三日。他见城东南角砖土之色新旧不等，鹿角（阵地营寨前的一种防卫工事）多半毁坏，意将从此处攻进，却虚去西北上积草，诈为声势，欲哄我撤兵守西北，彼乘夜黑必爬东南角而进也。"根据这种分析，他策划了晚上的守城方案："可令精壮之兵，饱食轻装，尽藏于东南房屋内；却教百姓假扮军士，虚守西北，夜间任他在东南角上爬城。俟其爬进城时，一声炮响，伏兵齐起，操可擒矣。"（第十八回）张绣依策布置。

曹操听说张绣加强了西北角的防御，东南却甚空虚，暗自得意，命军中暗备爬城器具，日间引军攻西北，夜间二更时分，领精兵赴东南角爬上城去，砍开鹿角，一齐拥入。只听一声炮响，城中伏兵齐出，曹兵大败，折兵五万余人，败退而归。

曹操是一位出色的军事家，面对南阳城的坚固守防，他决定采取"避实而击虚"（《虚实篇》）的策略，选择薄弱环节实施进攻。经过三天观察，他终于发现南阳城东南角防御工事上的缺陷，于是把用兵的方向确定于此处。根据兵法上"用而示之不用，近而示之远"（《计篇》）的原则，他要向守城者显示出不在东南方用兵的意图，于是集结兵将于西北，按照"形之，敌必从之"（《势篇》）的原则，示形于敌，企图调动敌方专注于西北防御，进一步造成东南防御的薄弱，使自己的进攻收到"由不虞之道，攻其所不戒"（《九地篇》）的良好效果。

贾诩谋才超众，且深知曹操之能。他认定曹操的攻城方向必选择于守御的薄弱之处；而且，深谙"诡道"原则（《计篇》）的曹操绝不会鲁莽地把自己选定的攻城方向提早暴露。即是说，他集结兵将的西北方向正好不是实际选择的攻城之处。参照城之东南鹿角多毁的事实，贾诩满有把握地断定曹操观察多日所选定的攻城方向必在东南。

兵法并不提倡全面防御，提醒人们"备前则后寡，备后则前寡；备左则右寡，备右则左寡；无所不备，则无所不寡。"（《虚实篇》）守城须安排重点防御之处，贾诩自然把曹操要攻入的东南方作为防御重点，安排精壮之士伏兵以待。

贾诩伏兵待敌，也想收到"出其不意"（《计篇》）的杀伤效果，他遵循兵法关于"善守者，藏于九地之下"（《形篇》）的原则，将伏兵藏于东南房屋之内，"以佚待劳，以饱待饥"（《军争篇》）。同时，为了坚定敌人自东南来攻的决心，对诡诈之敌按照"顺详（佯）敌之意"（《九地篇》）的原则，假装顺从敌人意图，故意安排人员虚守西北，以东南无备而示形，进一步调动敌人。当曹军自东南入城时，贾诩的守城伏兵骤然转入反攻。"善攻者，动于九天之上，故能自保而全胜也。"（《形篇》）贾诩守城策划的成功，同时也是他所活用的兵法思想的胜利。

曹操在南阳城被张绣军队打败后退归，张绣联络刘表乘势夹击，曹操在安众之地小胜张、刘二军，于隘外下寨，双方对峙待战。曹操忽闻袁绍兵犯许都，慌忙收拾回兵。张绣欲引兵追击，贾诩坚决反对，认为追之必败。刘表力劝张绣引兵追杀，二人赶上曹军后队，被打得大败而还，张绣对贾诩略表谦意，贾诩建议重新引兵追击，并坚定地表示："今番追去，必获大胜；如其不然，请斩吾首。"刘表疑虑未去，张绣自引一军追之，果然大败曹军，缴获许多军马辎重。事后刘表请教贾诩说："前以精兵追退兵，而公曰必败；后以败卒击胜兵，而公曰必克。究竟悉如公言，何其事不同而皆验也？"贾诩解释说："将军虽善用兵，非曹操敌手。操军虽败，必有劲将为后殿，以防追兵。我兵虽锐，不能敌之也，故知必败。夫操之急于退兵者，必因许都有事，既破我追兵之后，必轻车速回，不复为备，我乘其不备而更追之，故能胜也。"（第十八回）刘表、张绣叹服其见。

贾诩所以能准确地判断出曹兵的防备情况，是因为他一开始就把曹操看成一位高于常人的军事家。曹操熟读兵法，自然在退兵时会提防张绣、刘表对自己"击其惰归"（《军争篇》）。张、刘二军也许有不来追杀的可能，但"用兵之法，无恃其不来，恃吾有以待也；无恃其不攻，恃吾有所不可攻也"。（《九变篇》）遵照兵法要求，曹操必然要安排一支强劲的后殿，来对付可能出现的追兵。既然曹操有所准备，那贾诩根据"勿击堂堂之陈（阵）"（《军争篇》）的原则，自然反对追击严整有备的曹军，这完全符合"军有所不击"（《九变篇》）的要求。

曹军是在安众小胜后的对峙中忽然回军的，这一退归不是战场上的原因，必源于许都方面的警报，这一原因使曹操急于摆脱张绣，轻车速回。"退而不可追者，速而不可及也。"（《虚实篇》）在打败张、刘追兵后，曹操必然会干净迅速地撤兵，不复再备。根据这种情况，贾诩力劝张绣二次追击，自料会收到"攻其无备，出其不意"（《计篇》）的胜利。贾诩在追击曹军中两次反向操作，料事皆验，这一事实证实了兵法上的一种"知胜之道"："知可以战与不可以战者胜"（《谋攻篇》），这是一条制胜的基本原则。

"知彼知己，百战不殆"（《谋攻篇》）。贾诩在南阳守御和追击退兵的军事较量中能数次判准敌情，料敌决胜，首先是因为他对敌我双方的行动情况能做出精确的推理，也对双方的军事指挥水平能做出正确的评价。正因为他充分地估计到了曹操的谋略才能，因而才能识辨诡诈，才敢于在军事部署上反向操作，稳操胜券。同时，贾诩深深理解兵法上"践墨随敌，以决战事"（《九地篇》）的真谛，军事上的计划要跟随敌情而变化，绝没有不变的格式，"能因敌变化而取胜者，谓之神。"（《虚实篇》）他是一位智谋高超、用兵如神的军事策划家。

（五）孙刘"伐谋"争荆州

东吴耗费钱粮军马与曹兵鏖战，却让刘备袭取了数座城池，君臣们的心里感到极不平衡。欲想起兵攻夺，又怕兵连祸结，曹操乘机来攻，只好忍而不发，不断寻求非战争的解决方式。刘备根本不愿出让荆州，但也不愿撕破面皮，挑起战争，因而总是搪塞应付。《孙子兵法》讲"上兵伐谋，其次伐交，其次伐兵，其下攻城"，认为上乘的用兵之法是以谋略制敌取胜，而不是以兵相攻。孙刘双方为争夺荆州等地，就多次使用"伐谋"的手段。

第一次，诸葛亮乘曹仁与周瑜交战而袭取南郡三城后，东吴鲁肃即赴荆州责备刘备。诸葛亮提出荆襄之地原是刘表基业，刘表长子刘琦尚在，他们是助刘琦守城。鲁肃则提出："若公子不在，须将城池还我东吴。"（第五十二回）诸葛亮含糊应诺。

第二次，刘琦不久病死，鲁肃即来索要荆州。诸葛亮提出：刘氏江山刘氏占，为刘备久占荆州辩解。因鲁肃坚持反对意见，双方最后议定：东吴暂借荆州给刘备，待刘备夺取西川再作归还。并由刘备亲笔写成文书，诸葛亮和鲁肃签字作保。

第三次，东吴君臣以招亲为名，诱刘备至南徐（今江苏镇江市），欲扣作人质，换回荆州。不料事情弄假成真，刘备与孙权之妹孙仁结婚后设法回至荆州，东吴追兵赶来，被诸葛亮伏兵杀退，周瑜"赔了夫人又折兵"（第五十五回）。孙刘两家添了仇，又结了亲，关系更为复杂。

第四次，孙权急于得荆州，又心惧曹操南下，于是派人赴许都，表刘备为荆州牧，意欲再施反间，挑起曹、刘之争，从中渔利。曹操则故意表奏周瑜为总领南郡太守，程普为江夏太守。（参见第五十六回）孙、刘两家的矛盾未得缓解，反而加深。

第五次，周瑜被封为南郡太守后，鲁肃即来见刘备，请他看在结亲情面上交还荆州。刘备按诸葛亮的盼咐，闻言大哭。诸葛亮向鲁肃分解说，原许诺取下西川便还荆州，但刘璋与主人同宗，不忍相夺，还了荆州，又无处安身。请孙权看在亲情分上，再容相借几时。

第六次，周瑜提出由东吴攻取西川，换回刘备的荆州，实欲出兵过荆州时乘机捉拿出城犒军的刘备，就势夺城，取"假途灭虢"之计。诸葛亮佯装允诺，等周瑜兵至荆州城下时却摆开决战的架势，（参见第五十六回）逼使周瑜退兵。

第七次，刘备率兵入西川时，孙权商议乘虚攻取荆襄，他向身在荆州的妹妹孙仁谎报母亲病危的消息，让其带刘备之子阿斗同来东吴，意欲留作人质，挟迫刘备归还荆州，于是引出了"赵云截江夺阿斗"（第六十一回）的惊险之事。

第八次，刘备夺得西川后，仍让关羽驻守荆襄，无归还之意。孙权按张昭的策划，监禁了诸葛瑾一家老小，让其入川哀求胞弟诸葛亮归还荆州。（参见第六十六回）诸葛亮与刘备在诸葛瑾面前表演"双簧"，后写下归还长沙三郡的文书打发之。但荆州关羽却不认账，诸葛瑾反复奔走，终无结果。

第九次，鲁肃屯兵于陆口（今湖北嘉鱼县西南陆溪口），派人请关羽赴会，他的打算是："若云长肯来，以善言说之；如其不从，伏下刀斧手杀之。"（第六十六回）关羽恃勇傲敌，有备无患，单刀赴会，终使鲁肃的计划落空。

第十次，曹操夺取了张鲁的汉中，诸葛亮怕曹操乘势攻取益州，为策动孙权北攻皖城、牵制曹军，乃主动分荆州之半，将江夏、长沙、桂阳三郡还吴。（参见第六十七回）曹吴后来的合淝逍遥津大战一时缓解了益州的军事压力。

公元219年，刘备夺取汉中，进位汉中王后，曹操极力鼓动孙权攻取荆州，答应自汉川出兵策应。孙权态度游移，为探测关羽动静，他打发诸葛瑾去荆州，为世子求婚于关羽之女，遭关羽拒绝和辱骂（参见第七十三回），双方的关系被闹僵。

孙刘两家为争夺荆襄之地的多次"伐谋"，都是在曹操虎视江南的大背景下发生的，双方的争夺有时剑拔弩张，但始终被限制在"非战"的范围内。刘备"渔利"于盟军，自觉理亏，故把"夺有"说成"暂借"，虽便一时搪塞，但却留下了不断被讨要的后患。他现实占有荆襄，在非战的范围内始终掌握争夺的主动权；但若超出非战的范围，他的主动权就将立即丧失，这是事情的最危险之处。

荆襄后来失守，是关羽的用兵缺陷造成的，也是西蜀集团军事部署失误的结果。关羽一直忽视联吴方针，又独军难支两线作战，这是极明显的事实。诸葛亮在成都听说曹操结连东吴，欲取荆州，已令曹仁在樊城兴兵，他对刘备提出的应敌之策是："可差使命就送官诰与云长，令先起兵取樊城，使敌军胆寒，自然瓦解矣。"（第七十三回）他们既不自西川派兵增援，又不从汉中方面北伐配合，手握数十万部队，却坐视关羽进行并无胜利可能的南御北攻之战，实在是难以理解的行为。他们最终"伐谋"失败，荆襄丢失，使诸葛亮的隆中策划不再完整；三国纷争的重心向曹、孙偏移，蜀汉政权的发展上升线由此中断。

七、善于搞好人际关系

良好的人际关系是搞好领导活动的重要因素，一个才智有限的领导可能会因为有良好的人际关系而大大提高自己的领导效果，一个水平低下的领导可能会因为人际关系恶化而加速其失败。人际关系是在领导活动中起着重要作用而又容易被人们忽视的方面，它是应该引起人们重视的问题。

（一）注重感情投资

一个领导人所创导的事业要靠大家去完成，他要想发挥大家对于事业的积极性和创造性，就必须对大家有所付出，这种付出可以是物质方面的，也可以是其他方面的，但说到底，要体现出自己感情上的付出。对领导感情代价的感受和估量可能成为集团个体衡量领导是否明智的重要尺度，从而成为他们主观上愿为本集团提供多少力量的先决标尺。

在三国中，刘备是人际关系最好的领导人，他和关、张的交往，和赵云的交往，与徐庶、孔明的交往以及后来与李严、黄权、法正等人的交往，强有力地团结了他们，使之结成了蜀国领导集团的核心。刘备本人并没有多少武勇文才，但他以仁义思想为根本，注重感情投资，在身边联络了一大批第一流的人才，终于开创了蜀国的事业。张松原想把西川地图献给曹操，但因曹操没有重视与张松的个人关系，因而张松一味言语冲撞，携图离去。刘备久谋西川，因而在张松身上大量倾注感情投资，使这位自恃才高的益州别驾（别驾为刺史的佐史，总理州内众务）感激不已，交往一两天就向他表示说："明公乃汉室宗亲，仁义充塞乎四海，休道占据州郡，便代正统而居帝位，亦非分外。"（第六十回）这是对一个借州占据、身无立足之人的由衷之言，张松终于向刘备主动送出了西川地图，并表示："明公果有取西川之意，松愿施犬马之劳，以为内应。"足见其感情作用之大。张飞在入川途中俘虏了巴郡太守严颜，严颜拒不下跪，张飞咬牙大骂，严颜全无惧色，表示说："但有断头将军，无降将军！"张飞大怒，喝令斩首，严颜厉声相骂。张飞见严颜声音雄壮，面不改色，心中油然产生敬意，于是下阶亲解其缚，取衣服让他穿上，将其扶于屋中央的高座之上，低头便拜，说："适来言语冒渎，幸勿见责。吾素知老将军乃豪杰之士也。"（第六十三回）严颜为张飞的恩义所感动，表示投降，并为张飞招降了许多沿途守将。刘备见到严颜后当即感谢说:"若非老将军,吾弟安能到此?"(第六十四回)将自己身上的黄金锁子甲脱下相赐。后来,严颜在刘备争夺汉中时,协助黄忠立下了大功。

对手下人的感情投资,体现着对他们的尊重,因而这种感情因素的作用就是完全可以理解的,不能设想一个得不到领导尊重和青睐的将军会为领导人开创的事业舍生忘死。张郃、高览和许攸受到上司袁绍的无端猜忌,不能幻想他们会对袁绍忠心耿耿,他们反袁投曹,是完全合乎情理的。根据这样的道理,可以赞赏王平背徐晃投赵云的行为,亦应为魏延后期屈身事蜀、不投魏国表示深深地惋惜。"此处不留爷,自有留爷处",人追求自己受尊重、受器重的地位,乃天性使然,谁不如此?自己追求众星拱月的地位和名垂后世的功业,而无视手下人的利益和感情,这种态度实为高明的领导所不取。有一些领导人,在事业艰难的时候能注意以感情投资吸引人才,而在事业顺利之时却忘却了这一点,这至少是一种领导方法上的缺陷。曹操在官渡之战的危急关头,听说许攸来降,他正在床上解衣休息,乃不及穿鞋,跣足出迎,遥见许攸,抚掌欢笑,携手入帐后,他抢先拜于地下,使许攸非常吃惊地发问:"公乃汉相,吾乃布衣,何谦恭如此?"(第三十回)有人对张郃、张览的投降表示怀疑,他回答:"吾以恩遇之,虽有异心,亦可变矣。"这真是感情丰富、宽大为怀,贤才闻之,自然要趋之若鹜。但破马超回都后,他傲睨得志,多在相府以饮宴为乐,益州稀客张松来到,在馆驿中住了三日方得通报姓名,给左右送了贿赂方得引见,接见时,他高坐堂上,受拜后问道:"汝主刘璋连年不进贡,何也?"一种傲慢欺人的态度,这种待人的态度使他失掉了夺取西川的条件和机会,留下莫大的遗憾。

应该说,领导掌握集团的奖惩大权,又处于集团的核心地位,因而具有搞好人际关系的优越条件,他们一句话、一个动作、一种暗示都可能成为促进人际关系融洽的手段,刘备正是用他的眼泪征服了一大批人才的感情,领导人的优越地位使他付出的感情代价常常得到成倍的报答。刘备将亲儿掷于地上表示对赵云的抚慰，使一代名将泣拜于前表示说："云虽肝脑涂地，不能报也。"他死前向孔明推心置腹，使这位天下奇才泣拜表示："臣安敢不竭股肱之力，尽忠贞之节，继之以死乎！"但有些领导却舍不得向人付出感情，刘备在破黄巾起义时曾救了董卓的性命，董卓问刘备现居何职，刘备回答说："白身。"（第一回）说明自己是没有官职的平民，他用词之简单，是有意显示他心理上的压抑，表达他希望董卓收留或举荐的心意，但董卓听说他没有官职，连一句客气话也没说，这种态度难免惹怒张飞，刺激他要诛杀负心人的心理。李傕升官后重赏降神祈祷的女巫，对手下军将却不闻不问，也难怪手下杨奉等人要起兵造反。

　　领导人要搞好人际关系，必须对交往者以诚相待，而不能阴施心计。刘备投靠刘表时，曾率兵去江夏为刘表平定了张武、陈孙的叛乱，并得了张武骑乘的千里马，回荆州后因刘表提出对张鲁、孙权等入侵和南越不时骚扰的担心，刘备遂提出："弟有三将，足可委用，使张飞巡南越之境；云长拒固子城，以镇张鲁；赵云拒三江，以挡孙权。"刘表欲采纳其建议，蔡瑁听知后，使人转告刘表说："刘备遣三将居外，而自居荆州，久必为患。"刘表听到此言，沉吟不答，未作表态。刘表又见刘备所乘之马极其雄骏，知是张武之马，遂称赞不已，刘备当即将马送与刘表，刘表非常高兴，骑马回城。蒯越见刘表之马，知是刘备所送，乃告诉刘表："昔先兄蒯良，最善相马；越亦颇晓。此马眼下有泪槽，额边生白点，名为'的卢'，骑则妨主。张武为此马而亡，主公不可乘之。"刘表相信了他的话。发生了这两件事情后，刘表第二天请刘备饮宴，他向刘备告知了自己的两项决定，第一项是关于马，他说："昨承惠良马，深感厚意。但贤弟不时征进，可以用之，敬当送还。"第二项是关于刘备的屯军地，他告诉说："贤弟久居此间，恐废武事。襄阳属邑新野县，颇有钱粮，弟可引本部军马于本县屯扎，何如？"（第三十四回）两项决定刘备均予接受，从这些决定看，刘表对刘备已产生了很大的戒备心。刘备建议三将守边，刘表本已默许，但这里却没有下文，而且将刘备本人与三将一起打发到了隶属襄阳的一个小县城。刘备所送的马,他还归刘备,如果和刘备没有隔阂,他本该说清"的卢妨主"的缘由,阻止刘备坐乘,但他未作这方面的说明,却让刘备去乘,一定是他疑心刘备要以"的卢"故意害他,因而采取"即以其人之马,还妨其人之身"的手法。刘备后来从荆州幕宾伊籍那里知道了"的卢妨主"一说,但他已不能抛弃"的卢"了,因为他若抛弃了此马,就恰好向刘表证明了自己的陷害之心。刘备后来在逃脱蔡瑁的陷害时,亏得"的卢"一跃过溪,救了性命,由此彻底抛弃了"的卢妨主"的观念。从他后来给心腹人士庞统送"的卢"马的事实看,刘备当时对刘表实在没有以马相害之心。刘备向刘表建议让他的三将守边,很有可能包含蚕食荆州的野心,这一心计被揭穿后,刘表联系送马事件,对他产生了极大的怀疑,遂起了戒备之心。这是他们二人友好关系发生逆转的一段插曲。

可见,领导要注重感情投资,要始终给手下人以感情上的尊重,要利用自己身处领导岗位的优越条件,造成本集团的强烈向心力,并使人感到自己感情上的忠诚。

(二) 对各种特殊关系的利用

每一个人都处在各种特殊的社会关系中,良好的人际关系的建立可以借助于这些特殊关系,例如同乡关系、婚姻关系及上下级关系等。

以农业为生存根本的民族对土地有着特殊的感情,他们对自己祖祖辈辈休养生息的土地有着深深的眷恋,因而乡土意识特别强烈。一个远离家乡的游子,如果遇到从同一出生地而来的伙伴,总有一种自然的亲密感和信任感,这就形成了同乡关系的天然密切性。关羽五关斩将之时,行至汜水关,守关之将卞喜欲诱关羽至镇国寺,让他埋伏的刀斧手乘其不备斩杀之,寺内一法名普净的僧人是关羽的同乡,他知道了卞喜要害关羽的密谋后,主动向关羽做自我介绍,二人叙旧时,普净以手举起所佩戒刀向关羽使眼色,关羽明白了意思,做好了准备,未等卞喜下手即将其追杀。关羽曾向普净说他已离乡二十年，看来僧俗间的界限和二十年的时间并未隔断他们的同乡关系，未曾稍减他们的同乡之情。

因为同乡关系有其自然的密切性，因而它常被利用来作为建立人际关系的中介。李傕、郭汜乱朝时，并州刺史韩遂随西凉太守马腾率军征讨，后来粮尽退军，李傕派樊稠引军追击韩遂，樊稠从长安追到陈仓，眼看赶上，韩遂勒马向樊稠说："吾与公乃同乡之人，今日何太无情？"（第十回）碍于同乡的情分，樊稠锐气大减，于是应付说："上命不可违也！"韩遂对他讲："吾此来亦为国家耳，公何相逼之甚也？"樊稠听罢此言，拨转马头，收兵回寨，任韩遂离去。樊稠因此事最后被李傕杀掉。韩遂在危急关头与樊稠拉同乡关系，临时抱佛脚，也收到了满意的效果。董卓率兵入京行废立之事，与许多大臣闹翻，丁原恃义子吕布之勇与董卓公开对阵作对，董卓兵败后对手下人讲："吾观吕布非常人也。吾若得此人，何虑天下哉！"（第三回）中郎将李肃与吕布同乡，他自告奋勇，愿去说服吕布来降。李肃当时出面的优越条件，一是与吕布有同乡关系、故人之情，便于拉络人际关系；二是深知吕布的秉性与底细，能抓住其见利忘义的特点，说话可切中要害。李肃果然凭这些条件成功地招降了吕布，使他杀掉丁原投了董卓。孔明二出祁山时，亦曾派帐下部曲靳祥以同乡身份两次去劝降陈仓守将郝昭。

当同乡关系能增加人际关系交往的密切度、可以被政治斗争所利用的时候，必然会出现"假同乡"以冒充这种关系，以增加某方面的信任。孔明六出祁山时识破了郑文的假投降，他逼使郑文向司马懿写了约其亲劫蜀营的书信，选一舌辩之士送至魏寨，司马懿诘问时，信使答道："某乃中原人，流落蜀中，郑文与某同乡，今孔明因郑文有功，用为先锋，郑文特托某来献书……"（第一百零二回）信使自称是郑文的同乡，那么，司马懿自然不会怀疑郑文托他送信的可能性，而信使自称是中原人，这和司马懿也算得上是远方同乡了，自然要增加几分信任度。

有许多人并不把同乡情分看得大过本集团的利益，但由于同乡关系的自然亲密性，他们有时却受到领导人的误会。诸葛诞是孔明的族弟，一向在魏国做事，因为孔明在蜀国为相的原因，长期受到猜忌，不得重用，及至孔明死后，他才被封为高平侯、镇东大将军，总摄两淮军马。许攸亦曾因为和曹操的同乡关系而受到袁绍的猜忌。其实，诸葛诞和许攸并没有通敌之心，他们受到猜疑乃是领导不明具体情况而产生的识人上的失误。

历史上，婚姻关系也常被用来作为建立人际关系的一种手段。这里的秘密在于：婚姻关系的神圣性使婚姻当事人的所属双方建立了自然和谐的人际关系，并保证了这种人际关系的密不可破。

上下级关系也是可以被利用的因素。司马懿在祁山与孔明对阵时坚守不出，以此保持自己战争中的主动权，为此，他宁可受孔明送来的巾帼女衣以忍辱，手下将士气愤不平，入帐请战说："我等皆大国名将，安忍受蜀人如此之辱！即请出战，以决雌雄。"（第一百零三回）当时群情激昂，无法抑制，司马懿为了遏制众将之心，佯称："汝等既要出战，待我奏准天子，同力赴敌，何如？"遂奏表至身在合淝前线的魏主曹睿，请曹睿批准他与孔明决战。曹睿明白司马懿的用意，他传谕祁山前线："如再有敢言出战者，即以违旨论。"众将只得奉诏。这一事件牵扯到两层上下级关系，一层是司马懿和手下将士的关系，另一层是司马懿和魏主曹睿的关系，这里，司马懿借用他与上级的良好关系来维护他与下级的良好关系。老部下关系是一种特殊的上下级关系，司马懿在魏都洛阳发动兵变，要夺取曹爽的兵权，被人称为"智囊"的大司农桓范与曹爽关系甚密，他在城中闻知此讯后急欲出城见曹爽，但城门已闭，把门之将乃是桓范的老部下司蕃，桓范诈称太后有诏，请求开门，司蕃遂要讨诏检验，桓范大喝道："汝是吾故吏，何敢如此！"（第一百七回）司蕃只得开门放出。桓范出城后，即唤司蕃随他背司马懿而去，司蕃情知上当，但已追之不及。桓范利用老上级的身份骗了司蕃，混出城去。

(三) 善于进行人际交往

人际关系除上述对各种关系的利用之外，还有多种形式。袁术的财物交往、刘备的仁义交往、孔明的舌辩交往，都有程度不同的效果，领导应该根据具体情况，善于进行广泛的人际交往。

刘备以截击袁术为名脱离曹操，去徐州斩杀了曹操的心腹守将车胄，他担忧曹操率兵来攻，陈登向他建议向袁绍求救，刘备顾虑说："绍向与我未通往来，今又新破其弟，安肯相助？"（第二十二回）后来他和陈登计议，请徐州城中与袁绍有三世交往的郑玄出面写信。郑玄曾为朝中尚书，后弃官归田，刘备在故乡学习时就知其大名，任徐州牧时对他很尊敬，郑玄听到刘备的要求即刻答应，袁绍接到郑玄的求救信后想道："玄德攻灭吾弟，本不应相助，但重以郑尚书之命，不得不往救之。"遂让陈琳起草檄文，拉开了袁曹大战的序幕。刘备利用郑玄作为中介，拉上了和袁绍的关系，暂时缓解了自己的危急。

在和人的初次交往中，要破除心理障碍，主动地进行感情勾通，孔融为北海郡太守时，受到黄巾余党管亥的围攻，想向屈身任平原相的刘备求救，时刘备起兵不久，尚无名声，太史慈从北海郡奉命突围而出，至平原见到刘备后对他说："今管亥暴乱，北海被围，孤穷无告，危在旦夕。闻君仁义素著，能救人危急，故特令某冒锋突围，前来求救。"（第十一回）刘备闻知甚有名望的孔融向他求救，正颜厉色道："孔北海知世间有刘备耶？"在刘备看来，孔融能求救于自己，正是看得起自己，遂领关羽、张飞带精兵往北海，斩杀管亥，解了孔融之围。刘备在十八路诸侯讨董卓时受到许多诸侯的冷遇，袁绍知他是帝室之胄，才给了他一个席位。刘备当徐州牧时主动和袁绍联系，后来被曹操在徐州击败后匹马去投袁绍，袁绍亲自领着人出邺郡三十里迎接，并表示见到刘备是"大慰平生渴想之思"。（第二十四回）这种恭敬的态度大异于当年。可见，要进行广泛的人际交往，必须注意：第一，自己要有足够的力量或显著的长处以吸引别人；第二，必须破除心理障碍，主动地和人交往；第三，必须对所要联络的对方给予谦逊的态度；第四，有时可以通过有名望的中间人与对方发生联系。

人们有时可以通过中介人的人情与某些人发生联系，但必须搞清中介人和所要联系一方的真实关系，只有当他们之间关系甚密时才可以托人情以交往，如果盲目地乱拉关系，有时会适得其反。张飞守徐州时，曹豹因为喝酒之事使张飞发怒，在张飞要打时他哀求告免，张飞不依，他遂拉人情说："翼德公，看我女婿之面，且恕我罢。"张飞问他女婿是谁，曹豹回答："吕布是也。"时吕布屯兵小沛，与刘备在军事上互相倚重，曹豹想让张飞看在吕布的面上对他免罚，不想张飞与吕布却是冤家对头，张飞几次向吕布挑起事端，只是由于刘备的制止，事态才未恶化。这次张飞一听曹豹在他前面拉出吕布，不由大怒，对曹豹喝道："我本不欲打你，你把吕布来唬我，我偏要打你！我打你，便是打吕布！"（第十四回）众人苦劝无效。曹豹因为不知张飞和吕布关系的内幕，在张飞面前想借吕布的人情，结果反将事情弄糟。

善于交往的人常对别人有一种谦逊的态度，但领导应该把这种谦逊态度和别有用心的谄谀相区分。李肃说服吕布反丁原时对他讲："贤弟有擎天驾海之才，四海孰不钦敬？"（第三回）王允诱吕布刺杀董卓时对他说："方今天下别无英雄，惟有将军耳。"（第八回）王允对董卓施美人计时对他说："太师盛德巍巍，伊、周不能及也。""汉家气势已尽，太师功德振于天下，若舜之受尧，禹之继舜，正合天心人意。"（第八回）吕布在徐州时，陈珪父子暗通曹操，他们每遇宾客宴会之际，总是盛称吕布之德，谋士陈宫对吕布讲："陈珪父子面谀将军，其心不可测，宜善防之。"（第十八回）这些话吕布根本听不进去。陆逊接吕蒙守陆口时，为配合吕蒙偷袭荆州，曾向关羽写谄谀之信，信中语词极其卑谨，使关羽不以江东为备。可见，对人无端恭维和谄谀的人，多对对方存有不可告人的异心，总显得过分卑谦，投对方之所好，而对自己的目的深藏不露，只要领导人头脑清醒，是可以将其与人事交往中的谦逊态度区分开来的。

某些人际关系的存在可能与本集团的利益要求毫无关系，但它却很可能引起同事们的猜疑，这就需要主动的"避嫌"。孔明的哥哥诸葛瑾在江东孙权手下干事，孔明为实现联吴大计，随鲁肃到江东后却住入馆驿，及舌战群儒之后，被引见孙权，在路上遇到了诸葛瑾，瑾问道："贤弟既到江东，如何不来见我？"孔明回答说："弟既事刘豫州，理宜先公后私。公事未毕，不敢及私，望兄见谅。"（第四十三回）瑾也不责备，随便说道："贤弟见过吴侯，却来叙话。"说罢自去。孔明在公事办完之前不与哥哥相见，于双方都有好处，既避免本集团人物对自己的嫌疑，又避免了东吴人士对诸葛瑾的猜疑，因为在两大集团的关系性质尚未确定之前，有许多复杂的因素，弄不好，会伤害了兄弟关系，又误了公事。对此，诸葛瑾也是很谨慎的，他明知孔明来江东，但并未去主动见面，在江东文武关于战降问题的大讨论中，他表现出中立或弃权的态度，在主要决策人周瑜回柴桑郡和孙权见面之前，各派人物分头见周瑜陈述理由，诸葛瑾则单独向周瑜表示："因舍弟为使，瑾不敢多言，专候都督来决此事。"从此话中可以看出，他是有看法的，只是为了避嫌才不敢多言，周瑜听到他的话后追问道："以公论之若何？"瑾回答："降者易安，战者难保。"（第四十四回）这只是客观地介绍了战与降的利弊，仍然没有明确表态。自然，他的两次回答中表面看有倾向投降的意思，如果这个态度并非他的真心，那他和孔明持不同态度，就更具有了避嫌的彻底性。孔明在刘备兵败而无立足之所时，当然可以通过哥哥的私人关系领刘备来投孙权；在决定联吴抗曹时也可以通过哥哥的关系打通孙权的关节，但他对这两种方法均不采取，投孙权实际是再次寄人篱下，这是具有宏图大志的人所不轻易采取的，况孙权亦心惮曹操，投了他，在联合他抗曹时，就失去了与他联合的资格，并且在孙权面前失去了平等讨论的权力。联吴时通过哥哥打通孙权的关节，一是诸葛瑾并非孙权的主要决策人；二是这种方式并不能增加孙权抗曹的决心；三是有失刘备集团的魄力；四是把集团间的利益关系降低成了私人关系，反而增加江东人物对诸葛瑾的狐疑，这种办法有一系列害处却无一利，故不采取。

八、若干事件中领导人物的深层心理

按照西方弗罗伊德心理学派的观点，人的许多思想和行动都受潜意识的支配，潜意识的暗流深藏于人的头脑中，在人的意识稍有松懈的时候，它就冲出意识的压抑而在人的行为和梦境中表现自身，因而人的随意性行为和梦的内容常常能反映人的深层心理。按照这一观点，我们对《三国演义》中有关现象给予分析。

（一）人物的潜意识分析

曹操在争夺张鲁的汉中时就信心不足，夺取汉中后他不赞成"既得陇，复望蜀"的态度，刘备在西川站稳脚跟后与他争夺汉中，操损兵折将，接连失利，后退至斜谷界口，被马超率蜀兵拒住。操在这里屯兵日久，欲进不能，欲罢不忍，又恐收兵回师而引起蜀兵耻笑，心中犹豫不决，适逢疱官送鸡汤而至，操见碗中鸡肋，不禁有感于怀。正沉吟间，夏侯惇入帐禀问夜间军中口令，操随口答道："鸡肋！鸡肋！"夏侯惇遂将口令传给众官。行军主簿杨修听说曹操以"鸡肋"为口令，立即让随行军士收拾行装，准备归程。这里，曹操处在进退两难的境地，他连续多天在思考着是进是退的问题，计较着两种方案的利弊得失，吃上鸡肋，他感受到了对一种东西食之不能，弃之可惜的心理苦楚，于是他的潜意识将长久思考的汉中问题与鸡肋等同了起来，加深了对鸡肋的感触，使他的心绪滞留于鸡肋而无法摆脱。在回答夏侯惇的口令问题时，他的潜意识仍保持着对鸡肋的感触。口令原本是一种随机编制的口号，于是曹操不假思索地说出了"鸡肋",以作为全军口令。杨修听到口令后对夏侯惇解释说:"鸡肋者,食之无肉,弃之有味。今进不能胜,退恐人笑,在此无益,不如早归:来日魏王必班师矣。"(第七十二回)应该说,杨修的分析是很有道理的,他自发性地对曹操的潜意识状况进行解剖,得出了正确的结论。夏侯惇当即对杨修赞同说:"公真知魏王肺腑也!"曹操得知了这些情况后,以惑乱军心罪将杨修斩首,这是因为,曹操虽然连续几天考虑进退的问题,但这种考虑的结果被凝化成"鸡肋"的口令,完全是在潜意识中进行的,而并未进入意识领域,曹操的意识中并没有接受这种凝化,因而他不承认杨修的分析。加之操对杨修的一贯忌恨;加之杨修关于"退恐人笑"的解释对曹操自尊心的伤害;加之曹操连续几天心情的沉闷,因而一怒之下杀掉了杨修。第二天曹操进兵时被魏延射伤,急令医士调治,他在下令班师前突然想起了杨修的话,大概这时他感到了杨修关于退兵分析的正确性,觉得有屈杨修,遂下令将其尸体收回厚葬,以作为对杨修处罚的情感赔偿。

  刘备投靠曹操时参加了董承的反曹密盟,他为防曹操识破谋害,遂作韬晦之计,在后园种菜,装出胸无大志的样子。不料,曹操在一次与他单独饮宴中,指他为天下英雄,刘备闻言,吃惊不小,手中的匙箸不禁落于地下。这里,决定其匙箸落地的不是刘备的意识,而是他的潜意识。刘备想谋害曹操,这是他埋藏心底的秘密,因为这一原因,他要时时保持对曹操的警觉,这一自我防卫的心理机制已渗透于他的潜意识中,使其密切注视着外界的情况。曹操说破刘备为天下英雄,刘备在意识中尚未反应过来时,敏锐的潜意识已提前接收了这一危险信号,于是,他一瞬间心理失去平衡,潜意识上产生了极大的震动,以至于不能自控,丢掉了手中的匙箸。刘备丢掉匙箸,实际是潜意识中秘密的泄露,但当他的意识对曹操的言语反应过来之后,又觉得曹操的指喻未必有过深的内涵,于是控制了潜意识的惊慌。当时骤雨将至,雷声大作,刘备从容俯首拾箸说:"一震之威,乃至于此。"遂掩饰了自己的惊慌之情。刘备的机敏之处不在于他用意识行为掩盖自己的内心秘密,而在于当潜意识将内心秘密泄露后,他的意识活动能及时而有效地处理这种潜意识的"泄密事件",使自己泄了密而不被人觉察到秘密,表现了他很强的应变能力。

曹操在赤壁之战时中了周瑜的反间计,误杀了降将蔡瑁和张允,当武士献二人首级于帐下时操方省悟道:"吾中计矣!"(第四十五回)但他心知中计,却不肯认错。众将问他因何故斩杀二人,他瞒去真情,对众将回答说:"二人怠慢军法,吾故斩之。"曹操在许多地方能勇于承认错误,做自我批评,为什么在这里却不肯认错呢?其原因有二:第一,赤壁之战刚拉开序幕,胜败未卜,但从曹操宴长江而赋诗的豪情来看,他对战役充满着必胜的信心。东吴军队的主帅是年轻的周瑜,曹操误杀了蔡、张二人,但若承认自己中计,就等于承认自己在计谋上逊于周瑜,这是他的潜意识所决不情愿的。他要保持自己对于周瑜的优胜地位,因而不愿承认与周瑜计谋较量上的失败。第二,他对蔡、张二人的重用只是一时的权宜,二人初降曹操被拜为水军都督后,荀攸曾提醒曹操说二人是谄佞之徒,操笑着答道:"吾岂不识人!止因吾所领北地之众,不习水战,故且权用此二人。待成事之后,别有理会。"(第四十一回)可见,杀掉二人原是曹操的本心,这只是一个时间问题,误杀他们自然造成了一时的损失,但与操忌恨二人的深层心理并不矛盾,只是将后来要做的事情提前做了。操误杀了二将却不认错,反映了他自我批评的不彻底性,也反映了他不曾稍减的自信心和对人事处理上的长远把握。

西川刘璋受到张鲁攻击,张松受刘璋之命去许都向曹操求救,但张松认为刘璋"禀性暗弱,不能任贤用能"(第六十回),遂临行前带着西川地理图本,欲暗献曹操,请他取西川。张松既然倾心于曹操,为什么他见到曹操却一味地言语冲撞呢?原来,张松在离开西川前有一个心理上的矛盾:他既想联合曹操推翻刘璋,又想不背负卖主求荣的罪责。张松凭自己的直觉,在潜意识中把曹操想象成一个礼贤下士、求才若渴的明主,这样,将西川献给曹操就吻合"忠臣择明主而事"的规范,从而从矛盾中得到解脱，他是怀着对曹操的高度期望去献图的。张松见了曹操一味地言语冲撞，属潜意识支配下的活动，一是为了向曹操提供表现明主身份的机会，曹操若不计较，自然就会证实他是求贤若渴的明主，而张松对此自信不疑。二是为了表明自己虽然献了地图，但不是为了取宠求荣，可减轻背叛故主的内心负疚。曹操不明此意，将张松乱棒打出。张松在回川途中被刘备接到荆州，受到了极其热情的欢迎和招待，这时，他真正感到自己遇到了明主，心理上为自己出川前存有的明珠暗投的念头而内疚，为了弥补感情逆差，他终于将西川地图主动送给了刘备。这一事件表明，领导一定要对人谦逊，善处人际关系，与人交往中在未弄清对方的真正目的前，绝不可贸然行事，制造对立。

（二）对人物之梦的分析

按照弗罗伊德的观点，梦是愿望的满足。人们存在于潜意识中的愿望，平时受着意识的控制，而在人睡觉时，意识进入休眠或半休眠状态，对潜意识的控制松弛，于是埋藏于潜意识中的愿望便冲破阻力，以曲折的形式在头脑中表达出来，它结合对现实情景的记忆碎片，形成梦的内容。因而通过对梦内容的分析，可以发现人的潜意识活动，揭示人物的深层心理。《三国演义》中描写了许多人物之梦，自然，大多数梦是属于作者的文学描写，但这种文学现象不是纯无根据的，它们是作者根据古代人对梦内容的理解与认识，为书中人物在特定环境下创造的白日梦，并将这种白日梦以书中人物真实之梦的形式表达出来。正像本书中对人物思想的探讨多是对作者思想的探讨一样，对人物之梦的分析也是对作者为人物安排的白日梦的分析。白日梦反映人物的潜意识活动具有和真实之梦同样的心理学价值，因此，我们通过人物之梦分析其潜意识活动，就不必去计较这些梦是真实发生的还是文学描写式的，正像我们书中探讨领导思想，并不去追究某一思想是属于其历史真人的还是属于作者的一样。通过对书中人物之梦的分析，有助于弄清做梦人当时的深层心理。

董卓劫持皇帝西迁，幻想篡夺皇位，有一天，他对手下人说："吾夜梦一龙罩身。"（见第九回）龙袍加身是当皇帝的象征，董卓的梦曲折地表达了他想当皇帝的愿望。董卓的许多活动都是在这一野心的支配下。

孙坚阵亡后，儿子孙策投靠了袁术，袁术待之甚傲，一次孙策对手下人讲："吾夜梦光武召我相见。"（第十五回）光武帝刘秀是中兴汉朝的人物，孙策在梦中把自己认同于光武帝，这是对自己中兴父业愿望的曲折表达。孙策后来能夺取江东，被称为"小霸王"，首先得益于他的这种抱负和志向。

孙权的母亲吴太夫人临终前对周瑜、张昭二人说："长子策生时，吾梦月入怀；后生次子权，又梦日入怀。卜者云：'梦日月入怀者，其子大贵。'……"（第三十八回）我们这里将吴太夫人闻卜者之言的时间放在做梦之前，梦的意义就昭然若揭了。吴太夫人早先在传闻中听说了卜者关于"梦日月入怀，其子大贵"的说法，于是这位望子成龙的母亲就在分娩之时极盼自己梦见日月，由于潜意识的作用，她的这一愿望在梦中反复实现。可见，孙策，孙权二人并不是生就的天才，他们的成功与母亲的期望，从而与他们儿时受到的良好教育是分不开的。

曹操一次率兵至濡须江口，准备向孙权报赤壁之仇，两军摆开阵势后，操见吴兵军容雄壮，孙权坐于青罗伞下，甚是威风，遂感叹说："生子当如孙仲谋！"（第六十一回）正看间，吴兵一齐杀来，曹军受挫，曹操得脱回寨，不料又被吴兵劫寨，操接连受挫，心中郁闷，程昱认为孙权这次准备充分，急难攻破，劝曹操权且退兵，别作良图，操恐退兵引起东吴耻笑，因此未立即表态。程昱离开后，操伏几而卧，忽见潮水汹涌，大江上推出一轮红日，光华射日，仰望天上，又有两轮太阳对照，忽见江心那轮红日，直飞起来，坠于寨前山中，其声如雷。猛然惊觉，原来是在帐中做了一梦。这时刚是正午，操乘马奔至梦中所见落日山边，却望见了孙权，操还营后自思道："孙权非等闲人物，红日之应，久后必为帝王。"遂产生退兵之意。这是一个较复杂的梦。红日在古人的观念中是帝王的象征,人们总是认为"天无二日",梦中天上两轮太阳对照,反映出在曹操的心目中,自己和汉献帝的两股势力在朝廷并存的现象迟早是要被结束的。大江上推出的一轮红日,有两层隐义:第一,操在赤壁水战中败给孙权,今又见吴兵如此威风,不免有点胆寒,他实在怕重演赤壁悲剧,程昱劝他退兵,他又怕人耻笑,于是他心中在想:如果天意不灭东吴,我自然对其无可奈何,那就只好退兵。于是他在梦中将东吴化作蓬勃欲出的红日,光芒四射,一派鼎盛之兆,东吴的兴盛被想象成天意后,曹兵的接连失利就不属于指挥员的人为过失;而且,自己的退兵也当然不该被人耻笑。梦中红日还有第二层隐义,曹操手下的人几次要拥立他取代汉帝,操回答他们说:"苟天命在孤,孤为周文王矣。"(第七十八回)周文王是殷纣王的臣子,他把取代殷朝的事情留给儿子周武王去做,曹操自比周文王,实是明确地告诉手下人,他把代汉称帝的事情要留给儿子去做。在这次濡须交战前,他望着吴兵阵势,指着中央的孙权感叹说:"生子当如孙仲谋!"把儿子和孙权等同起来。曹操在梦中以红日衬托孙权,将孙权推为帝王,实际上表达了要把自己的儿子推为帝王的深层心理,这与他甘当周文王的心理是暗合的。可见,曹操梦见大江红日,既借天意为自己的失败和退兵找到了借口,又通过将儿子和孙权的等同,表达了要推儿子为帝王的愿望。由此我们可以看到,濡须之战前曹操心理上的不稳定情绪,也可以看到曹操一贯的政治意向。他梦见天上两日对照,反映了他对朝廷两股政治势力并存现象的估计和对这种现状发展趋势的担忧。

曹操欲连结东吴攻取荆州,孔明和刘备商议后让驻守荆州的关羽主动出击曹操,关羽起兵前躺在床上,忽见一猪,其大如牛,浑身黑色,奔入帐中,径咬自己之足。关羽大怒,急拔剑斩之,声如裂帛,霎然惊觉,乃是一梦。这一梦中包含的深层含义有二:第一,他驻守荆州,两面受敌,这次要主动去攻击曹兵,因而心底有怯。他召手下人解梦时说:"吾大丈夫年近六旬,即死何憾!"(第七十三回)这表明了他对这次出兵的危险性的估计。刚矜的性格决定了他不愿意向成都方面提出增兵的要求，也不愿意向别人亮出怯敌的心理，甚至在意识中不承认怯敌，但潜意识却通过做梦将怯敌心理表达为：如果能免除大难，即使足上受些轻伤，也是好的，他的梦完全实现了这种愿望。关羽为什么恰好梦见猪伤害自己呢？原来，关羽善于用不同特点的动物作为不同人物的象征，孙权曾想把他的女儿娉为儿媳，关羽拒婚时回答："吾虎女安肯嫁犬子乎！"这里，他把自己比作虎，把孙权比作犬；同样的道理，他一定在潜意识中把曹操比作猪，这个猪占居中原，体形庞大，长满肥肉，等蜀国有力量时一定要将其吞食掉。但自己现在力量不足，却要宰杀这头大猪，难免要受其伤害。第二，关羽是一位不甘失败的将军，他无法忍受别人的伤害，于是在梦中当猪咬了自己的足后，他勃然大怒，急忙拔剑去砍，这是一种自然的心理防御手段，是对伤害者的报复。可见，他的梦是对自己怯敌心理和报复心理的反映，联系关羽北伐曹操的结局，可以看到指挥员战前情绪和心理对战役结局的影响。

曹操临终病危时，有一天问贾诩说："孤昨宵复梦三马同槽。"（第七十八回）曹操梦中的三马，其实是司马懿及其二子的替代符号，司马懿深有谋略，又很年轻，是魏国的后起之秀。曹操很早就想选拔有才者托付后事，他佩服司马懿的才干，要利用他，但平时对他又有一种不信任的态度，操曾对心腹人士华歆讲："司马懿鹰视狼顾，不可付以兵权，久必为国家大祸。"（第九十一回）这种对司马懿的矛盾态度渗透于潜意识中，又通过梦的形式表达出来。梦见三马同槽而食，有两个隐义：其一，他佩服司马懿及其二子司马师、司马昭的才干，希望他们能顺服地为主子所利用，于是在梦中三马驯服地站在槽边而没有乱踢乱咬的行为。其二，曹操喜欢用"供食"来表达自己对谋士的养育之情，比如他和谋士荀彧闹矛盾后给荀彧送去一盒饮食，等荀彧打开后里面并无一物，他以此表示不白养活人，荀彧会意自杀。对司马懿父子，曹操一定在心里对他们说："不管怎样，我还是愿意供养你们的，你们可不要忘记了我的恩情。"他希望司马父子怀着知恩报恩的思想来接受他的供养,于是在梦中三马在槽边吃食。曹操的梦反映了他对接班问题的重视和对司马父子的期望,从这里可以看到曹操对一种特殊的人事问题的思考和处理态度。

孔明在祁山前线临终时,魏延在本寨中梦见自己头上突然生出二角。赵直背过魏延把此梦解释为:"角之字形,乃'刀'下'用'也。今头上用刀,其凶甚矣!"(第一百零四回)事实上魏延在蜀军中立有大功,但在孔明的手下受到莫大的压抑和伤害。头上长角的动物常用角抵触侵害之物,保护自己。魏延的梦表达了长期受压抑而产生的反抗心理。

孔明在前线病危时,蜀主刘禅闻迅大惊,寝食不安,夜晚他梦见成都锦屏山崩倒。孔明是蜀国的栋梁,也是刘禅做皇帝的心理支柱。孔明病危了,刘禅十分惊恐,入睡后他意识几乎休眠了,而潜意识的惊恐并未消除,一想到孔明之死,尚且觉醒的那部分意识就会立即压抑这种念头,这是意识所不愿意想象的,于是潜意识的惊恐就以山崩的形式在梦中展现。山崩表明了心理支柱的崩倒但又避开了孔明之死,潜意识使自己高悬着的惊恐之心落下,求得了瞬间的安宁。刘禅的梦表现了一个无能的领导人临事前必然发生的惊慌。

魏国大将邓艾在陇西接到伐蜀之诏的当晚,梦见自己登高山,望汉水。汉水在汉中腹地,邓艾在梦中已使自己临近汉水,实现了他夺取汉中的愿望。邓艾作为一名将领,临行前已对伐蜀的胜利充满信心。

钟会率兵伐蜀,进至一山,向导告诉他:"此乃定军山,昔日夏侯渊殁于此处。"他闻之怅然不乐,转过山坡又逢狂风大作,旋风卷起,许多将士跌损面目,失掉头盔。钟会听说定军山有诸葛亮之墓,心中惊疑,遂亲至墓前致祭。这天晚上睡下后,忽见一阵清风,随后有一人纶巾羽扇,步入帐中,钟会起身问道:"公何人也?"那人回答:"今早重承见顾。吾有片言相告:虽汉祚已衰,天命难违,然两川生灵横罹兵革,诚可怜悯。汝入境之后,万勿妄杀生灵。"(第一百十六回)言罢拂袖而去。钟会欲待挽留,忽然惊醒,却是一梦。他断定是孔明之灵,不胜惊异。钟会这天听到夏侯渊殁于此的旧闻,即心中不悦,使他内心产生了恐惧。其后又遇狂风,这些现象触发了他的迷信观念,他以为这是孔明之灵在与自己作对,于是前往拜祭,他希望自己的伐蜀能不受到孔明在天之灵的阻挠,以便取得成功。晚上他在梦中实现了自己的多重愿望:第一,他的伐蜀得到了孔明的许诺,孔明提出的条件只是入境后不要妄杀生灵,这对钟会是不言自明的道理。第二,孔明告诉他汉祚已衰,天命难违,让他入川后怜悯生灵,这实际上是向他披露了伐蜀必定成功的天意。可见,钟会将他自己的愿望在梦中通过孔明之灵的告诫表达了出来。他在白天心中惊疑之时祭拜孔明之墓,希望能产生效果,晚上的梦完全实现了自己的愿望。从这里可以看到钟会伐蜀前准备收买蜀国民心的既定策略和对伐蜀胜利的期望。

农历戊辰年暑假初稿
同年十一月删改定稿

附：

文以观史　武以争胜
——《三国演义》中的谋略智慧

在中华文化史上，《三国演义》算得上一部真正的奇书！它以历史题材为外壳，淤积了中国传统文化的丰厚内容；它以社会争胜为主线，将传统文化及其思维方式磨砺成一部争胜方法的集成；它在社会的动态活动中折射出恒定的谋略方法，展现了跨越时空的中国思维智慧。

一、以历史为载体的文化积淀

《三国演义》描述的宏观历史，从公元180年汉灵帝时的黄巾起义开始，到280年晋朝灭吴结束，历时约一百年。它的成书约在元末明初，即三国历史终了后一千余年，该书的形成经历了几个重要的环节。

一是在三国时代的社会运行中，董卓、袁绍、吕布、公孙瓒、曹操、孙氏父子、刘备、周瑜、诸葛亮、司马父子等一大批英雄豪杰在既定的社会环境中，按自己的行为方式发奋作为，留下了不朽的人生业绩与思想精神，这一种客观的历史过程构成全书的历史本源。二是晋初陈寿的《三国志》记载了三国这一"当代史"，百余年后南朝的裴松之对《三国志》又作了广采博征式的辑录引注。史学家追求历史的真实，但对史料主观选择以及回护曲笔，已使文化学的创意初露端倪。三是唐宋时关于三国的民间故事与传说，这些故事已不经意于历史的真实，对人物言行进行许多主观的设定，实际上已是按"集体无意识"进行文化的创造。四是元末明初的文化大师罗贯中以他的如椽巨笔，对三国的历史和故事进行全方位的梳理和系统化的加工创造，基本完成了全书的撰著，使这一文化产品定型。

可见，《三国演义》不同于三国历史，三国历史曾是社会演进的客观过程，而《三国演义》是通过对三国人物事迹的追忆、裁剪，乃至想像，构筑了一个文学艺术的世界，属于后来人的文化创造。这一文化创造以三国历史为起点，创造过程延续了一千多年，其间各代人的文化创造都按"集体无意识"的原则，依循着当时主流文化的价值理念，这种价值理念的渊源比三国历史更悠久，代表着中国传统文化的内在精神。

《三国演义》是以历史之体，载文化之魂。它首先向人们表述了一段并非完全虚假的历史，然而，历史人物最终成了文化表达的符号，人物言行及其行为方式未必忠实于历史，却体现着传统文化的思想精神和价值理念。如关羽本是三国时代的普通武将，而《三国演义》中的关羽则是忠烈、义气、勇武与诚信的化身。中国民间对关羽人格的崇拜，表明了中国社会对这一文化创制的高度认同；后世人欣赏《三国演义》，不是认可其中的历史描述，而是体认它所负载与传达的文化内容。完全可以说，《三国演义》是中国传统文化的积淀物，从文化表达的意义上讲，它比三国历史、三国史志更具典型性和鉴赏性。

二、以争胜为核心的方法集成

三国是一个竞争的时代，这段历史经过了豪强割据、军阀争战、三国对峙、晋朝一统的过程。多元竞争、胜者生存是贯穿其中的鲜明主线。《三国演义》承接了这一客观的历史主线，用中国传统文化的伦理精神和思维智慧演绎了这一分久必合、九九归一的争胜过程。

对特定主体言，竞争中最难确定的不是选择对手，也不是确认目标，而是要采取的手段。人间过河的目标实现正是难在桥的设计与建成，因而手段的设定是人们竞胜的关键，也最为后来的人们所关注。《三国演义》在长期的成书过程中不断调适和适应这一受众心理，在人物处事的手段上大做文章，刻意深化细化人物行事的机巧。同时，博大精深的中国传统文化内含着深沉多样而充满智慧的思维方式，为人物行事手段的多样性打开了空间、提供了依据，因而，以中国传统文化为底蕴的《三国演义》在争胜方法的演绎上取得了极高的成就。

如赤壁大战中诸葛亮与周瑜传阅的便笺上写着："欲破曹公，宜用火攻；万事俱备，只欠东风。"对"目标—手段—条件"几个要素及其相互关系就有通盘考虑。火攻的手段是当时军中的最高机密，因为它是弱方出奇制胜的关键。后来周瑜安排的蒋干盗书、收用蔡中、怒打黄盖、阚泽诈降、庞统授计、筑坛祭风等，都围绕着火攻手段的实施。这里环环紧扣、多环成链，结链为桥，顺桥成功。其中小手段服务于大手段，足见手段在争胜中的紧要。《三国演义》中的主帅常给前线领兵的将军授以"锦囊妙计"，吩咐临急打开，内中无不是应对危急的机巧手段。全书把传统文化中内含的争胜技术做了淋漓尽致的发挥，表现了中国思维方式在争胜中的新颖和奇特。

处事手段抛开了它的个性环境和具体针对性，在一般的意义上就是行事方法。《三国演义》描绘了百年间众多集团、个人与不同对手间的无数争胜活动，以竞争的眼光看，全书正是一部争胜方法的集成。

三、以谋略为结晶的智慧深矿

《三国演义》作为中国传统文化的积淀，大体有三层景观：一是存在性文化，包括传统的政治制度和伦理思想这两个不变的文化形态。全书对充满等级尊卑的政治制度予以肯定，并对侵害皇权尊严的董卓、曹操等人给予了鞭挞，表达出鲜明的政治立场；同时以传统的伦理思想为标尺来设定正反人物的言行，表达了特定的思想精神。二是流动性文化，包括权力争夺、军事争胜与外交争优。这是三种动无所居、常变常新的活动形式。全书叙述几个朝廷与许多集团内部的权力争夺，描写了大小数百次战役战斗以及指挥员对各种战争要素的配置思路，还描写了许多割据集团间的政治结盟及其策略。全书在描述中展现了不同主体在谋事策划和识人用人上的不同方法，以及这些方法与争胜结果的关联。三是恒定性文化。《三国演义》在描述流动性文化各领域不同主体的争胜活动时，赋予其特定思想理念指导下的哲学层面的智慧，在流动的文化中展现恒定的方法。如书中描写，长期与曹操争战的刘备对人讲："操以急，吾以宽；操以暴，吾以仁；操以谲，吾以忠；每与操相反，事乃可成。"这是他儒家仁义理念支配下对争胜手段的自觉选择，与曹操的崇法理念及其行事方法正相对立。全书描述了他们两人长期较量的动态过程，从而把儒法两家行事方法的各自特点与固有短长展现了出来。可以说，哲学层面的方法问题，是《三国演义》文化创造所达到的最深层次，也是其叙述恒定文化的最高归结。展现出中国传统文化的智慧与行事方法，这正是《三国演义》的精华所在。

然而，《三国演义》对方法的叙述极其独特，它没有使用概念语言的抽象形式，而选择了形象化的表达。如全书没有《孙子兵法·火攻》那样的警语原则。却用火烧乌巢、火烧博望、火烧新野、火烧赤壁、火烧连营、火烧藤甲兵、火烧葫芦谷等军事活动展示火攻的方法。用综合的、具体的、形象化的方式表达行事方法及其内蕴的智慧，即中国传统文化中的所谓谋略。《三国演义》全书结晶出了无数形象化的谋略案例，人物的谋略活动与其文学形象、文化人格融为一体，需要人们通过深入地发掘体认来把握。

当代人有了《三国演义》中的大量形象贮备，拥有了中国思维智慧的积累，就能根据意象做出文化创新。毛泽东在皖南事变后评夷陵之战说："刘备没有处理好主次矛盾的关系。"韩国企业家说：曹操是推行开放经营和人才经营的高手。炒股人说：诸葛亮做多时见街亭这一技术支撑点被空方吃掉，就果断斩仓，全身而退。这里只要做出事理的转换，就能激活意象的生命力。《三国演义》中展现的行事方法和谋略，正是这样一种"跨越时空、超越国度、富有永恒魔力"的思维智慧。

《三国演义》表达了集成化的争胜方法，结晶出形象化的谋略案例，隐含着恒定不变的哲学通则。当代社会的国家竞争、发展竞争并没有减弱，中国传统文化中的行事方法仍然具有无限的生命力，《三国演义》是一座正待人们深入采掘的智慧金矿。

（此文载于2014年11月8日《光明日报》第8版，发表时略有删减。）

后　记

　　《三国演义》在我国几乎家喻户晓，在国际上亦颇有影响。对这样一部内容丰富、影响巨大的历史演义小说，读者可能见仁见智、有不同的感受和理解，人们自然也可以从不同的视角探讨研究。本书立足于谋略与制胜的角度考察《三国演义》，分析其中重要人物活动及许多事件中领导行为的利弊得失，于是乎在多年前的特定时期引出了如上十余万言的文字。

　　大约在1986年，我参加了陕西高校系统前辈学者老师组织的古代管理思想研究会，受到会员们研究热情的鼓舞，我也准备自己拿出一本内容厚重的成果来，其后我想到了少年时候读过多遍有所熟悉的《三国演义》，希望能对其中的人物和领导活动做出系统的分析探讨，作为对古代管理思想的某种发掘。本书撰写于1988年，当时我在西安再次从事连续两年时间的学习活动，适逢两年中间的暑假，于是集中完成了事前略有准备的这一撰述初稿，当时题名《谋略与制胜——〈三国演义〉中的领导活动分析》。秋季开学后，陕西资深哲学教授李宗阳先生阅读过全稿，数月间与我就其中诸多问题进行过许多次探讨，提出过不少宝贵的指导意见，并撰写了序言，对本书的出版给予了热情支持。在李老师的指导和支持下，后来才有我对初稿的增进修改和次年春的问世。时光悠忽，转眼已去三十多年，李老师已经仙逝，而他论说该书时的音容笑貌还时常浮现在眼前，他对该书撰写作出指导的诸多理念，至今仍然受到读者朋友的赞赏和回味。

作者的作品怎样才是有价值的？只是在他的作品为社会所需要的时候；在他为社会的作品具有独创性见解的时候；在他的独创性见解能得到人们由衷地从而也是恒久地赞赏的时候。因而，作者的惶恐实在是在作品问世之后。

2006年本书在一家图书发行公司的策划下曾以《三国风云正解》的书名在图书市场第四次出版，此后十多年间一直不失读者的来信寻觅。中国书籍出版社今年出版我的另外一部书系，愿意同时将本书以《争胜谋略》为名再版，希望它能满足市场需求，也希望能给新生代的读者带来应有的启迪。

作者
2021年12月26日